BECCA BRAUN

LICHT BRICHT, BEVOR ES STRAHLT

ROMAN

dtv

Originalausgabe

Umschlaggestaltung: Lisa Höfner | buxdesign, München
Umschlagmotiv: Annalisa Grassano / Ikon Images
Satz: Uhl+Massopust GmbH, Aalen
Gesetzt aus der Le Monde Livre Std
Druck und Bindung: CPI books GmbH, Leck
Printed in Germany · ISBN 978-3-423-21985-3

Für meine Mama.
Immer für dich.

Liebe Leser:innen,

Licht bricht, bevor es strahlt ist ein fiktives Werk, doch es behandelt Themen, die potenziell retraumatisierend wirken können. Diese sind: Tablettenmissbrauch, Tod, Trauer, Essstörung, sexuelle Belästigung, Emetophobie. Eine Auflistung von Hilfestellen findet ihr hinten im Buch.

Alles Liebe, Becca

KAPITEL 1

Die erste Erinnerung an meine Mutter: Sie sitzt auf der Toilette, die Hände unter ihre Oberschenkel geklemmt, der Oberkörper leicht nach vorn gebeugt. Sie ist nackt – bis auf die tannengrünen Socken mit geringeltem Saum und gelben Smileys, die mir aufgedunsen und glatzköpfig zuzwinkern. Zwischen ihren Beinen tropft Sperma in das Toilettenwasser.

Woher ich das weiß? Keine Ahnung. Ich muss drei, vier Jahre alt gewesen sein.

Ich ziehe Slip und Hose hoch, spüle die Erinnerung das Klo hinunter. Scheppernd fällt die Kabinentür hinter mir zu. Abwechselnd halte ich meine Hände unter kaltes und heißes Wasser, bis sich meine Haut scharlachrot färbt.

Die Toiletten der Universität Havenitz sind genauso trostlos wie der Rest. Graue Wände, sichtbare Rohrleitungen, an den gesprungenen Fliesen kleben akademische Karrieren, die in Sachbearbeiterjobs endeten. Den Spiegel sprenkeln Speichel, Rotze und Selbstzweifel.

Ich ziehe mehrere Papiertücher aus dem Spender. Ein pinker Aufkleber haftet daran:

1. feministische Hochschulgruppe der Uni Havenitz

Ich werfe die Tücher weg und verlasse den Raum. Während ich den Gang hinabgehe, fahre ich mit der Handfläche über den Putz.

Was tut man, wenn man sich an einem anderen Ort gesehen hat? Den Geschmack von Freiheit bereits auf der Zunge geschmeckt hat, nur um zu erfahren, wie das Stück Autonomie wieder aus dem Mund gerissen wird? Träume sind ein kitschiges Konstrukt, Wunschvorstellungen im ewigen Konjunktiv.

Ich überquere den Campus und den Parkplatz. Das Wohnheim ist vier Stockwerke hoch und präsentiert eine schmutzig gelbe Fassade.

Als ich mein subventioniertes Zimmer erreiche, öffne ich die Tür einen Spaltbreit und schlüpfe hinein. Sofort schießt Friedrich Schiller unter dem Bett hervor und kommt jaulend auf mich zu. Im Schneidersitz sinke ich auf den Teppichboden und kraule ihn hinter den Ohren.

Es ist der erste Tag meines neuen alten Lebens.

Friedrich Schillers Zunge fällt zwischen seinen schiefen Schneidezähnen aus dem Maul. Er streckt alle viere von sich, sodass ich seinen hellrosa behaarten Bauch streicheln kann.

Im Wohnheim sind Haustiere jeglicher Art strengstens verboten. Glücklicherweise handelt es sich bei Friedrich Schiller um einen Freund. Den dicken Chihuahua in einem Korb unter meinem Bett zu verstecken, ist dennoch egoistisch.

Ich scheuche ihn von meinem Schoß und fülle seinen Wassernapf am Waschbecken hinter der Zimmertür, verabschiede mich, hänge mir Cordjacke und Jutebeutel über die Schulter und gehe zurück zum Seminargebäude.

Der Raum ist kahl und weiß. Das Mobiliar erinnert an eine sterile Arztpraxis, die Tische sind hellgrau, die Stühle aus Plastik. Inmitten dieser Farblosigkeit sitzt eine Frau, die goldene Sneaker und ein mauvefarbenes Kopftuch trägt.

Als ich durch den Raum auf sie zugehe, knete ich meine Hände.

Ihr Blick ist freundlich, doch sie lächelt nicht.

»Hi«, sage ich, als ich vor ihrem Tisch stehe. »Ich bin Virginia.«

Die Frau erhebt sich. So stehen wir uns gegenüber, nur der Tisch und unangenehme Höflichkeitsfloskeln zwischen uns.

Sie streckt mir die Hand entgegen. »Hey. Schön, dass du da bist. Ich bin Dilara.«

Ich sehe mich im Raum um. Er ist menschenleer.

»Bin ich hier richtig?«

»Bei der ersten feministischen Hochschulgruppe der Universität Havenitz?«, fragt sie. »Goldrichtig. Setz dich doch.«

Mein Hals beginnt zu kribbeln, sodass ich mit den Fingernägeln über meine Haut kratzen möchte. Ich strecke die Hand aus und berühre die kalte Stuhllehne mit den Fingerspitzen.

»Eins noch«, sage ich und fixiere die Lehne. »Meine Mutter ist Sexarbeiterin.«

Ich zähle die Sekunden Stille. Eins, zwei, dr…

»Ich nehme an, sie arbeitet freiwillig und ohne jeglichen Zwang?«

»Sie ist ihr eigener Boss.«

»Dann sehe ich das Problem nicht?«

Meine Finger schließen sich um die Lehne und ich ziehe den Stuhl zurück. Das Kribbeln in meinem Hals wird mit jedem Schlucken schwächer.

»Das Engagement lässt zu wünschen übrig.«

»Nun ja«, Dilara zuckt entschuldigend die Schultern. »Sei ein bisschen gnädig. Es ist der erste Tag des Sommersemesters, die meisten sind noch in den Ferien. Wir warten.«

»Du hast die Gruppe gegründet?«

»Richtig«, entgegnet sie. »Ich möchte einen Ort des Austauschs und der Solidarität schaffen. Außerdem plane ich auf dem jährlichen Campusfest Ende Juli eine Demo.« Auf ihrem Gesicht spannt sich ein Lächeln auf.

Ich mag ihre Ausstrahlung. Sie scheint wie die Sonne im Frühling. Dilara ist nicht Hitze, sie brennt nicht in den Augen, löst keinen unangenehmen Schweiß auf der Haut aus. Vielmehr lässt sie einen das Gesicht gen Sonne strecken, die Augen schließen und mild lächeln.

»Bist du im ersten Semester?«, fragt sie mich.

Ich nicke. »Erster Tag.«

»Herzlich willkommen! Was studierst du?«

»Soziologie.«

»Ich auch!«

Dilara erzählt, dass sie im Master studiert, dabei ist sie gerade zweiundzwanzig Jahre alt. Sie wohnt bei ihren Eltern in einem Einfamilienhaus in der Südstadt unweit der Universität. Während sie spricht, greifen ihre Finger mit den lackierten Nägeln wieder und wieder nach einer Ausgabe von de Beauvoirs *Das andere Geschlecht*. Abwesend blättert sie durch die Seiten, vertraut, beinahe intim, ganz so, als wären das Buch und sie Freundinnen.

Wir warten eine weitere halbe Stunde, doch niemand kommt.

Ich erzähle ihr, dass ich bei meiner Mutter in der Wohnwagensiedlung gewohnt habe, zum Studium aber ins Wohnheim gezogen bin. Meine Worte sind auf der Hut, doch Dilara verzieht keine Miene, ihre Augen knicken nicht mitleidig ein, ich sehe sie nicht *armes Getto-Kind* denken.

»Was ist, Virginia?«, fragt sie, nachdem wir nach über einer Stunde noch immer die einzigen Menschen im Raum sind. »Hast du Hunger? Ich treffe mich vor meinem Abendgebet mit zwei Freunden. Möchtest du mitkommen?«

Es ist dieser eine Montag im April, an dem ich verstehe, dass Dilara wie ein Silberstreifen am Horizont ist. Und dass ich gut daran täte, mich an ihr festzuhalten.

Mit knapp fünfzigtausend Einwohnern ist Havenitz eine Kleinstadt in Brandenburg westlich von Berlin. Das Lokal, in dem sich Dilara mit ihren Freunden trifft, liegt in der Südstadt. Wir gehen zu Fuß die Allee hinab, vorbei an den Neubauten, die ihr unverbrauchtes Gesicht zur Schau stellen, samt dünnem Grünstreifen vor der Haustür.

Mit dem Ellbogen stoße ich Dilara an und deute mit dem Kinn in einen Vorgarten. »Wann hast du Geburtstag?«

»Am dritten Juli«, antwortet sie. »Aber mach dir nicht die Mühe. Meine Eltern haben längst zwei Gartenzwerge vor der Haustür stehen; der eine mit roter Mütze, der andere mit Harke in der Hand.« Auf mein Grinsen hin fügt sie hinzu: »Vorbildlich integriert.«

»Vorbildlich.«

Dilara läuft los, um die grüne Ampel zu erwischen. Ich laufe ihr hinterher, obwohl die Ampel bereits auf Rot umgesprungen ist. Als sie in eine Gasse einbiegt, werden meine Schritte langsamer.

»Dein Geheimtipp ist keine illegale Organspende, oder?«, rufe ich.

Im Gehen dreht sie sich um, sodass sich ihr dunkelblauer Mantel aufbläht. »Wer weiß?«

Ich folge ihr. Am Ende der Gasse erscheint ein kleiner Imbiss mit dem Namen *Habibi.* Als wir den Laden betreten, tönt eine Glocke, der Boden besteht aus Fliesen in Mosaik-Optik, es gibt keine Stühle, sondern dicke Teppiche und Sitzkissen, die um niedrige Tische gereiht sind. Ich rieche Koriander und frittiertes Gemüse.

»Dilara!«

Ich wende mich der Stimme zu und sehe zwei Personen in der hinteren Ecke um einen Tisch sitzen. Dilara hebt die Hand und winkt.

»Hey!« Sie zeigt auf mich. »Das ist Virginia. Virginia, das ist Benny …«

Der Mann mit den pflaumenfarbenen Lippen hebt die Hand.

»… und das ist Sascha.«

Die Frau mit Sidecut und zahlreichen Piercings nickt mir kurz zu. »Hey, Girl«, sagt sie, rollt das *R* und zieht es künstlich in die Länge.

Ich lasse mich auf einem purpurroten Kissen auf die Knie sinken. Dilara geht zur Theke und gibt unsere Bestellung auf. Mit vier Joghurtbechern kommt sie zurück, rutscht neben mich und schüttelt einen der Becher. Benny und Sascha tun es ihr gleich.

»Bist du neu an der Uni?«, fragt Benny. Der Lippenstift betont seine großen blitzweißen Zähne.

Das Handy in meiner Jackentasche vibriert. Obwohl ich eigentlich nicht auf das Display schauen muss, um zu wissen, wer mich anruft, ziehe ich es hervor und gucke darauf. Ich seufze lautlos, drücke den Anrufer weg und schiebe das Handy zurück.

»Erstsemester«, sage ich zu Benny, der die Stirn runzelt und mich fragt: »Möchtest du nicht rangehen?«

Kopfschüttelnd reiße ich den Plastikdeckel vom Becher. Die weiße Flüssigkeit ist zu dünn für Joghurt. »Was ist das?«

»Ayran«, sagt Dilara. »Probier mal.«

Ich drehe den Becher in den Händen, sodass die Flüssigkeit an den Rand schwappt. Es riecht säuerlich. Vorsichtig setze ich an und nehme einen winzigen Schluck.

Dilara lacht. »So schlimm?«

Die Tatsache, dass ich nicht genau weiß, was ich trinke, ist schlimmer als der Geschmack. Es erinnert an Naturjoghurt mit wenig Fett.

Das Essen kommt. Auf meinem Teller stapelt sich Gemüse,

dazu Zaziki, Hummus und Falafel. Sascha greift nach dem dünnen Brot, das in einem Korb in der Tischmitte steht.

»Wie war das erste Treffen der Hochschulgruppe?«, erkundigt sich Benny.

Dilara trinkt einen Schluck Ayran. »Bis auf Virginia ist niemand gekommen.«

»Oh.« Benny verzieht missmutig den Mund. »Das tut mir leid.«

»Das braucht es nicht«, erwidert sie und leckt sich über die Mundwinkel. »Wir machen die nächsten Wochen mehr Werbung und dann werden die Leute schon kommen.«

»Vielleicht sollte ich rumerzählen, dass du mit jedem, der zu den Treffen kommt, im *Habibi* essen gehst«, schlage ich vor und teile ein Falafelbällchen in vier gleich große Stücke.

»Hervorragende Idee«, sagt Dilara. »Danach bin ich pleite und ein zweites Mal kommen sie nicht.«

Benny gluckst. »Magst du das nicht?«, fragt er und greift nach der Peperoni auf meinem Teller, ehe ich antworten kann. Er beißt hinein und Flüssigkeit spritzt in alle Richtungen. »Am Donnerstag steigt die Erstsemesterparty bei Fabian«, nuschelt er mit vollem Mund. »Wer ist dabei?«

Sascha hebt zwei Finger. »Ich.« Sie dippt ihre Fingerspitzen in das Zaziki, führt sie an die Lippen und verharrt dort, während sie ihren Blick senkt und unter ihren langen Wimpern hervorschaut. Langsam, quälend langsam schiebt sie sich die Finger in den Mund und lutscht die Soße geräuschvoll ab. »Fabian ist heiß. Am Donnerstag ist er fällig.«

Ich merke, dass ich in meiner Bewegung innegehalten habe und Sascha anstarre. Die Landschaft ihrer Haut ist durch eitrige Pickel und tiefe Narben gezeichnet. Sie begegnet meinem Blick und grinst.

»Sorry, Süße«, sagt sie. »Einhundert Prozent hetero. Und

für meine Haut gilt: Sie ist ein Schlachtfeld. Ich gegen gesellschaftliche Schönheitsideale. Wer, glaubst du, gewinnt?«

Meine Wangen werden heiß.

Sascha zeigt mit dem Finger auf mich. »Du bist beeindruckt. Keine Sorge, das legt sich wieder.« Sie zuckt die Schultern. »Auch ich habe Tage, an denen ich in die Drogerie laufe und stapelweise Make-up-Produkte kaufe, um meine Haut zu überschminken. Aber diese Tage sind verdammt selten.«

Benny lacht amüsiert. »Du gewöhnst dich noch an uns«, sagt er. »Also Donnerstag dann um acht? Ihr kommt?«

»Fabian ist ein Arschloch, Sascha. Lass es gut sein.«

»Ach, Dilara, Süße, ich bin kein verträumtes Mädchen, das andauernd Sex mit Liebe verwechselt. Ich will ihn nur flachlegen und werde dabei die Moral seines Schwanzes nicht beurteilen müssen.«

Dilaras Blick spricht Bände. Doch schließlich atmet sie hörbar aus und knickt ein. »Na gut, ich bin dabei. Was ist mit dir, Virginia?«

Als ich auf Zehenspitzen in mein Zimmer schleiche, steht Friedrich Schiller bereits vorwurfsvoll hinter der Tür. Entschuldigend beuge ich mich zu ihm hinab, doch er dreht sich beleidigt um und lässt mich stehen.

Verdammt.

»Du kannst nicht wollen, dass mein einziger Freund ein Hund ist«, erkläre ich ihm, doch genau das scheint seiner Wunschvorstellung zu entsprechen. Er hebt den Schwanz und furzt mich unverschämt an.

»Wie oft haben wir darüber gesprochen, dass man so keine Konflikte löst?«

Aus meinem Schrank hole ich den Einkaufskorb, in dem ich

Friedrich Schiller aus dem Wohnheim schleuse. »Na, komm schon.«

Widerwillig kommt er auf mich zu und setzt sich in den Korb. Ich laufe durch den Wohnheimflur, die Treppe ins Erdgeschoss hinab und durch die großen Flügeltüren.

Es riecht nach nassem Asphalt. Auf dem Heimweg hat es angefangen zu nieseln, zaghafter Regen, der sich wie ein Netz in meinen karottenroten Locken verfängt.

Ich ziehe die Cordjacke enger um den Körper und überquere den Parkplatz. Die gelben Lichtkegel der Straßenlaternen schimmern in regelmäßigen Abständen auf dem Pflaster, während die Abenddämmerung den Himmel in ein tiefes Azurblau taucht.

Hinter dem Parkplatz befindet sich eine Wiese, auf der zwei Birken die Köpfe zusammenstecken und sich scheu küssen. Im Schutz der Bäume lasse ich Friedrich Schiller aus dem Korb.

Ich vergrabe meine Hände in den Hosentaschen und blicke hinauf. Schwach zeichnet sich die Silhouette des Mondes ab, die Sichel hängt wie ein melancholisches Lächeln am Himmel.

Der Himmel – das ist irgendwie mein Ding. Immer hochsehen, nie nach unten.

Ich ziehe das Handy aus der Tasche. Dreiundzwanzig verpasste Anrufe. Das schlechte Gewissen sitzt mir so beißend im Nacken, dass ich mich in einer Abwärtsspirale befinde. Ich habe den Zeitpunkt schlichtweg verpasst, an dem es angebracht gewesen wäre, sich für einen verpassten Anruf zu entschuldigen.

Mit der Schuhspitze kicke ich einen Stein über die Wiese. »Scheiße«, murmle ich und drücke auf den Kontakt.

»Zuckermäuschen!« Ihre Stimme ist stets zu hoch. Ein aufgesetztes Quietschen, das sie nicht mal bei mir ablegen kann.

»Hi, Mam.«

»Schön, dass du anrufst. Ich habe es ein paarmal bei dir probiert. Du hast bestimmt viel zu tun, hm? Ist es stressig?«

Ich gehe wenige Schritte rückwärts, bis ich den Birkenstamm im Rücken spüre. Langsam lasse ich mich daran ins feuchte Gras sinken. »Es ist okay. Die meisten Kurse scheinen interessant zu sein und Friedrich Schiller furzt schon ins Bettlaken.«

Mam lacht. »Er fühlt sich wohl.«

»Ja, er fühlt sich wohl.«

»Und du, Zuckermäuschen? Fühlst du dich wohl?« Mein Wohnheimzimmer riecht nicht nach Wohnwagen. Beim Aufstehen muss ich nicht darauf achten, mir nicht den Kopf an der Dachschräge zu stoßen. Die Toilette war bislang nicht verstopft, warmes Wasser gibt es, sobald ich den Hahn aufdrehe. Aber mein Kopfkissen verliert langsam den Duft nach Vanillewaschmittel.

»Es geht so. Ich brauche noch ein bisschen.«

»Das ist verständlich. Hast du schon neue Leute kennengelernt? Gibt es süße Typen?« Ich höre ihr Augenzwinkern durchs Telefon.

»Ich war heute mit Leuten aus der Uni essen.«

»Oh«, sie klingt überrascht. »Was essen … Das ist schön.«

»Mam«, sage ich scharf. »Ich hab's im Griff.«

Wenige Sekunden verstreichen, dann räuspert sie sich. »Okay.«

Der Moment ist gekommen, an dem ich mich nach ihrem Wohlbefinden erkundigen sollte. Meine Fingerspitzen fahren durch das Gras, berühren einzelne Halme und ich wünsche mir, mich daran zu schneiden. Blutrot auf Dunkelgrün.

»Kommst du bald nach Hause?«

Ich atme schwer in den Hörer. »Ja«, sage ich schließlich. »Ich komme bald.«

»Ich vermisse dich, Zuckermäuschen.«

»Ich vermisse dich auch, Mam.«

»Grüß Friedrich Schiller von mir.«

»Liebe Grüße zurück. Er drückt gerade in einer einwandfreien Kniebeuge Kot aus dem Hintern.«

Ihr Lachen, dann das Rauschen in der Leitung.

Einen ausdauernden Moment bleibe ich im Gras sitzen, presse den Rücken fest in die Baumrinde, bis ich Friedrich Schiller zu mir pfeife, aufstehe und die Hose abklopfe.

Kann es Freundschaft auf den ersten Blick geben? Wenn ja, ist mir dies heute mit Dilara widerfahren?

Ich bin nicht auf das städtische Gymnasium gegangen, sondern auf die Gesamtschule in Westlingen. Ich habe ein Schuljahr übersprungen, hielt mich im Hintergrund, nahm die Wandfarbe der Flure an. Doch da mich die anderen für schlau hielten, wurde ich respektiert. Ich hatte Bekannte, selten Freundschaften. Menschen, mit denen ich abgehangen habe, weil uns äußere Umstände zur selben Zeit an denselben Ort brachten. Sie waren wie lose Fäden zwischen meinen Fingern. Nichts Geflochtenes, nichts Verschlungenes. Und als die Schule vorbei war, habe ich einfach losgelassen.

Können Sascha, Benny und Dilara die Einsamkeit aus Gemeinsamkeit streichen?

Ich werde es herausfinden müssen.

KAPITEL 2

Nach dem Essen im *Habibi* habe ich mit Dilara, Sascha und Benny Telefonnummern ausgetauscht. Sascha wohnt ebenfalls im Wohnheim, zwei Stockwerke über mir und im gegenüberliegenden Flügel. Ich schreibe ihr meine Zimmernummer und sie versichert, mich gegen sieben abzuholen.

Begleitet von *Bikini Kill* steige ich unter die Dusche, wasche mir die Haare und rasiere mich unter den Achseln. Ich mag es nicht, wenn sich Schweiß in den Achsel- oder Blut in den Vulvahaaren verfängt, deswegen rasiere ich diese Stellen, meine Beine nicht. In ein Handtuch gewickelt gehe ich zurück in mein Zimmer. Kopfüber fahre ich mir mit den Fingern durch die Locken und creme mein Gesicht ein. Die schwachen Frühlingssonnenstrahlen reichen, um Sommersprossen auf meinem blassen Gesicht sprießen zu lassen. Ich entscheide mich für einen Jeansrock, ein Erbstück meiner Mutter, das über zwanzig Jahre alt ist. Dazu kombiniere ich eine dünne Secondhandbluse und weiße Sneaker.

Eine Viertelstunde vor sieben hämmert es überfallartig gegen meine Tür.

»Virginia«, tönt Saschas Stimme.

Ich öffne einen Spaltbreit und strecke meinen Kopf in den Flur. »Hi.«

»Ähm ... Liegt ein nackter Mensch in deinem Zimmer? Oder eine Leiche? Eine nackte Leiche?«

Ich winke Sascha herein. »Mach die Tür nicht zu weit auf«,

weise ich sie an, denn Friedrich Schiller steht bereits mit wedelndem Schwanz in den Startlöchern.

Als Sascha ihn erblickt, quietscht sie erschrocken. »Was ist das?«, ruft sie. »Eine Ratte?«

Friedrich Schiller und ich teilen uns einen beleidigten Gesichtsausdruck. »Schrei nicht so.« Ich gehe zu meinem Hund und nehme ihn auf den Arm. »Er ist ein waschechter Chihuahua. Zugegeben, er hätte einen Zahnarzt und eine Diät nötig, aber ich kann schlecht Nein sagen.«

Saschas dunkelblaue Augen mustern Friedrich Schiller skeptisch. »Du bist dir bewusst, dass du dafür aus dem Wohnheim fliegen kannst?«

»Er ist lebensnotwendig. Nimmt man ihn mir weg, kann man mir gleich das Herz aus der Brust reißen.«

»Wow. Du pathetische Heldin.« Sascha sieht sich in meinem Zimmer um. »Wo ist er?«

»Wo ist wer?«

»Na, der Alkohol?«

Ich lasse den Hund vom Arm. Er schnuppert an Saschas Füßen und verkriecht sich in seinem Körbchen.

»Ich dachte, wir gehen auf eine Party. Da gibt es bestimmt Alkohol.«

Sascha kommt einen Schritt auf mich zu und bleibt dicht vor mir stehen. »Ja, klar«, sagt sie und tippt mir auf die Nasenspitze. »Aber es schadet nicht, ein bisschen angetrunken zu erscheinen. Los, wir gehen einkaufen.«

Ich verabschiede mich von Friedrich Schiller und verlasse mit Sascha das Wohnheim. An der Ecke zur Bushaltestelle befindet sich ein Supermarkt, den Sascha zielstrebig ansteuert. Ich laufe hinter ihr her. »Weißt du, wo Fabian wohnt?«

Sascha nickt. »Ja, in der Bonzengegend. Schönhausen.« Sie bleibt in der Getränkeabteilung stehen. Als sie eine kleine Flasche Whisky unter ihre Lederjacke steckt, öffne ich empört den Mund, doch Sascha ist schneller. Sie dreht sich zu mir um, kommt so nah, dass ich ihr herbes Parfüm rieche, und legt mir ihren Zeigefinger auf die Lippen. Ihr langer Nagel sticht in meine Nase. Ich bleibe stumm.

Die Diebin in spe greift nach einer Wodkaflasche und drückt sie mir in die Hand. »Ab zur Kasse!«

Die Schlange ist lang. Ich erwarte nervöse Schweißperlen auf Saschas Stirn, doch sie wippt gelassen vor und zurück.

Um einen ebenso unschuldigen Gesichtsausdruck bemüht, lasse ich den Blick schweifen und halte Ausschau nach einem potenziellen Ladendetektiv. Stattdessen treffe ich auf den stierenden Blick des Mannes hinter uns: um die dreißig, das blonde Haar zurückgegelt, lässig eine Packung Kondome in Größe XXL auf das Kassenband werfend und bei der Aussicht auf Saschas Hintern widerlich grinsend.

»Na, Mädels«, sagt er, hebt jedoch nicht den Blick. »Wir können die Party in mein Schlafzimmer verlegen.«

Sascha fährt herum und ihre Wangen laufen in einem fuchsteufelswilden Rotton an. Sie wird ihn in der Kassenschlange zerreißen, diese Frau, mit der ich, obwohl ich sie erst wenige Stunden kenne, bereit bin, meinen ersten Diebstahl zu begehen. Ich möchte der Kleinstadtrebellin imponieren, also schenke ich kurz meiner Handtasche Aufmerksamkeit, ziehe mein Smartphone hervor und simuliere einen Anruf.

»Hallo, Frau Doktor Schneider«, sage ich laut ins Telefon. Die Schlange rückt vorwärts. Ich ziehe die Augenbrauen übertrieben in die Höhe, dann lege ich eine bedauerliche Miene auf. Alles, ohne den Mann aus den Augen zu lassen.

»Scheidenpilz?«, vergewissere ich mich. »Sind Sie sich sicher?« Ich lasse Sekunden verstreichen, nicke eifrig und gucke grüblerisch drein.

Als wir an der Reihe sind, zieht der Kassierer den Wodka über die Kasse. Mein Telefon klemmt zwischen Schulter und Ohr, sodass ich meinen Ausweis und einen Schein aus der Tasche ziehen kann.

»Wie führe ich das Zäpfchen vaginal ein? Beine auseinander, weit vorbeugen und mit dem Finger tief rein. Ja, okay, ganz tief rein.«

Mit schamesrotem Kopf gibt mir der Kassierer das Wechselgeld.

»Danke«, forme ich lautlos mit den Lippen, wobei ich laut hinzufüge: »Falls der Pilz nicht besser wird, komme ich vorbei.« Ich stecke das Handy weg, greife nach dem Alkohol und sehe den Mann an. »Wir können die Party gern in dein Schlafzimmer verlegen.« Abwartend lege ich den Kopf schief, während der Kassierer ratlos die Packung XXL-Kondome in den Händen hält.

Als die Erwiderung ausbleibt, hake ich mich bei Sascha unter und wir verlassen den Supermarkt. Sascha lacht, dass ihr Wimperntuschetränen über die Wangen laufen. Sie hebt die Hand und ich schlage ein.

»Fuck«, ruft sie. »Ich steh auf dich, Virginia. Ich steh so richtig auf dich!«

Die Villa, vor der wir stehen, ist dekadent. Ein dunkelgrünes Tor öffnet sich und ein breiter Kiesweg führt zu dem Anwesen, das von Leuchtkugeln angestrahlt wird. Das Schattenspiel auf der weißen Fassade und die drei imposanten Erker verleihen dem Märchenschloss gruseligen Charme. Auf dem Rasen, unweit einer Statue eines versteinerten Löwen, stehen johlende Studierende in Grüppchen.

Wir treffen Dilara und Benny vor der doppelflügeligen Eingangstür aus Mahagoni und eingelassenen verzierten Glasfenstern. Auf dem Weg hierher hat sich Sascha die Flasche Whisky einverleibt, während ich den billigen Wodka noch immer wie ein Baby auf dem Arm wiege.

»Virginia trinkt nicht«, empört sich Sascha bei den anderen.

»Wein«, erkläre ich. »Ich trinke Wein.«

»Wein«, verächtlich winkt Sascha ab. »Schwach. Ganz schwache Leistung.«

Dilara umarmt mich zur Begrüßung. »Ich trinke auch nicht«, sagt sie. »Nicht einmal Wein.«

»Den Alkoholkonsum anderer zu kommentieren, ist schwach, Sascha«, merkt Benny an und will mir den Alkohol aus der Hand nehmen. »Darf ich?«

Bereitwillig gebe ich ihm die Flasche, die er prompt aufdreht und daraus trinkt. Dabei spreizt er die Lippen von der Flaschenöffnung ab, um seinen Lippenstift nicht zu verschmieren. Er trägt Leggings in Leoparden-Print und ein durchscheinendes Netz-Top, das seinen trainierten Oberkörper offenbart. Im Licht der Leuchtkugeln erkenne ich sein phänomenales Make-up.

»Sind das Fake-Lashes?«, frage ich. »Ich kann mir nicht einmal die Wimpern tuschen, ohne mir das Auge auszustechen.«

Dilara hakt sich bei Benny und mir unter.

»Macht nichts. Ich bring's dir bei«, verspricht er.

Auf dem Teppich im Flur befindet sich der erste undefinierbare Fleck und daneben ein Kerl mit dem Gesicht voraus in den Fasern. Hektische Technobeats rasen über die Köpfe der Partygäste hinweg. Obwohl das Wohnzimmer riesig ist, drängen sich die Körper dicht aneinander.

»Ist die ganze Universität hier?«, brülle ich Dilara ins Ohr.

Sie nickt. »Fabians Partys gelten als legendär. Wobei es keine wirkliche Alternative gibt.«

Wir mischen uns unter die Leute. Benny und Sascha teilen sich den Wodka, während Dilara und ich uns in die Küche vorkämpfen. Sie nimmt Wasser, ich einen Plastikbecher voll Weißwein, und als wir zu Benny und Sascha zurückkehren, steht ein Typ neben Sascha. Wenig subtil lehnt sie sich gegen ihn, um ihn bei jeder Möglichkeit zu berühren.

»Das ist Fabian«, stellt sie ihn mir schreiend vor.

Fabian nickt mir zu. »Was geht?«

Er scheint den hageren Intellektuellenlook zu bevorzugen. Bei den ausgehöhlten Wangen und dem hervorstehenden Kinn frage ich mich, ob er anorektisch ist. Schwarze Locken fallen in seine Stirn, ein ähnliches Schwarz wie das seines Anzugs.

»Hi«, sage ich. »Ich bin Virginia.«

Als er meinen Namen hört, verziehen sich seine Mundwinkel spöttisch.

»Meine Mutter ist eine Nutte«, rufe ich ihm über die Musik zu. »Aber offensichtlich eine mit Humor.« Dilara spuckt ihr Wasser zurück in den Becher und hustet, bis ihr die Tränen kommen, sodass Benny ihr auf den Rücken klopft.

Fabian lächelt nicht mehr. Vielmehr beäugt er mich wie ein Insekt, bei dem er nicht sicher ist, ob er es aus dem Fenster lässt oder mit dem Finger zerdrückt.

»Ich brauche ein neues Getränk«, sagt Dilara, nimmt mich am Arm und zieht mich mit.

»Der Typ stinkt doch nach Selbstüberhöhung«, sage ich zu ihr. »Ich meine, ein Anzug auf einer Studierendenparty? Was will Sascha von ihm?«

»Sascha möchte sich beweisen, dass sie selbst das haben kann, was sie gar nicht haben möchte.« Dilara hält ihren Becher unter den Wasserhahn, dann setzen wir uns in einer Ecke auf die Fliesen.

»Ich hasse Partys«, sagt sie. »Und trotzdem gehe ich immer

wieder zu einer, obwohl ich es langsam besser wissen müsste. Die alte Frau in mir hat wohl Angst, etwas zu verpassen.«

»Sex, Drugs and Rock 'n' Roll?«

»Wohl eher alkoholgeschwängerter Atem, zu wenig Schlaf und schmerzende Ohren. Von den Blicken und geflüsterten Kommentaren ganz zu schweigen.«

»Weil du kein tief ausgeschnittenes Top trägst? Was für eine Scheiße.«

Dilara winkt ab. »Ich bin leider daran gewöhnt. Was ist mit dir? Gehst du gern auf Partys?«

»Ich habe mich auf zwei Abipartys blicken lassen.« Ich zucke mit den Schultern und nehme einen Schluck Wein.

Plötzlich erschüttern Jubelschreie und wilder Applaus die Küche.

Mein Kopf schreckt in die Höhe. »Was ist da los?«

»Es ist erst neun Uhr«, stöhnt Dilara und steht auf.

Als wir das Wohnzimmer betreten, hat sich ein kreischender Kreis um den massiven Esstisch gebildet, auf dem eine Frau tanzt. Hinter Dilara schiebe ich mich durch die Menge. Zu Hip-Hop-Beats schwingt die Studentin lasziv die Hüften. Ihre langen Fingernägel bleiben kurz am Reißverschluss ihrer Jeans hängen, als sie diese öffnet. Mit einem entschiedenen Ruck zieht sie ihre Hose herunter, die in den Kniekehlen hängen bleibt und mühselig von den Beinen gestrampelt werden muss. In ihrem knallpinken Spitzenstring geht sie ungeschickt in die Knie, dann streckt sie ihre Beine durch und beugt den Oberkörper vor. Ihr Hintern wackelt und zappelt und die Menge feuert sie an.

»Ist Twerken nicht voll 2013?«, ruft Dilara über die Schulter und drückt sich durch die Leute. Wir erreichen den Tisch, auf dem sich die Frau mittlerweile ausgestreckt rekelt. Ihr Kopf fällt zur Seite, ihre Beine zucken ein letztes Mal. Sie wäre mitten in ihrer Performance eingeschlafen.

Wir nehmen die Tänzerin unter den Armen. Gemeinsam setzen wir sie auf und ein Typ bringt eine Decke, in die wir sie wickeln. Wackelig steht sie auf zwei Beinen, doch begleitet von Grölen und Buhrufen bugsieren wir sie durch die Menge.

»Bringen wir sie nach oben«, schlägt Dilara vor, sodass wir mit der schläfrigen Studentin die ausladende Wendeltreppe in den ersten Stock erklimmen. Dilara öffnet die erstbeste Tür. Dahinter verbirgt sich ein Arbeitszimmer mit technischen Gerätschaften im Wert eines Kleinwagens. Die helle Couch ist groß genug, um die Tänzerin daraufzurollen und mit der Decke zuzudecken. Sie grunzt und dreht sich auf die Seite.

»Wird sie kotzen?«

Dilara zuckt die Schultern und wendet sich ab. »Und wenn schon. Fabian hat es verdient.«

Wir schließen die Tür hinter uns und gehen die Treppe hinab.

»Ehrlich gesagt habe ich genug für heute. Ist es okay für dich, wenn ich abhaue?«, fragt Dilara.

»Klar«, sage ich und meine eigentlich, dass ich mich ohne sie etwas verloren fühle. Ich nehme sie in den Arm und sie drückt mich fest an sich. »Siehst du später noch mal nach ihr?«

Ich tippe mir mit der Hand an die Stirn. »Aye, aye, Ma'am!«

»Wir sehen uns morgen in der Uni«, verabschiedet sie sich.

Ich gucke ihr nach, wie sie in ihren babyblauen Sneakern und dem langen Rock zur Tür geht, der Gang fest, der Rücken gerade.

Missmutig blase ich die Wangen auf. Okay. Und jetzt?

Ich suche Sascha und Benny, doch als ich Sascha auf dem Chesterfield Sofa im Wohnzimmer entdecke, Fabian an ihrem Lippenpiercing saugend, mache ich auf dem Absatz kehrt.

Ein Faden erstklassigen Sabbers tropft vom Mundwinkel der Tänzerin auf die Couch. Sie grunzt abermals und wälzt sich auf den Rücken. Mit einem letzten prüfenden Blick verlasse ich das Zimmer und lasse sie schlafen.

Ein Stockwerk tiefer spült der Alkohol in tosenden Wellen durch die Körper der Studierenden. Schweiß trägt sich von Berührung zu Berührung, Bakterien von Kuss zu Kuss. Ich lasse mich von der Stille des dunklen Flurs vor mir anziehen. An den Wänden hängen abwechselnd Porträts und Stillleben. Ich fahre mit den Fingerspitzen über das Relief der dicken Tapete. Es fühlt sich teuer an.

Bis zu meinem zehnten Lebensjahr versuchte meine Mutter regelmäßig, ihren Job zu wechseln. Ich denke, dass sie selbst kein Problem mit ihrer Arbeit hatte, der gesellschaftliche Druck aber so belastend war, dass sie sich so fest wie die Diät zum Neujahr vornahm, auszusteigen und fortan etwas *Anständiges* zu machen. Sie zog ihre Bluse aus dem Schrank, übersah in ihrem Eifer die Knitterfalten und die gelben Schweißflecke unter den Armen und marschierte aufs Arbeitsamt. Für gewöhnlich ging uns nach wenigen Wochen das Geld aus. Dann zog sie mich abends an und erzählte mir, dass ein Abenteuer auf uns wartete, ich müsste nur in meine Stiefel schlüpfen. Wir kletterten über die Mauer der Gesamtschule und suchten im Schein einer Taschenlampe den Schulhof nach verlorenem Geld ab. Wenn ich eine Zweicentmünze fand, rannte ich jubelnd zu meiner Mutter. Sie hob mich wie einen Champion in die Luft und drehte mich im Kreis.

Ich fühlte mich gigantisch.

Erst mit den Jahren liefen meine Wangen rot an, wenn meine Mutter dem Verkäufer an der Supermarktkasse eine ganze Handvoll roter Münzen reichte und dieser unisono mit den Menschen in der Schlange hinter uns stöhnte.

Scham ist ein mächtiges Gefühl. Sie umzingelt dich wie eine Schlange, schlängelt sich um deine Beine, kriecht hinauf, bis sie dir den Brustkorb zuschnürt und in dein Ohr zischt. Scham ist ein mächtiges Gefühl. Sie macht dich klein und stumm und du beginnst zu lügen. Doch jede Lüge nährt die Schlange und lässt dich schrumpfen.

Ich schleiche in den zweiten, dann in den dritten Stock. Die Tür zu einem Zimmer ist angelehnt und meine unverschämte Neugierde treibt mich näher.

Als ich mich zunehmend weigerte, mit meiner Mutter in den Supermarkt zu gehen, sah ich den Schmerz in ihren Augen, als sie verstand, dass ich mich für sie schämte.

Ich schiebe die Tür weiter auf und erkenne eine Fensterfront, die auf eine Dachterrasse führt. Schnellen Schrittes durchquere ich das Zimmer und schiebe die Tür zur Terrasse auf. Der Lärm der Party schlägt mir entgegen, doch der Himmel ist still. Still und klar und unendlich weit. Ich bin der Mikrokosmos, der vom Makrokosmos ausgespuckt wurde wie ein fader Kaugummi.

Ich stehe in der Mitte der Terrasse, lege den Kopf in den Nacken und schließe die Augen.

»Alles eine Frage der Perspektive«, erklingt eine Stimme hinter mir. Ich reiße die Augen auf und fahre herum. Eine dunkle Gestalt tritt aus der Ecke der Dachterrasse.

»Für uns sehen die Sterne wie niedliche Punkte aus. Lichterketten, die eine überdimensionale Hand in den Himmel gehängt hat. Wir vertrauen ihnen unsere intimsten Geheimnisse an und projizieren romantische Sehnsüchte auf sie. Dabei sind sie gigantische glühende Gaskugeln.«

»Alles eine Frage der Perspektive«, sage ich. »Man könnte deine Ansprache als netten Eisbrecher verstehen oder die Tatsache, dass du mir im Dunkeln auflauerst, als supergefährlich.«

»Auflauern?« Er lacht leise. »Ich habe hier gelesen. *Du* hast *mich* überrascht.«

»Gelesen?« Skeptisch hebe ich die Brauen. »Im Dunkeln?«

Er hebt eine Hand, in der er ein dünnes Buch hält. »Sternenlicht. Schon vergessen?«

»Natürlich.«

Er streckt mir seine Hand entgegen. »Benedict Bennett.«

»Vor- und Zuname?« Ich schüttele seine Hand. »Sehr höflich. Virginia, Virginia Adam. Ist dein Poloshirt in der Wäsche eingegangen oder kaufst du generell eine Nummer zu klein?«

»Nicht sehr höflich.« Lächelnd lässt er meine Hand los, um sich in einer selbstverliebten Geste über die Brustmuskeln zu fahren. »Weißt du, mein Ego braucht diese Art der Bestätigung.«

»Immer diese fragilen Egos weißer Männer«, sage ich kopfschüttelnd. »Was liest du da? Sigmund Freud?«

Benedict versucht, sich das Grinsen zu verkneifen, doch es hängt sich hartnäckig in seine Mundwinkel. »Kafka.«

»Oh, Kafka. Stimmt es eigentlich, dass er schwul war?«

»Jedenfalls sind bei Kafka heterosexuelle Beziehungen nur Mittel zum Zweck und Hetero-Sex stets schmutzig, wohingegen homosexuelle Beziehungen leidenschaftlich und sehnsüchtig sind.«

Ich trete an das Balkongeländer und umschließe den kalten Stahl mit meinen Händen. Wie Nacktschnecken verknoten sich die Zungen mehrerer Pärchen unter uns im schimmernden Pool.

»Um dich heutzutage zu outen, musst du nicht Kafka im Dunkeln lesen«, sage ich zu Benedict.

Er tritt neben mich. »Mich interessiert tatsächlich mehr sein Verständnis von Macht. Und der herrlich ironische Blick auf die Bürokratie. Du musst wissen, ich studiere Jura.«

»Das erklärt einiges. Das Poloshirt zum Beispiel.«

»Es ist rosa.« Benedict zwinkert mir zu.

Schmunzelnd wende ich den Blick ab. »Bist du von der Party geflohen?«

»Kann man so sagen.« Als Benedict sich neben mir bewegt, rieche ich sein schweres Parfüm. »Und du?«

Ich zucke die Schultern. »Studierendenpartys.«

Er sieht mich von der Seite an. »Nächste Woche schmeißt Fabian die nächste Party, falls du das Tanzbein schwingen möchtest.«

Ich drehe mich halb zu ihm um und nicke in Richtung der hemmungslosen Menschen unter uns. »Wenn du von BAföG lebst, bekommen Partys unter der Woche plötzlich den Beigeschmack von Existenzangst. Das Amt steht auf Regelstudienzeit.«

Er legt den Kopf schief und mustert mich eingehend. »Was studierst du?«

»Soziologie«, sage ich und halte seinem bohrenden Blick stand.

»Deswegen das fehlende Poloshirt«, sagt er. »Und Lackschuhe mit Absatz trägst du komischerweise auch nicht.«

Ich trete einen Schritt zurück, schiebe meinen Rock hoch und hebe mein ausgestrecktes Bein auf das Geländer. »Deswegen die Beinhaare.«

Benedict lacht. Der satte Klang peitscht wie Starkregen über die Dachterrasse. »Okay, okay. Du hast gewonnen. Du bist eindeutig cooler als ich.«

Ich nehme das Bein herunter. »So schnell gibst du auf?«

Er hebt entschuldigend die Hände. »Wer hat hier die behaarten Damenbeine? Eine gesellschaftlich bedrohte Spezies.«

Ich verbeuge mich tief, dann gehe ich langsam rückwärts. »Gute Nacht, Benedict.«

»Gute Nacht, Virginia. Vergiss nicht, nach oben zu sehen.«

»Aber Sterne sind doch nur Gaskugeln?«

»Gaskugeln, die aus Wasserstoff bestehen, welches sie verbrennen, um zu leuchten. Im Grunde ein selbstzerstörerisches System.«

Ich lache. »Und trotzdem halten sie einen davon ab, nach unten zu gucken.«

KAPITEL 3

Für die feministische Hochschulgruppe hat Dilara Sticker und Flyer bestellt. Wir verteilen sie in allen Gebäuden, hängen sie an die Wände, kleben sie auf Tische und Stühle. Als wir die Message verbreitet haben, hole ich Dilara am Institut für Soziologie ab und wir treffen Sascha und Benny in der Mensa.

»Nächste Woche kommen noch Plakate. Damit müssen wir den Rest der Uni zupflastern«, sagt Dilara, als wir Seite an Seite ins Untergeschoss des Hauptgebäudes gehen. »Wie war die Party noch?«

Wir nehmen uns Tabletts von der Ablage und stellen uns in die Schlange. Eine unangenehme Gänsehaut zieht sich meinen Nacken hoch über die Kopfhaut und ich würde mich gern schütteln, denn es stinkt nach Fritteusenfett.

»Ich bin nicht mehr lange geblieben. Unsere Tänzerin hat geschlafen«, antworte ich und rücke vor. »Ich habe mich mit jemandem unterhalten. Bastian oder Benjamin.«

Dilara runzelt die Stirn. »Studiert er hier?«

Ich nicke. »Ja, Jura. Wie hieß er noch ...«

»Du meinst Benedict. Benedict Theodor Bennett. Fabians Cousin.«

»Genau! Er heißt Benedict. Kennst du ihn?« Unser Gespräch wird unterbrochen, da Dilara Nudeln bevorzugt, während ich zur Salatbar durchgehe.

»Ist das alles?«, fragt Dilara und unterzieht meinen Teller einer Autopsie, als wir uns an der Kasse wiedertreffen.

»Ich esse mittags leicht«, sage ich. »Du kennst also Bastian-Benjamin?«

Wir steuern die Tische an. Um diese Zeit ist die Mensa voller Studierender, sodass wir suchend durch die Reihen gehen. Benny erblickt uns zuerst, denn seine Hand schnellt in die Höhe und er winkt uns zu. »Hey!«

»Frag lieber, wer Benedict nicht kennt. Seinem Vater gehört die Rechtsanwaltskanzlei Bennett. Sie sind die wohlhabendste Familie in Havenitz. Ich dachte, du kommst von hier?«

Wir erreichen Sascha und Benny. Ich stelle mein Tablett auf den Tisch und rutsche neben Dilara auf einen Stuhl. »Ich bin in Westlingen auf die Gesamtschule gegangen. Die Wohnwagensiedlung gleicht einem Isolationstrakt. Außerdem interessiere ich mich nicht für die Havenitzer Dorfprominenz.«

»Ich mich auch nicht«, mischt sich Benny ein. »Wobei *du* das mit der *Dorf*prominenz gesagt hast. Immerhin hat Havenitz zwei Vororte – ich muss es wissen, ich wohne in einem.«

»Virginia hat auf Fabians Party Benedict kennengelernt.« Dilara schiebt sich eine Gabel heißer Nudeln in den Mund.

Saschas Augen werden groß. »Er war da? Ich habe ihn den ganzen Abend nicht gesehen.«

»Er hat sich auf der Dachterrasse versteckt.« Ich spieße eine Tomate auf.

»Okay, das sieht ihm ähnlich«, sagt Benny. »Er lässt sich so gut wie nie auf Partys blicken.«

»Das kann daran liegen, dass die Partys seines Cousins einfach schlecht sind«, wirft Dilara ein, woraufhin Sascha eine missbilligende Grimasse zieht.

»So mies sind sie auch nicht.« Sie richtet sich in ihrem Stuhl auf. »Ich hatte jede Menge Spaß.«

Verständnislos schüttele ich den Kopf. »Ich verstehe nicht, was du an ihm findest.«

»Nichts«, sagt Sascha mit schwingendem Stolz. »Ich wollte mit ihm schlafen und das habe ich getan. Vorsicht, Virginia, dir hängt eine Locke im Salat.«

Ich ziehe mein Haar aus dem Essen, und als ich aufblicke, steuert kein Geringerer als Fabian unseren Tisch an. Er trägt ein enges Jackett, darunter einen schwarzen Hoodie, dessen Kapuze er sich tief ins Gesicht gezogen hat. Ich trete Sascha unter dem Tisch.

»Oh, hey«, sagt diese lahm.

Benny rückt auf, sodass sich Fabian neben Sascha setzen kann. Lässig fläzt er sich in den Stuhl und schlägt die Beine übereinander.

»Was geht?«, fragt er in die Runde.

Dilara räuspert sich, ich stopfe mir eine Gurkenscheibe in den Mund und Benny sieht demonstrativ zur Decke.

»Wir essen zu Mittag«, spricht Sascha das Offensichtliche aus. »Was geht bei dir?«

»Wie lange hast du heute Uni?«, fragt Fabian.

»Ähm …«, stammelt sie. »Bis 16 Uhr, aber ich habe danach schon was vor.« Über die Schulter wirft sie Benny einen Blick zu.

»Ach, das kann ich allein machen«, wiegelt dieser ab, guckt Sascha jedoch nicht an.

»Bist du dir sicher?«

»Klar, ich frage einfach Dilara oder Virginia.«

»Sehr gut«, sagt Fabian und steht auf. »Dann sehen wir uns später.« Er lächelt nicht, er zwinkert nicht, er hebt nicht die Hand. Mit zusammengepressten Lippen dreht er sich um und verschwindet ebenso schnell, wie er gekommen ist.

»Was war das denn?«, spricht Dilara aus, was wir alle denken.

Sascha fährt mit der Hand über die kurz rasierte Seite ihres

Sidecuts. »Keine Ahnung«, stöhnt sie. »Der Sex war ganz gut. Nicht überragend, aber besser als okay. Und das qualifiziert ihn für eine zweite Runde.« Sie blickt in mein Gesicht. »Was guckst du so schockiert? Ich dachte, du bist Feministin.«

Hastig schüttele ich den Kopf. »Oh, nein, nein, nein. Sorry. Du kannst schlafen, mit wem du willst und so oft du willst. Ich bin uneingeschränkt auf deiner Seite.«

»Und trotzdem denkst du, ich bin eine Schlampe?«

»Eine Schlampe? Nein, du bist eine junge selbstbewusste Frau, die gerne Sex hat.«

»Die *Schlampe* ist nur ein weiteres Konstrukt des Patriarchats, um Frauen klein und unterwürfig zu halten. Weibliche Sexualität zu beschämen, ist Teil des Systems«, vollendet Dilara meinen Satz.

Ich nicke zustimmend.

»Schön«, sagt Sascha, zuckt leichthin die Schultern und greift nach ihrem Rucksack. »Ich bezeichne mich aber gern selbst als Schlampe. Bis später, ich habe jetzt Quantenphysik.« Sie wirft ihre Tasche auf den Rücken und rauscht davon.

»Quantenphysik?«, frage ich.

»Ja. Sascha studiert Physik«, erklärt Dilara und deutet über den Tisch auf Benny. »Und Bernhard Müller BWL.«

Ich grinse. »Bernhard? BWL?«

»Willkommen in meinem Leben«, sagt Benny. »Jetzt, da Sascha anderweitige Pläne hat, brauche ich eine neue Location für heute Nachmittag. Wer erklärt sich bereit?«

»Wir bekommen Besuch von meinen Großeltern und die sind etwas konservativ«, sagt Dilara entschuldigend. »Meine Oma bekommt bei meinen feministischen Ausführungen schon Schnappatmung, bei einem sich schminkenden Mann in unserem Wohnzimmer würde sie vermutlich in Ohnmacht fallen.«

»Was hast du vor?«, frage ich und stapele unsere leeren Teller.

»Ich habe einen YouTube-Kanal. *SparklingBenny_01*, fast hunderttausend Abos. Ich drehe Make-up-Tutorials.«

»Wow«, sage ich anerkennend. »Ich stelle dir mein Wohnheimzimmer gern zur Verfügung.«

»Ich danke dir«, erwidert er. »Ich komm gegen fünf vorbei.«

Als Benny und ich gleichzeitig vor dem Wohnheim eintreffen, schwimmt die zitronengelbe Sonne in wolkenlosem Blau. Mehrere Taschen hängen über Bennys Schultern. Er bugsiert zwei Softboxen durch die Tür, die er mit der Hüfte aufstemmt. Als ich ihn sehe, laufe ich auf ihn zu.

»Warte.« Ich nehme ihm eine Softbox ab und halte die Tür auf.

»Virginia, dich schickt der Himmel. Der Himmel, in dem ein alter weißer Mann mit langem Bart sitzt und über uns alle richtet.«

»Wenn das so ist, schick mich in die Hölle.«

»Und mich erst! Ich hatte wirklich unchristliche Gedanken, als ich das Zeug durch Bus und Bahn schleppen musste.« Hinter mir steigt Benny die Treppen hoch.

»Wieso überhaupt der Aufwand? Kannst du deine Videos nicht bei dir zu Hause drehen?«, frage ich, als wir vor meiner Zimmertür stehen. Vorsichtig öffne ich die Tür und sehe, wie Friedrich Schiller schwanzwedelnd unter dem Bett hervorkommt.

»Ich habe dich auch vermisst«, flüstere ich in sein Schlappohr und nehme ihn auf den Arm.

Benny lädt seine Taschen ab. »Wen haben wir denn da?«, fragt er in einer Stimmlage, in der Erwachsene für gewöhnlich nur mit Haustieren und Babys sprechen.

»Das ist Friedrich Schiller.«

»Friedrich Schiller, hm?« Er kommt auf mich zu und lässt den Chihuahua an seiner Hand schnuppern. Dieser schiebt seine feuchte Zunge aus dem Maul und leckt ihm über die Finger.

»Ist das so ein komisches arrogantes Ding unter Geisteswissenschaftlerinnen? Heißt dein Staubsauger Nietzsche und dein Toaster Brecht?«

»Es ist eher ironische Kritik am Akademismus«, sage ich. »Wobei ich *Kabale und Liebe* gern gelesen habe.«

Benny sieht mich entgeistert an, dann hebt er ergeben die Hände. »Okay, ich bin raus. Da werden die BWL-Anglizismen auf einen Schlag sympathisch. Ich widme mich jetzt besser meinem Business und kreiere wertvollen Content für meine Follower. Mein Mindset ist on point!«

»Sollen mein *roommate* und ich dich allein lassen?«

Er schürzt die Lippen und schüttelt leicht den Kopf. »Virginia, *roommate* ist kein Anglizismus«, sagt er bedauernd. »Und solange ich aufbaue, könnt ihr bleiben.«

Ich setze mich auf den Boden, sodass es sich Friedrich Schiller in meinem Schoß gemütlich machen kann. Mit den Fingernägeln kraule ich ihn ausgiebig hinter den Ohren, während ich Benny dabei beobachte, wie er mit ruhiger Hand sein Equipment aufbaut. Konzentriert bringt er seine Kamera am Stativ an, kontrolliert den Akku, richtet die Softboxen aus und macht eine Probeaufnahme.

»Ich muss erst die Lichtverhältnisse checken«, erklärt er, während er seine Make-up-Utensilien auf dem Bett ausbreitet.

»Ich bin beeindruckt«, sage ich. »Du hast einen ganzen Drogeriemarkt dabei.«

»Ach, das …«, winkt Benny ab. »… ist nur die Basic-Ausrüstung. Zu Hause habe ich noch viel mehr versteckt.«

»Versteckt?«

Benny hält inne. Seine Hände schweben über den Tuben und Tiegeln, ehe er danach greift.

»Sorry, ich …«, möchte ich meine Neugier entschuldigen, doch er unterbricht mich.

»Ist okay.« Er dreht sich zu mir um, ein halbherziges Lächeln auf das Gesicht gepresst.

»Mein Vater«, beginnt er, und ich weiß, dass auf *mein Vater* nichts Gutes folgen kann. »Mein Vater weiß nichts von meinem YouTube-Kanal. Und ich kann es ihm nicht sagen, weil …«

Ich lasse Friedrich Schiller los, der zu Benny läuft und sich an seine Beine schmiegt.

»Weil dein Vater ein intoleranter Trottel ist?«

Benny lacht überrascht. »So kann man es sagen. Man kann aber auch sagen, dass er seinen Sohn zu einem starken Mann erziehen wollte, und *stark* hier das Synonym für gefühllos, fleischessend, niemals weinend und bis in die Haarspitzen heterosexuell ist.«

»Aber«, ich mache eine Geste, die seine gesamte Erscheinung einschließt, »nicht, dass ich auf trainierte Pumper-Brüder stehe, aber ist dein Körper nicht *männlich* im männlichsten Sinne?« Mit Zeige- und Mittelfingern mache ich Anführungszeichen in die Luft. »Wie viel Lebenszeit geht für solche Oberarme drauf?«

Benny streichelt den Chihuahua, hebt dabei jedoch den Blick und sieht mich an. »Ist das nicht der Punkt?«, fragt er. »Der Pumper-Bruder mit dem Lippenstift? Tunte, Weichei, Pussy – such dir aus, was mein Vater zu mir sagen würde, wenn er mich mit Schminke im Gesicht sieht.«

»Und deswegen drehst du deine Videos nicht zu Hause?«

Er nickt.

»Wieso ziehst du nicht aus?« So wie ich ausgezogen bin – und meine Mutter alleingelassen habe.

»Eigentlich ist mein Vater kein schlechter Mensch. Er ist hinsichtlich der Rollenbilder nur etwas konservativ.«

Ich nicke knapp.

Eigentlich ist sein Vater ein kleinkarierter Trottel, der seinen Sohn nicht akzeptieren und lieben kann, wie er ist. Eigentlich reicht die Liebe seines Vaters nicht aus. Aber eigentlich reicht Bennys Liebe zu ihm aus.

Eigentlich tun unsere Eltern uns nicht gut, aber eigentlich lieben wir sie.

Ich strecke meine Beine und stehe auf. »Wir lassen dich jetzt in Ruhe arbeiten.«

Benny grinst mich an. »Danke.«

»Deine Zähne«, sage ich, »sind so weiß, dass sie mich blenden!«

Er lacht laut auf. »Tja, ich weiß einfach, wie's geht.«

Als ich meinen Hund auf die Wiese bringe, steht die Sonne etwas tiefer und die Luft ist abgekühlt. Ich setze mich ins Gras, durch das Friedrich Schiller streift. Die hellgoldenen Sonnenstrahlen treffen auf mein Gesicht, und ich öffne den Mund, um sie zu verschlucken, hebe die Hand, um sie zu greifen. Mein Blick geht über die Wiese hinüber zum Parkplatz vor dem Wohnheim.

Ich erkenne ihn an dem Poloshirt. Es ist nicht rosa, sondern dunkelblau, aber ebenso eng anliegend wie letzte Nacht. Er macht Schritte, die den Boden unter ihm beben lassen, und wiegt dabei seine Hüfte in einem eleganten Rhythmus.

Ich überlege, zu ihm zu gehen. »Hi«, würde ich sagen. »Ich bin die mit den Beinhaaren.«

Er geht auf einen Sportwagen zu, kramt im Gehen nach dem Schlüssel und entriegelt das Auto. Es ist, als gingen wohlhabende Menschen aufrechter, weil Geldsorgen sie nicht niederdrücken.

Ich wende den Blick ab. Friedrich Schiller steht wie angewurzelt da, starrt mit gespitzten Ohren zu Benedict hinüber, und in dem Moment, in dem ich nach meinem Hund rufen möchte, saust er los.

Überrumpelt bleibe ich im Gras sitzen und beobachte, wie mein schwerer Chihuahua den Sprint seines Lebens hinlegt. Als er Benedict erreicht, bellt er ihn an. Irritiert guckt sich dieser um.

Seufzend gehe ich auf die beiden zu. Ich überquere die Wiese und bleibe wenige Meter vor Benedicts Wagen stehen. Er erkennt mich sofort.

»Ist das dein Hund?«, fragt er, und seine graublauen Augen schimmern amüsiert.

»Normalerweise hat er bessere Manieren«, antworte ich und sehe Friedrich Schiller streng an. Der Hund steht mit wedelndem Schwanz zwischen uns.

»Ist okay«, sagt Benedict, geht in die Hocke und begrüßt den Vierbeiner. »Er scheint einen fabelhaften Menschengeschmack zu haben.«

»Das sehe ich auch so.«

Benedict sieht von dem Chihuahua zu mir. Sein Grinsen wird mit jeder Sekunde breiter und tiefe Grübchen bilden sich auf seinen Wangen.

»So klischeehaft sehen wir uns also wieder? Beim Spaziergang mit dem Hund?«

»Keine Sorge. Ich habe nicht an der nächsten Straßenecke auf dich gewartet und Friedrich Schiller auf dich angesetzt.«

»Ich bin nicht sicher, ob ich darüber erleichtert oder enttäuscht sein soll.« Er erhebt sich aus der Hocke und steht vor mir. Ich weiche vor seiner einnehmenden Präsenz nicht zurück. Mit dem Kinn deutet er auf das Hochhaus in meinem Rücken.

»Du wohnst im Wohnheim?« Er wickelt seine Aussage in eine rhetorische Frage, also nicke ich.

»Und du wohnst ... vermutlich nicht in deinem Auto? Wobei das eine ziemlich luxuriöse Bleibe wäre.«

Er blickt kurz zu seinem Wagen und seine Wangen färben sich hellrot. »Ähm ... nein. Ich wohne am östlichen Stadtrand.«

»Das Schloss neben Fabians Schloss?«

»Richtig.«

»Puh«, sage ich. »Riechst du das auch? Hier stinkt es nach nicht selbst verdientem Geld.«

»Oder hat dein Hund gefurzt?«

»Oh nein. Das tut er für gewöhnlich nur, wenn er sich wohlfühlt.«

»Na, wenn das so ist«, erwidert er und geht auf seinen Wagen zu. »Dann nehme ich mir das fürs nächste Mal vor.«

»Nächstes Mal?«

Benedict steht an der Fahrertür, seine Hand liegt auf dem Griff. »Ja, nächstes Mal. Wenn du deinen Hund als Vorwand benutzt, um mich zu treffen. Oder wenn ich dich offiziell nach einem Date frage?«

Meine Lippen teilen sich, meine Zunge formt Worte, doch auf dem Weg hinaus verknoten sie, stolpern übereinander und bleiben ungesagt. Ich nehme Friedrich Schiller auf den Arm, mache auf dem Absatz kehrt und verschwinde.

»Du siehst aus, als hättest du ein Gespenst gesehen«, sagt Benny, als ich atemlos in der Zimmertür stehe. Er sortiert den Lidschatten von hell zu dunkel zurück in seinen Make-up-Koffer.

Ich schließe die Tür in meinem Rücken und lasse den Hund aus dem Einkaufskorb.

»Alles okay«, winke ich ab. Friedrich Schiller sitzt zu meinen Füßen und blickt irritiert zu mir hinauf. Ich strecke ihm die Zunge raus.

»Und? Hat alles geklappt?«

Benny reibt mit einem Abschminktuch über sein Gesicht. »Ja. Ich habe ein kurzes Tutorial zu einem schimmernden Augen-Look gedreht. Die Community wird ausrasten.«

»Schön.« Ich setze mich neben ihn auf die Bettkante. »Falls du noch mal einen Raum zum Drehen brauchst …«

»Ach, Virginia«, fällt er mir ins Wort. »Danke.« Er legt seine langen Arme um mich. Seine Umarmung riecht nach Moschus und schmeckt nach Herzlichkeit. Wie ein verzögerter Automatismus verharre ich wenige Sekunden, doch dann erwidere ich die Geste.

»Ich liebe deine Haare«, murmelt er an meinem Ohr. »Habe ich dir das schon mal gesagt?«

»Nein.«

»Dann weißt du es jetzt. Woher hast du diese rote Lockenmähne?«

Langsam ziehe ich mich aus der Umarmung. »Von meiner Mutter.«

Benny steht auf, hängt sich die Kameratasche um die Schulter und greift nach dem Make-up-Koffer. »Deine Mam muss verdammt schön sein.«

»Sie ist … vieles.« Ich beiße mir auf die Zungenspitze, lasse die Adjektive wie Seifenblasen in der Luft hängen, bis sie zerplatzen. »Brauchst du Hilfe?«

Benny schüttelt den Kopf. »Nein. Danke trotzdem.«

Ich begleite ihn die fünf Schritte bis zur Zimmertür. »Gern geschehen.«

Ich werde das Gefühl nicht los, dass er als *SparklingBenny_01* zu mir kam und mein Zimmer jetzt als Bernhard Müller verlässt.

»Bis nächste Woche.«

»Bis dann«, sage ich und schließe die Tür hinter ihm. Mit einem ergebenen Seufzen falle ich rücklings auf mein Bett. Wenn ich die Augen schließe, sehe ich, wie Benedict vor seinem Wagen steht und mich nach einem Date fragt. Also starre ich angestrengt an die Decke.

Mit dreizehn knutschte ich mit einer Schulfreundin rum. Ihr Name ist Birte und ihre Mutter arbeitete als Kunstdozentin und schickte ihre Tochter vermutlich auf die Gesamtschule am Stadtrand, damit Birte sehen konnte, wie gut es ihr im Vergleich zu anderen Kindern ging. Birte hat mich rumgekriegt, indem sie über *Der Schrei* fachsimpelte, als wäre das Gemälde eine Kandidatin bei *GNTM*. Mit dem Handy stoppte Birte die Zeit und am Ende unseres zwanzig Minuten und einunddreißig Sekunden langen Kusses tropfte mir der Sabber literweise vom Kinn. Drei Jahre später – Birte war auf das Gymnasium gewechselt – habe ich meinem Freund Cem einen geblasen. Dabei spritzte er mir versehentlich ins Gesicht, sodass ich mit brennendem Auge über dem Waschbecken hing und Cem mit heruntergelassener Hose und vor Schreck geschrumpftem Penis hilflos neben mir stand. Auf einer der beiden Abipartys, die ich während der Oberstufe besuchte, schlief ich mit einem Typ aus dem Parallelkurs. Ich wollte wissen, ob es blutet. Spoiler: Tut es nicht immer. Es war nicht sonderlich schmerzhaft, aber komplett unspektakulär. Bis auf ein unangenehmes Ziehen spürte ich nichts. Danach fragte mich der Typ, ob ich gekommen sei. Ich sagte *Nein* und ging aus dem Zimmer. Das war's mit Intimitäten.

Friedrich Schiller springt auf die Bettdecke, läuft zweimal im Kreis und schmiegt seinen Kopf schließlich in meine Halsbeuge.

Ich mach's mir einfach selbst. Schon immer. Und für immer?

KAPITEL 4

Ich hocke im Waschkeller. Unter meinen nackten Füßen der kalte Beton, der Wäschekorb auf meinen Knien balancierend, vor mir die Maschine, aus deren Trommel ich lange schwarze Haare ziehe.

Mein Blick huscht zu dem Handy, das auf der Waschmaschine liegt.

Ich stopfe Unterhosen, T-Shirts und Pullover in die Maschine, dann eine Jeans, deren Hosenbein aus der Trommel hängt, weil ich aufspringe und nach meinem Telefon greife. Es hat doch gerade vibriert?

Langsam sinke ich zurück in die Hocke, zwänge die Jeans in die Maschine, Socken hinterher. Im Augenwinkel beobachte ich das Smartphone.

Meine trockene Zunge schiebt sich zwischen meine Lippen und verharrt im Mundwinkel. Ich kippe zu viel Waschmittel in die Schublade, drehe hektisch am Temperaturregler und taste nach meinem Handy, klemme den Wäschekorb unter den Arm und renne aus dem Keller.

In meinem Zimmer reiße ich den Einkaufskorb aus dem Kleiderschrank und setze Friedrich Schiller hinein. Noch ehe er versteht, dass wir das Zimmer verlassen, haben wir es getan. Ich überquere den Parkplatz, sehe den Bus um die Ecke biegen und laufe los.

Mein Herz rast, als ich auf einen Sitz rutsche.

Kein Anruf in Abwesenheit. Nicht einer.

Ich schließe die Augen und lehne den Kopf an die kühle Fensterscheibe. Der Bus ruckelt unter meiner Schläfe, sodass mein Kopf in einem stetigen Rhythmus gegen die Scheibe schlägt.

In Westlingen spuckt mich der Bus aus. Zwischen den Plattenbauten pfeift ein kalter Wind. Eingeschlagene Fensterscheiben, mit Parolen und Rechtschreibfehlern beschmierte Hauswände, der Boden der Hausflure besteht aus mehreren Schichten: Kotze über Perspektivlosigkeit, Blut einer gebrochenen Nase über zertretenen Zukunftsentwürfen. Zwischen dem Versuch, möglichst viele Menschen auf möglichst wenige Quadratmeter zu quetschen, spannt sich ein unsichtbares Banner: *Willkommen in der Armut. Sie können Ihre Menschenwürde an der Garderobe abgeben.*

Hinter den Hochhäusern beginnt die Wohnwagensiedlung. Ein von Rost orangebraun gefärbter Zaun steckt das Gelände ab. Ich gehe durch das niedrige quietschende Tor. Zu beiden Seiten des gepflasterten Wegs reihen sich Wohnwagen aneinander, später Holzhütten und am Ende des Platzes Zelte. Neben Sexarbeiterinnen wohnen Rentner hier, die sich keine Wohnung leisten können. Ein junges Paar aus Berlin – Ida und Jakob – zog letzten Sommer in eine Holzhütte, weil sie wegwollten von der Hektik, dem Stress, dem Konsum, ganz allgemein weg von der Postmoderne. *Klasse*, fand es Ida, *dass hier Menschen unterschiedlicher Nationalitäten und Schichten zusammenkommen. Hier aufzuwachsen*, fragte mich Jakob, *muss doch das reinste Abenteuer gewesen sein?*

Ich hingegen frage mich, ob so das Gesicht der Gentrifizierung aussieht. Jung, weiß, mit Dreadlocks und akademischem Abschluss in einer Geisteswissenschaft.

Zwischen Wohnwagen Nummer sieben und neun verlasse ich den Weg und biege um die Ecke.

Meine Mam sitzt vor dem Wagen in einem Campingstuhl, den Kopf zurückgelegt, sodass ihr bleicher Hals in der Sonne glänzt. Änni sitzt ihr gegenüber.

Ich schnalze mit der Zunge. Mams Kopf schnellt in die Höhe. Als sie mich durch das Gras gehen sieht, springt sie aus dem Stuhl und die Cola in ihrer Hand schwappt aus der Dose.

»Zuckermäuschen!« Sie schlingt beide Arme um meinen Hals und presst mich an sich. Ich rieche ihre Hautcreme – und ein bisschen Kummer.

»Hey«, sage ich und schlüpfe sanft aus ihrer festen Umarmung.

Mam legt mir die Hände auf die Schultern und mustert mich von Kopf bis Fuß. »Du hast abgenommen.«

Ich schüttele ihre Hände ab und übergehe ihre Aussage, indem ich auf Änni zugehe. Diese steht auf und küsst mich auf den Mund. »Hey, Kleine.«

Ich kenne Änni seit meinem sechsten Lebensjahr. Mit meiner ersten Schullektüre saß ich auf den Treppenstufen vor dem Wohnwagen, als Änni auf mich zukam. Ich war mir sicher, dass sie ein Zombie ist. Ihr dunkles verfilztes Haar, ihre glühend roten Augen und die fleckige Haut waren Indizien genug. Ich schrie nach meiner Mutter. Sie und der Zombie schlossen sich für mehrere Stunden im Wagen ein und abends musste ich mir mit dem Zombie die Matratze teilen.

»Möchtest du etwas trinken?«, fragt Mam und geht, ohne meine Antwort abzuwarten, in den Wohnwagen.

Ich nehme mir einen der faltbaren Campingstühle, klappe ihn auf und setze mich Änni gegenüber. Heute fließt ihr Haar wie ein reißerischer schwarzer Fluss ihren Rücken hinab und ihre prachtvollen Brüste hängen wie überreife Früchte. Doch ihre Lippen sind spröde und ihre Haut platzt auf, als wäre Änni eine sich häutende Schlange. Es ist kein Zeichen für Wachstum, im Gegenteil, der Anfang vom Ende, die schleichende Verendung, kurzum: das Altern.

Als sie mich anlächelt, fehlt ein Schneidezahn.

»Mirella hat recht«, sagt sie. »Du bist dünn geworden. Isst du genug?«

Ich unterdrücke den Impuls, die Augen zu verdrehen. »Was ist mit deinen Zähnen?«

Änni hebt die Hand zum Mund, als würde ihre Unterlippe bluten. »Nichts.«

Mam kommt aus dem Wagen und reicht mir eine Cola.

»Danke.«

Sie nimmt ihren Campingstuhl und rückt ihn dicht an meinen, dann streichelt sie meinen Oberschenkel und fragt: »Wie geht's dir? Wie läuft die Uni? Ist alles okay? Der Frühling tut dir gut, dein Gesicht ist voller Sommersprossen.«

Ich spüre das Kondenswasser der Coladose an meinen Fingerkuppen. »Es geht mir gut. Die Uni ist okay. Am Donnerstag war ich auf einer Studierendenparty.«

»Du warst auf einer Party?«

»Hast du dir einen Studenten klargemacht?«, fragt Änni. »Vielleicht einen Ingenieur? Oder einen Mediziner?«

»Änni.« Nun rolle ich doch die Augen. »Du kennst mich doch. Außerdem kann man an der Uni Havenitz nicht Medizin studieren.«

Sie schnalzt verächtlich mit der Zunge. »Oh ja, ich kenne dich. Manchmal frage ich mich, ob du überhaupt auf Schwänze stehst.«

Manchmal frage ich mich, wie viele Frauen überhaupt auf Schwänze stehen. Oder nur auf die trügerische Sicherheit des Topos Ehemann.

»Ich meine es ernst«, erklärt Änni unbeirrt. »Statistisch gesehen finden Menschen ihren Lebenspartner im Studium.«

Ich schüttele den Kopf. »Du meinst, statistisch gesehen studieren junge kluge Frauen, nur um wenige Jahre später doch ihre eigene Karriere hinter der ihres Mannes anzustellen und als Hausfrau und Mutter zu enden.«

»Du bist immer so positiv, Schatz«, sagt Mam lachend. Dabei fächern sich jede Menge feiner Falten um ihre Augen auf. Als ich so neben ihr sitze, fällt die Anspannung der letzten Stunden von mir. Mam ist okay.

»Wisst ihr was?«, fragt sie. »Zur Feier des Tages bestellen wir Pizza. Pizza ist in Ordnung, oder?«

Die unangetastete Cola wird in meiner Hand doppelt so schwer, doch ich lächle. »Klar. Ich nehme Zwiebeln und Pilze, bitte.«

Mam steht auf und sucht nach ihrem Handy.

Ich gucke ihr nach.

»Sie vermisst dich.«

Ruckartig reiße ich den Blick von meiner Mutter und drehe mich zu Änni. »Ich vermisse sie auch.«

Änni schüttelt den Kopf. »Nein. Nicht auf die Art. Es ist, als würdest du bei einer Gleichgewichtsübung den Fixpunkt verlieren. Sie steht noch, aber sie wankt. Sie hat den Halt verloren.«

Darauf weiß ich keine Antwort.

Zu meinem dreizehnten Geburtstag besorgte meine Mutter neben dem für ihre Kundschaft und dem, den wir uns bis dato teilten, einen dritten Wohnwagen. *Privatsphäre muss sein*, beschlossen sie und Änni, *schließlich würde ich bald Pornos gucken.* Es war ein gebrauchter, billiger Wagen, doch ich hatte eine Matratze, einen Schreibtisch, Schränke und meinen eigenen

Himmel. Änni schenkte mir einen LED-Sternenhimmel-Projektor, ich riss die Seiten meiner Lieblingsbücher heraus und tapezierte damit die Wände. In der Nacht vor meinem Umzug ins Wohnheim lagen Mam und ich schnapstrunken auf dem Wagenboden, und während meine Mutter still weinte und ich still verharrte, tanzten leuchtende Galaxien über tintenbedrucktes Papier. Nach meinem Auszug verschenkte Mam in Absprache mit mir den Wohnwagen an das Paar aus Berlin.

Ich drehe das Pizzastück auf dem Pappteller im Kreis. Der billige Käse zieht Fäden.

Mam hat nie viel von ihrer Familie erzählt. Ich weiß, dass ihre Mutter gern Zitroneneis aß und sie mit einem grünen Ast schlug, frisch und biegsam. Nach dem Abitur zog meine Mutter nach Hamburg, in den Westen, Großstadt, blitzneue Identität. Sie begann ein Mathematikstudium, doch kurz darauf wurde sie mit mir schwanger. Mein Vater, ein Franzose mit polierten Lederschuhen und herausragenden Manieren, den weichsten Händen, die Mam je berührt haben, wollte die Schwangerschaft mit einem Frühstück feiern.

Neunzehn Jahre später sucht er immer noch die nächstgelegene Bäckerei.

Ich fühle mich, als hätte ich durch die Nabelschnur Mirellas Autonomie gefressen. Sie ist keine eigenständige Person mehr – wie Teer klebt meine Existenz an ihr. Wie tief ist unter der Mutter das Individuum verschüttet?

Mam leckt sich die fettigen Finger. Die Locken rahmen ihr Gesicht und ihre Nasenflügel zucken, weil sie konzentriert isst.

Ich weiß, dass die Geschichte mit dem Franzosen erfunden ist.

Der frühe Abend tischt ein sattes Dunkelblau auf. Grillen zirpen, Stechmücken umkreisen uns, ich höre ihr Summen dicht an meinem Ohr. Mam schaltet die Lampiongirlande an, die über der Wohnwagentür hängt, und zieht die Strickjacke enger um ihre schmalen Schultern.

Um sie zu provozieren, sage ich: »Ich möchte keine Kinder.«

»Ach was«, entgegnet Mirella prompt. »Das sagst du jetzt. Du bist jung. In zehn Jahren siehst du das anders.«

»Ich glaube nicht«, halte ich dagegen. »Und ich frage mich, warum das so oft gesagt wird. Ich sage, dass ich kein Kind möchte, und die Leute reagieren alle gleich: *Das kommt schon noch. Jede Frau möchte Kinder. Alles andere ist gegen die Natur.*« Ich begegne Mams Blick – er ist so wie immer, wenn sie mir nicht folgen kann: höchst aufmerksam, aber verwirrt. »Mein Leben und mein Wert ist jedoch absolut losgelöst von meiner Gebärfähigkeit.«

»Natürlich musst du kein Kind kriegen«, sagt Mam. »Aber du solltest dich gedanklich auch nicht mit neunzehn sterilisieren. Ich wollte auch keine Kinder.«

»Und jetzt sieh sie dir an«, wirft Änni ein. »Komplett abhängig von der Liebe ihrer Tochter.«

Mam kichert. »Wenn du dich jemals gegen den Alkohol, die Zigaretten und die Hurerei und für ein Kind entscheidest, wirst du mich verstehen.« Sie lehnt sich in ihrem Stuhl weit zu mir und küsst mich auf die Wange.

»Aber Mirella«, erwidert Änni mit einem boshaften Grinsen. »Du hast dich doch trotz Kind für den Suff, die Kippen und die Hurerei entschieden.«

Jetzt lacht Mam laut, und als sie sagt: »Du bist ein Teufelsweib, Annegret«, fällt auch Änni in ihr Lachen ein.

Ich springe von meinem Stuhl auf. »Das ist mein Stichwort.«

Das Kichern bleibt Mam im Hals stecken. Sie richtet sich auf und lächelt mich an, doch das Bedauern färbt ihr Lächeln traurig.

»Okay.« Sie nimmt mich zum Abschied fest und lange in die Arme. »Schön, dass du hier warst. Wann kommst du wieder?«

An ihrer Schulter verziehe ich das Gesicht. »Ich weiß es noch nicht. Vielleicht an Pfingsten.«

Ich spüre ihr Zögern, doch nach einem letzten Einatmen meines Geruchs lässt sie mich los. »Okay«, sagt sie wieder, nickt mehrere Male mit dem Kopf und blinzelt.

Schnell gehe ich zu Änni und küsse sie links und rechts auf die Wange.

»Mach's gut, Kleine«, sagt diese. »Und stress dich nicht so sehr mit der Uni. Manchmal muss man fünfe gerade sein lassen. Sagt man das so? Bei den schlauen Menschen mit Redewendungen?«

»Du bist auch ein schlauer Mensch mit Redewendungen.«

Änni wackelt süffisant mit den Augenbrauen. »Das weiß ich doch. Deswegen habe ich die Ausbildung und das Studium direkt übersprungen.«

Ich drehe mich ein letztes Mal zu Mirella. »Bis bald, Mam.«

»Bis bald, mein Zuckermäuschen. Ich liebe dich!«, ruft sie und winkt mir hinterher, bis ich zwischen den Wohnwagen verschwunden bin.

In der marineblauen Dunkelheit gehe ich durch das Tor, zwischen den schläfrigen Plattenbauten hindurch zurück zur Bushaltestelle.

Mam malt. Abstrakte Figuren mit spindeldürren Gliedmaßen und riesigen Köpfen, die von bunten Strudeln aus Ölfarben verschluckt werden. Zum Malen, so meine Mutter, wäre sie durch meinen Vater, den Franzosen, gekommen. Er hätte ihr eine Leinwand und den ersten Pinsel geschenkt, höflich und zuvorkommend mit vielen *Gern geschehen!*, und seine Haut, so weich und sanft, was für ein Glück, dass ich seine Hände habe.

Die Lüge sitzt mit uns am Tisch.

Glaubst du selbst an ihn, Mam?

Aber ich traue mich nicht, sie danach zu fragen, weil ich mich zu sehr vor ihrer Antwort fürchte.

Und so bleibt sie zwischen uns, diese Lüge, und wird erzählt, als wäre sie ein Märchen.

KAPITEL 5

Dilara wippt mit dem Fuß, was meine Aufmerksamkeit auf ihren weiß polierten Sneaker mit roségoldenen Seitenstreifen lenkt.

»Wir verteilen die Flyer und Plakate auch an den Orten, an denen wir die Sticker letzte Woche angeklebt haben. Doppelt hält besser, richtig?«

Wie oft sie wohl ihre Sneaker in der Waschmaschine wäscht? Selbst die Sohle sieht außergewöhnlich sauber aus.

»Virginia?« Sie schnippt mit zwei Fingern direkt vor meinem Gesicht. »Danach können wir in der Mensa essen. Es gibt vegetarische Lasagne.«

Ich blinzele. »Wie viele Paar Turnschuhe besitzt du?«

Dilara grübelt. »Ich schätze, um die dreißig.«

»Dreißig?« Ich sehe sie ungläubig an. »Ein eigenes Schuhregal nur für Sneaker?«

»Kann man so sagen.« Sie nickt. »Aber zurück zum Thema: Plakate aufhängen.«

Ich lege meine Zeigefinger aneinander. »Richtig. Zeig mal her.«

Dilara nimmt die Tasche von der Stuhllehne und zieht einen Stapel bunter Flyer hervor. Die zusammengerollten Plakate stehen neben ihrem Stuhl. Sie halbiert den dünnen Flyerstapel und drückt mir eine Hälfte in die Hand.

»Ich habe das erste Datum auf morgen, Dienstag, angepasst. Wenn wir die Plakate und Flyer jetzt verteilen, kommen morgen sicherlich mehr Studierende zur Gruppe. In Absprache mit ihnen können wir zum Montagsrhythmus zurückkehren. Ich möchte über die Demo auf dem Campusfest sprechen und mit der Planung beginnen. Ich habe auch noch mal Werbung auf Facebook gemacht und unsere Gruppe geteilt.«

Ich drehe den Stapel in meiner Hand.

Raise your voice for intersectional feminism!

Unter der Aufschrift ist eine comicartige Zeichnung von fünf Frauen: eine Schwarze Frau, eine Hijabi, eine asiatisch gelesene Frau, eine mehrgewichtige Weiße und eine Frau im Rollstuhl.

»Ich hänge die Plakate im Hauptgebäude auf. Du übernimmst am besten das Seminargebäude«, weist mich Dilara an. »Dann treffen wir uns zum Essen.«

Ich schlage in ihren High five ein und mache mich auf den Weg in das benachbarte Gebäude. Als ich das Anschlagbrett im Erdgeschoss erreiche, zucken meine Mundwinkel diabolisch. Der einzige Aushang auf dem Brett ist die nächste Aufführung des katholischen Kirchenchores der Universität.

Meinen Jutebeutel platziere ich auf einem Stuhl, krame darin nach dem Tesafilm und reiße den Streifen mit den Zähnen ab. Ich klebe mehrere Flyer mittig auf das Anschlagbrett. Das Kirchenblättchen sieht neben den pinken Flyern aus wie der langweilige Cousin mit Hornbrille.

»Deine roten Haare haben dich verraten. Ich wusste gleich, dass du eine Hexe bist.«

Die Stimme dicht an meinem Ohr lässt mich erschrocken herumfahren. Einen Moment lang rieche ich sein teures Parfüm, doch dann tritt Benedict zurück und sein Duft berührt mich nur noch flüchtig. Er trägt ein weißes Hemd mit Manschettenknöpfen, dazu eine dunkelblaue Anzughose und spitz zulaufende Schnürer. Für diesen piekfeinen Auftritt sind seine schwarzen Locken zu ungestüm.

»Feministinnen sind männerhassende Hexen mit Kurzhaarfrisur und Achselhaaren. Auf unseren Besen fliegen wir zur Weltherrschaft«, sage ich.

Er reißt die Augen auf. »Ich wusste es«, haucht er ehrfürchtig. »Ich habe es schon immer gewusst.«

»Vielleicht habe ich dich bereits bei unserer ersten Begegnung verzaubert? Fühlst du dich nicht von Frauen bedroht und einer Identitätskrise nahe, weil du nicht mehr der starke Ernährer sein musst?«

Benedict greift sich an die Brust. »Doch … doch. Jetzt wo du's sagst. Ich wache jede Nacht schweißgebadet auf, weil ich meine nicht existente Führungsposition an eine Kolleg*in* verlieren könnte und ich gleichzeitig die Windeln meines Kindes wechseln muss. Was ist das nur für eine Welt geworden?«

Er gewinnt. Mein Grinsen verflüssigt sich zu einem Lachen. Auch Benedict lacht, und wenn er das tut, treten tiefe Grübchen auf seine Wangen. »Ich kann nicht leugnen, dass du mich bereits bei unserer ersten Begegnung verzaubert hast.«

Mein Lachen stolpert, dann muss ich mich räuspern. »Okaaaay.«

Benedict hebt abwehrend die Hände. »Sorry«, sagt er ernst. »Ich wollte dich nicht in Verlegenheit bringen. Flirte ich zu offensiv? Vermutlich schon, wenn man bedenkt, dass du das letzte Mal vor mir weggelaufen bist.«

Er bietet mir eine bequeme Vorlage, mich aus der Affäre zu ziehen. Aber hier geht es nicht um einen Flirt, der mir unangenehm ist. »Nein«, sage ich. »Geht schon klar.«

»Aber du möchtest immer noch nicht mit mir ausgehen?«

Ich schüttele den Kopf. »Ich weiß es nicht«, sage ich und bin von meiner Ehrlichkeit selbst überrascht. »Aber ich treffe gleich eine Freundin in der Mensa, und wenn du möchtest, kannst du dich dazusetzen? Ganz unverbindlich, versteht sich.«

Benedict beißt sich auf die Unterlippe, doch ich sehe das Schmunzeln trotzdem. »Ganz unverbindlich. Natürlich.«

Mit Benedict durch die volle Mensa zu gehen, fühlt sich an, als würde ich die Lasagne mit nackten Brüsten durch den Gang tragen. Alle starren. Der einzige Unterschied zu den Brüsten liegt darin, dass mir niemand *Schlampe* hinterherruft und meine Nippel zensieren möchte.

»Hey«, begrüße ich Dilara. »Können wir uns setzen?«

»Oh«, macht sie überrascht, als sie den Kopf von ihrem Smartphone hebt und den Menschen zu meiner Rechten erblickt. Ihr Blick fliegt von ihm zu mir, zurück zu ihm. »Ähm … klar.«

Ich stelle das Tablett auf den Tisch und setze mich Dilara gegenüber, Benedict rutscht neben mich. Er lächelt über den Tisch. »Hey«, sagt er. »Ich bin Benedict. Virginia hat mich zum Essen eingeladen.«

»Ich weiß, wer du bist«, erwidert Dilara spitz. Ihr missbilligender Tonfall fällt ihr auf, denn ihre Wangen laufen rosa an und sie fügt freundlicher hinzu: »Ich meine, ich kenne die Kanzlei deines Vaters. Ich bin Dilara.«

Benedict nickt, rollt Nudeln auf seine Gabel und bugsiert den Nudelhaufen gekonnt auf einen Löffel.

»Ich werde nie verstehen, wie man Spaghetti mit Gabel und Löffel essen kann«, ziehe ich ihn auf und schneide die Lasagne auf meinem Teller in Stücke. »Wieso steckst du dir keine Serviette in den Hemdkragen?«

Er schluckt seinen Bissen hinunter und gibt zynisch zurück: »Dafür war das Hemd zu billig.«

Ich nicke verständnisvoll, dann frage ich an Dilara gewandt:

»Hast du die Plakate aufgehängt? Das Anschlagbrett im Seminargebäude besteht quasi nur noch aus Flyern.«

»Sie hat die ganze Wand damit tapeziert«, wirft Benedict ein.

»Sehr schön«, lobt Dilara. »Die Plakate im Hauptgebäude kann man nicht übersehen. Ich habe die Befürchtung, dass der Hausmeister sie wieder abreißt.«

Ich lecke Tomatensoße aus dem Mundwinkel und hebe den Daumen hoch.

»Ihr habt eine Hochschulgruppe gegründet und wollt auf dem Campusfest eine Demo organisieren? Habe ich das richtig verstanden?«, fragt Benedict.

»Richtig«, bestätige ich, und Dilara nickt ihm über den Tisch hinweg zu.

»Aber ... wofür?«

Dilara stützt ihre Ellenbogen auf den Tisch und lehnt sich weit vor. Ihre dunkelbraunen Augen glänzen herausfordernd. »Es ist eine feministische Demo. Und du fragst, wofür? Für die Gleichberechtigung und Gleichwertigkeit aller Menschen, ungeachtet ihres Geschlechts, ihrer Religion, Sexualität oder Hautfarbe.«

»Ist das denn noch so ... nötig?« Benedict schiebt sich die letzte Gabel Nudeln in den Mund.

Dilara rückt ihre Ellenbogen weiter auseinander, drückt jedoch den Rücken durch. »Du heißt Benedict Theodor Bennett. Bennett, woher kommt der Name?«

Benedict blinzelt irritiert. »Aus England. Meine Verwandten väterlicherseits sind Engländer.«

»Ich heiße Dilara Genç. Mein Vater kam mit seiner Familie Mitte der 70er-Jahre als kleiner Junge nach Deutschland, meine Mutter mit ihrer Familie wenige Jahre später. Ich bin eine deutsch-türkische Frau. Wenn du von deiner Herkunft erzählst, wie reagieren die Menschen für gewöhnlich darauf?«

Ihm scheint zu dämmern, worauf sie hinausmöchte. Unruhig rutscht Benedict auf seinem Stuhl herum, doch er antwortet: »Sie beneiden mich für mein Englisch inklusive britischem Akzent. Manche fragen mich nach Würstchen zum Frühstück oder wollen mich zur Teatime einladen. Es ist … cool, halb Engländer zu sein.«

Ich beobachte, wie er den Blickkontakt mit Dilara abbrechen möchte, wie er etwas beschämt auf den Boden oder zur Decke sehen möchte, doch sie lässt ihn nicht gehen. Ihr Ausdruck ist nüchtern und präzise scharf.

»Niemand beneidet mich für mein Türkisch«, sagt sie. »Stattdessen soll ich es in der Öffentlichkeit tunlichst unterlassen. Ich werde Ayşe genannt, obwohl das nicht mein Name ist. Ich werde für mein Kopftuch stigmatisiert. Für viele ist es uncool, Deutschtürkin zu sein. Es ist uncool, gläubige Muslima zu sein.«

Benedict hält ihrem Blick stand. »Okay«, er schiebt den leeren Teller von sich. »Ich werde kein zweites Mal fragen.«

»Sie ist beeindruckend«, sagt Benedict, als Dilara ihr Tablett zur Rückgabe bringt. Er hat den Kopf leicht schief gelegt und blickt ihr nach. »Zugegeben, ein wenig einschüchternd, aber beeindruckend.«

Ich verliere Dilara aus den Augen, als sie durch die hohen Türen der Mensa verschwindet. »Wieso findest du sie beeindruckend? Weil sie dir ihre Meinung sagt? Weil du es nicht gewohnt bist, von einer Frau, einer Frau mit Kopftuch, die Meinung gesagt zu bekommen?«

Benedict schweigt. Seine Lippen stehen leicht offen, als wolle er etwas sagen, doch dann presst er sie zusammen, den Kopf immer noch zur Seite geneigt. »Vielleicht«, sagt er in die unbehagliche Stille, »ist da mehr dran, als ich wahrhaben möchte.«

»Vielleicht«, entgegne ich, »ist das okay, solange du noch mal drüber nachdenkst.«

Er verzieht den Mund. »Was ist falsch an Noch-mal-drüber-Nachdenken? Richtig, nichts. Und was ist falsch an einem Eis in der Sonne? Richtig, ebenfalls nichts. Lass uns gehen.« Er steht ruckartig auf, hängt sich seine braune Ledertasche über die Schulter und sieht erwartungsvoll zu mir hinunter.

»Ich habe bald meinen nächsten Kurs.«

»Bald?«

»In zwei Stunden.«

»In zwei Stunden? Weißt du, was man in zwei Stunden alles machen kann? Jedenfalls deutlich mehr, als ein Eis zu essen.« Entschlossen streckt er mir seine Hand entgegen. Mit schlanken Fingern, warm und trocken, lädt sie mich dazu ein, zuzugreifen.

Ich weiß nicht, was passiert, wenn ich seine Haut berühre. Ich weiß nicht, ob ich ausflippe. Ich weiß nicht – zack, blitzschnell lege ich meine Hand in seine, sodass er mich vom Stuhl zieht. Es ist eine kurze Berührung, doch das Aroma bleibt kleben.

Aus der Eistruhe nehme ich ein Kaktuseis, Benedict greift zu Schokolade mit Mandeln. Als wir an der Kasse stehen, sagt er mit Blick auf meine Wahl: »Ich fühle mich gerade ziemlich alt. Das Bitzeln auf der Zunge kann ich überhaupt nicht mehr ertragen. Eis muss eine solide Verführung sein. Schokolade und Nüsse – das ist Genuss.«

»Da muss ich dem jungen Herrn recht geben«, sagt die Verkäuferin lachend. Ehe ich mich versehe, zahlt Benedict auch mein Eis.

»Wenigstens zwei von drei haben hier Geschmack«, sagt er und wünscht der Frau einen schönen Tag.

Ich bedanke mich für das Eis, doch füge hinzu: »Das wäre nicht nötig gewesen.«

Er wirft mir einen Blick über die Schulter zu. »Ich weiß. Aber ich wollte dich gerne einladen. Wo sollen wir uns hinsetzen?«

Hinter der Mensa gibt es einen Grünstreifen, auf dem sich wenige Tulpen verlaufen haben. Orientierungslos gucken sich ihre roten und gelben Köpfe um. Wir setzen uns ins Gras, und ich beobachte, wie sich Benedicts Zunge zwischen den Lippen hervorschiebt, um an dem Eis zu lecken. Ertappt blicke ich auf die zusammengeknüllte Verpackung in meiner Hand.

»Also, Virginia: Frühling oder Herbst?«

»Was?« Ich halte beim Essen inne und runzele die Stirn.

»Bist du eine Liebhaberin des Frühlings oder des Herbstes?«

»Frühling«, sage ich. »Eindeutig Frühling. Und du?«

Fragend guckt er sein Eis an, als könnte es ihm die Antwort liefern. »Herbst.«

»Ich verstehe schon, was du am Herbst findest. Die Farben, der Duft, die Sonne mit ihrer Goldwärme. Aber die Blätter fallen, das Jahr neigt sich dem Ende, alles stirbt. Der Herbst ist wie ein betörender Vorbote des Todes.« Ich genieße das letzte Bitzeln der Eisspitze auf meiner Zunge.

»Der Herbst erinnert an die Vergänglichkeit und das ist nichts Schlechtes. Alles im Leben ist ein Rhythmus, eine große zyklische Bewegung, selbst mein pseudophilosophisches Gerede.«

»Mag sein. Aber ich werde mit dem Aufschwung, dem Blühen gehen. Man kann sich schließlich entscheiden, worauf man seinen Fokus legt.«

Er sieht mich so lange an, dass das Eis auf seine Hand tropft.

Ich senke den Blick. »Literatur oder Musik?«

»Oh«, stöhnt er. »Das ist schwierig. Das ist verdammt

schwierig. Aber wenn es um Leben oder Tod ginge, würde ich mich für Musik entscheiden. Ich steh auf Schallplatten.«

»Literatur«, antworte ich. »Eine Welt ohne Musik wäre still, aber ohne Literatur tot.«

»Nein«, widerspricht er. »Mit diesem Gegeneinander-Ausspielen bin ich nicht einverstanden. Auch Musik kann Geschichten erzählen. Bier oder Wein?«

»Wein«, sage ich, und er nickt zustimmend. »Eindeutig ein Glas Wein.«

Ich merke erst, dass ich das ganze Eis aufgegessen habe, als meine Zähne über den abgelutschten Stiel fahren. »Der Geruch von Limetten oder Kokos?«

»Hmmm«, summt er und tippt sich nachdenklich mit dem Zeigefinger gegen die Nase. »Kommt tatsächlich auf meine Stimmung an. Zum kurzen Duschen vermutlich Limetten, für ein heißes Schaumbad Kokos. Ach nee, da würde ich vermutlich Rosenblüten bevorzugen.«

Ich gluckse auf. »Du bist also so der Schaumbad-Typ?«

»Ist irgendetwas daran verwerflich?«, fragt er zurück. »Vielleicht, dass Männer keine Schaumbäder mögen sollten?«

»Oh Gott, nein«, sage ich entschieden. »Jeder Mensch sollte Schaumbäder genießen, so oft und so lange er oder sie möchte. Es ist nur so, dass ich noch nie eins genommen habe.«

»Noch nie?«

»Nein.« Plötzlich sitze ich nicht mehr auf der Wiese hinter der Uni, sondern stehe in den sanitären Anlagen der Wohnwagensiedlung, trage Badeschlappen und die Hoffnung, dass die Toilette nicht verstopft. »Wir haben keine Badewanne.«

»Hiermit biete ich dir zu jeder Zeit eine Wanne voll kochend heißem Wasser und Schaumbergen an. Mit Limetten- oder Kokosduft?«

»Limetten. Sonnenaufgang oder -untergang?«

»Sonnenuntergang«, sagt er zeitgleich mit meinem: »Sonnenaufgang!«

Unsere Blicke duellieren sich.

»Mit derselben Begründung wie beim Herbst-oder-Frühling-Ding?«, fragt Benedict, und als ich sage: »Exakt dieselbe Begründung«, nickt er wissend.

Er streckt seine langen Beine aus und stützt sich auf die Arme. Den Kopf legt er genießerisch gen Sonne und schließt die Augen. »Möchtest du ein Kind oder mehrere?«

»Das ist leicht«, antworte ich. »Ich möchte überhaupt keine Kinder.«

Er öffnet nur ein Auge und sieht mich an. Ich mache mich auf die üblichen Einwände gefasst, doch er sagt nur: »Ich als Einzelkind habe mir immer Geschwister gewünscht, folglich würde ich meinen Kindern auch Geschwister wünschen.«

Ich setze mich in meinem Schneidersitz aufrechter hin, strecke den Rücken durch und hebe die Schultern kurz an. »Jetzt kommen wir zu den pikanteren Fragen. Würdest du eher in einer Badewanne voll Urin baden oder einen Sperma-Shot trinken?«

Beide Augenlider fliegen auf. »Puh«, macht er. »Schwierig. Darf ich in der Badewanne einen Neoprenanzug tragen?«

»Nein. Du bist splitterfasernackt.«

»Dann nehme ich den Sperma-Shot«, überlegt er. »Darf es mein eigenes Sperma sein?«

Ich schüttele den Kopf.

»Verdammt«, raunt Benedict. »Du bist knochenhart. Aber ich bleibe trotzdem beim Sperma-Shot. Drei, zwei, eins und runter damit.«

»Lass es dir schmecken. Ich würde die Pipi-Badewanne nehmen.«

»Du bist ja auch eklig.«

»Das sagt gerade der Richtige.« Meine Beine schlafen ein, also strecke ich sie lang von meinem Körper, dann lasse ich den Oberkörper ins warme Gras fallen.

Benedict taucht über mir auf, seine tiefschwarzen Locken wippen. So guckt er einen Moment auf mich hinab, ehe er neben mir ins Gras fällt. Ich spüre die Seite seines Arms, der hauchdünn meinen berührt, als er mich fragt: »Umarmung oder Kuss?«

Ich zögere meine Antwort hinaus. Gibt es etwas Besseres als eine innige Umarmung, der Versuch zweier Menschen, zu einem Körper zu werden? Gibt es etwas Besseres als einen Kuss, wenn küssen nur ein Synonym für *sich lebendig fühlen* ist?

»Kuss«, sage ich schließlich.

Er wendet den Kopf in meine Richtung und ich spüre seinen Blick auf meiner rechten Gesichtshälfte. Ich drehe meinen Kopf zur Seite und lasse zu, dass unsere Blicke miteinander tanzen. Wie zwei scheue Teenager beim Abschlussball treten sie sich zu Beginn auf die Füße, kichern beschämt, doch finden langsam ihren Rhythmus.

»Halt still«, sagt er.

»Warum?«

»Weil ich jetzt eine neue Erinnerung habe.«

Ich verpasse meinen Kurs. Wir bleiben so lange auf der Wiese liegen, bis die Sonne untergeht und den Himmel in ein Kirschblütenrosa färbt.

»Friedrich Schiller wartet auf mich«, sage ich irgendwann und quäle mich aus der liegenden Position.

»Richtest du ihm beste Grüße von mir aus?« Benedict steht ebenfalls auf.

Ich nicke und ziehe den Jutebeutel aus dem Gras, schlüpfe

in meine Cordjacke und trete ungelenk von einem Bein auf das andere. »Also«, beginne ich, doch Benedict unterbricht mich.

»Darf ich dich nach Hause bringen?«

Ich kneife kurz die Augen zusammen. »Ähm … ich wohne im Wohnheim, schon vergessen? Das sind fünf Gehminuten von hier. Das schaffe ich allein.«

Verlegen fährt er sich durch die Locken. »Das weiß ich. Ich möchte dich nur gern begleiten.«

Weil ich ihn nicht vor den Kopf stoßen möchte, willige ich ein. Ich warte, bis er seine Ledertasche über die Schulter geschwungen hat, dann gehen wir zurück zum Hauptgebäude und überqueren den Campus. Der pastellfarbene Sonnenuntergang lässt diesen Moment wie eine Polaroidaufnahme wirken.

Als wir den Parkplatz erreichen, bleibt Benedict stehen. Mit dem Daumen deutet er über die Schulter. »Mein Wagen steht hier.«

»Ach, richtig«, sage ich und erspähe den schwarzen Porsche. »Na dann.«

Plötzlich grinst Benedict von einem Ohr zum anderen. »Danke für dieses erste Date.«

»Date?«, frage ich. »Wir haben ein Eis gegessen. Das war doch kein …« Oder? Ich lasse das Satzende in der Luft hängen und begnüge mich mit einem kleinen Lächeln. Im Rückwärtsgehen hebe ich die Hand zum Abschied. »Gute Nacht, Benedict.«

Er grinst immer noch. »Gute Nacht, Virginia.«

Bevor er sehen kann, dass auch mein Lächeln breiter wird, drehe ich mich um und laufe auf das Wohnheim zu.

»Virginia?«

Im Gehen fahre ich herum. »Was?«

»Liebe oder Freiheit?«, ruft er über den Parkplatz.

Ich bleibe nicht stehen. »Freiheit, Benedict. Freiheit.«

Friedrich Schiller begrüßt mich sehnsüchtig. Er hat seine Taktik geändert, statt mich schmollend zu ignorieren, jault er herzzerreißend und appelliert an mein Gewissen. Ich nehme ihn auf meinen Schoß.

»Entschuldige bitte«, sage ich. »Ich war lange unterwegs.«

Seine feuchte Zunge leckt über meine Wange. Ich fülle seinen Napf auf und stelle ihm frisches Wasser hin. Während er frisst, suche ich die Lektüre für die morgigen Kurse zusammen, dann packe ich den Hund in den Einkaufskorb und trage ihn auf die Wiese. Erst nach vier Kopfdrehungen bemerke ich, dass ich nach Benedicts Wagen Ausschau halte. Zwischen den Schatten schleiche ich gemeinsam mit Friedrich Schiller zurück in das Zimmer. Der Chihuahua verkriecht sich in seinem Körbchen, während ich frische Unterwäsche und ein großes Handtuch aus meinem Schrank ziehe. In Badelatschen schlurfe ich über den Flur und freue mich über die leeren Duschkabinen im Badezimmer. Ich drehe das heiße Wasser voll auf, schäume meine Haare ein, bis sie duftend und silikonweich auf meine Schultern fallen. Unter dem Wasserstrahl bin ich wie ein Chamäleon, meine Haut färbt sich von weiß zu rot. In sanften Bewegungen verreibe ich das Duschgel auf meiner Haut, das geschmeidige Gefühl des Schaums auf meinen Härchen. Mit den Nägeln kratze ich meine Oberarme hinab, folge mit den Fingern dem Wasserfluss von meinem Hals über das Schlüsselbein bis zu meinen Brüsten. Meine rechte Hand fährt kreisend über meinen nassen Bauch, gleitet tiefer, bis ich zwei Finger auf meine Klitoris presse.

Ich denke an Benedict, der mir seine gepflegte Hand entgegenstreckt: kurz geschnittene Fingernägel, die Adern an seinem Handgelenk hervortretend und grünblau. Ich stelle mir vor, wie ich das Parfüm in seiner Halsbeuge rieche und wie irgendwo auf der Welt ein Wunsch in Erfüllung geht, sollte ich seine Lippen streifen.

Ich falle gegen die Duschwand, mein Brustkorb hebt und senkt sich schneller und mein Atem vermischt sich mit dem Wasserdampf. Als ich komme, geht mein Stöhnen zwischen meinen zusammengepressten Lippen unter. Ich lasse die Augen geschlossen, mein Herzschlag ist beschleunigt, meine Fantasie verblasst, wird farblos und bekommt die Kontur der Realität.

Fuck. Ich habe Benedict als Wichsvorlage benutzt.

KAPITEL 6

Ich reiße die Augen auf, weil es laut gegen meine Tür hämmert. Augenblicklich springt Friedrich Schiller aus seinem Korb, legt die Ohren an und beginnt hektisch zu bellen. Vor der Zimmertür läuft er in trippelnden Schritten auf und ab.

»Psst!«, zische ich und male mir aus, wie die restlichen Bewohnerinnen des Wohnheims von Hundegebell geweckt werden und jeden Moment vor meiner Tür stehen. Doch es ist Sascha, die mit brutaler Faust gegen das dünne Holz schlägt.

»Dir auch einen guten Morgen«, grummele ich, als sie an mir vorbei in das Zimmer stürmt. Der Hund auf meinem Arm windet sich, fiept und jault. Ich schließe die Tür hinter Sascha und lasse Friedrich Schiller herunter. Sofort springt er an ihren nackten Beinen hoch und wedelt mit seinem Schwanz.

»Ich hätte deine fette Ratte beinahe vergessen«, sagt Sascha mit einem Seitenblick auf den Chihuahua.

Es ist früher Morgen. Blassgelbe Sonnenstrahlen schleichen an den Spitzengardinen vorbei ins Zimmer. Sascha trägt das Gleiche wie ich: eine gemütliche Panty und ein übergroßes Shirt. Ihr rechter Oberschenkel ist eine Blumenwiese aus schwarzer Tinte.

Ich reibe mir verschlafen über die Augen. »Darf ich fra…«

»Du musst mir helfen«, platzt sie heraus. »Meine Muschitasse steckt fest.«

»Deine was?« Ich gähne herzhaft.

»Meine Muschitasse«, wiederholt sie. »Du weißt schon, diese trendigen Silikonförmchen, die sich frau neuerdings während ihrer Tage in die Vagina schiebt.«

»Du meinst Menstruationstassen?«

Sascha deutet mit dem Zeigefinger auf mich. »Genau!«

»Und deine steckt fest?«

Verdrießlich verzieht sie das Gesicht. »Ich krieg die Scheißtasse einfach nicht mehr raus. Gestern Abend habe ich sie zum ersten Mal eingesetzt und es hat erstaunlich gut funktioniert. Aber jetzt ...« Sie stellt sich breitbeinig hin und guckt demonstrativ auf ihren Unterleib.

»Und du denkst, ich bin die richtige Ansprechpartnerin?«

Sie nickt, blickt aber weiterhin nach unten. »Vielleicht liegt es an deinen roten Locken oder an den vielen Sommersprossen, aber irgendwie umgibt dich so eine Öko-Natur-Aura. Mich würde es nicht wundern, wenn du den Mondzyklus dahingehend analysierst, wie er sich auf deine Periode auswirkt. Liege ich etwa falsch?«

Ich muss leicht lächeln. »Ich vergesse oft sogar mein eigenes Sternzeichen. So viel zu meinen astrologischen Interessen.«

Sascha hebt ruckartig den Kopf. »Du kannst mir nicht helfen?«

»Vielleicht«, erwidere ich spitz. »Ich habe selbst eine Menstruationstasse. Am Anfang habe ich mir mit meiner Mutter eine geteilt. Zum Ausprobieren.«

»Wow«, sagt sie anerkennend. »Ihr seid ja richtige Blutsschwestern.«

»Und was für welche.«

»Wenn du mir hilfst, das Scheißding aus meiner Muschi zu ziehen, kannst du meine Tasse gern geschenkt haben. Ich mag die Idee mit den Blutsschwestern irgendwie.« Sascha watschelt breitbeinig durch mein Zimmer. »Was soll ich tun?«

Ich gehe auf sie zu und lege meine Hände auf ihre Schultern. »Ruhig bleiben.«

Ihr Blick ist flattrig. »Ich will damit nicht ins Krankenhaus«, sagt sie aufgebracht. »Aber wenn ich so tief wühle, bis ich das Ding zu fassen kriege, habe ich Angst, meine Gebärmutter mit rauszureißen.«

»Sascha? Guck mich an. Ruhig bleiben, okay? Atme tief ein und dann wieder aus.«

Sie zwingt sich zum kontrollierten Atmen. Wir atmen gemeinsam – einmal, zweimal, ein drittes Mal.

»Besser?«, frage ich und fühle mich wie ihre Hebamme.

»Besser.«

»Okay.« Ich gehe zu meinem Kleiderschrank und hole ein Handtuch hervor, das ich über dem Teppichboden ausbreite. »Möchtest du stehen bleiben oder dich hinlegen?«

Als ich im zarten Alter von zwölf Jahren das erste Mal Menstruationsblut in meiner Unterhose vorfand, schrie ich sofort nach Mam. Bei dem Anblick des hellen Rots brach ich in Tränen aus, denn zunächst dachte ich, ich hätte es beim Kacken übertrieben und würde aus dem Hintern bluten. Als ich etwa ein Jahr später zum ersten Mal einen Tampon einführte, spürte ich diesen wie einen in mich dringenden Stachel. Ich konnte mich den ganzen Tag auf nichts anderes konzentrieren und der Tampon brachte mir meine erste Vier in Englisch.

Sascha steht ratlos in der Mitte meines Zimmers. »Ich weiß nicht, ob ich stehen oder liegen will. Bisher habe ich es im Stehen versucht.«

»Ich hole meine Tasse auch im Stehen raus«, erkläre ich und deute auf das Handtuch. »Stell dich da drauf. Selbst wenn ich der Vermietung sage, dass der Fleck auf dem Teppichboden Kirschsaft ist, wird Friedrich Schiller ständig daran riechen.«

Bei diesem Gedanken verzieht Sascha angeekelt das Gesicht. Wie angewiesen, stellt sie sich breitbeinig auf das Handtuch.

»Soll ich die Unterhose ausziehen?«, fragt sie mich, und in diesem Moment bekommt mein schillerndes Bild von Saschas unbändigem Selbstvertrauen einen unsicheren Grauton.

»Du musst deine Beckenbodenmuskulatur nutzen, um die Tasse wieder rauszubekommen. Es ist eigentlich ganz einfach. Arbeite mit deiner Muskulatur, spann sie an, press die Tasse raus«, erkläre ich ruhig. »Ich kann mit dem Hund draußen warten und du versuchst es noch einmal? Du musst die Tasse herauspressen.«

»Ich soll diese Scheißtasse gebären?« Saschas Stimme erklimmt panische Höhenmeter.

»Dein Beckenboden«, erinnere ich sie. »Schon mal benutzt?«

Sie nickt langsam.

»Sollen wir draußen warten?«

Sie schüttelt den Kopf. »Ist es … okay für dich?«

»Klar«, sage ich und schicke Friedrich Schiller in sein Körbchen. Um aus ihrer Unterhose zu steigen, hebt Sascha abwechselnd die Beine, dann stellt sie sie weit auseinander, kneift die Augen zusammen und presst, bis ihr Kopf puterrot anläuft.

»Diese verdammte Tasse«, flucht sie. Ihre Hand fährt zwischen ihre Beine. Vor Anstrengung wird ihr Kopf blutrot.

»Klappt es?«, hake ich vorsichtig nach und überlege, ob ich dem Chihuahua die Augen zuhalten soll. Verstört ihn dieser Anblick nachhaltig? Wie machen das denn Menschen, die vor ihren Haustieren Sex haben?

»Ich …«, stöhnt sie. »Sie sitzt einfach zu weit oben.«

»Nein, nein, nein. Du musst pressen. Spann deine Muskulatur an und drück die Tasse mit aller Kraft nach unten. Dann fährst du mit dem Finger zwischen das Silikon und die Scheidenwand, um den Unterdruck zu lösen.«

Mit glühenden Wangen richtet sich Sascha auf. »Ich muss ins Krankenhaus«, stellt sie entsetzt fest. »Ich schaffe es nicht.«

»Moment.« Ich gehe zu ihr und knie mich vor ihr nieder. »Stell dich wieder breitbeinig hin.«

Ihre Augen werden groß. »Virginia … du musst das nicht tun.«

Ich nicke. »Darf ich dich anfassen?«

»Alles, was nötig ist, um das Scheißding endlich herauszubekommen.«

»In Ordnung. Versprich mir, dass du deine Muskulatur anspannst und presst.«

»Hoch und heilig.«

Und dann tue ich das, was Freundinnen füreinander tun. Was Frauen, was Menstruierende füreinander tun. Mit den Fingern fahre ich zwischen Saschas Vulvalippen.

»Anspannen, pressen, drücken«, sage ich, und Sascha befolgt meine Anweisungen. Ich spüre den Stiel der Menstruationstasse, ruckele vorsichtig daran und bringe einen Finger zwischen Tassen- und Scheidenwand. Der Unterdruck löst sich und ich kann die Silikontasse bewegen.

»Geschafft«, jubele ich und ziehe die Tasse aus Saschas Vagina. Sie ist mit Blut gefüllt, das mir auf die Finger tropft und über den Handrücken läuft.

»Oh mein Gott«, stöhnt Sascha. »Endlich!«

Sie fällt mir um den Hals, sodass ich zurückstolpere. »Ich danke dir. Ich küsse dir die Füße. Danke!«

Ich lache überrascht. »Gern geschehen«, sage ich. »Blutsschwestern?«

»Blutsschwestern!«

Nachdem ich in eine ausgebeulte Jeans gestiegen und einen dünnen Pullover übergezogen habe, treffe ich Sascha zum Frühstück.

»Ich fühle mich leicht und frei«, flötet sie und grinst über das ganze Gesicht, sodass sich ihr Lippenpiercing verzieht. »Und du hast mich gerettet!«

»Vermutlich sind Menstruationstassen einfach nichts für dich«, sage ich und frage mich gleichzeitig, weshalb Sascha solche Probleme damit hat, sich selbst anzufassen. »Ich finde sie sehr bequem und praktisch. Es braucht nur etwas Übung.«

»Wenn du dich in einem unmittelbaren Radius von fünf Metern befindest, probiere ich es vielleicht noch einmal. Aber bis dahin bleibe ich bei Binden und Tampons. Ich hätte nicht gedacht, dass ich diesem feinen Tampon-Schnürchen mal solch eine Bedeutung beimessen würde.«

Wir erreichen eine Bäckerei unweit des Unigeländes. Sascha bestellt sich zwei belegte Brötchen und einen Kakao, während ich schwarzen Kaffee und eine Brezel wähle.

»Butter zu der Brezel?«, fragt der Bäckereiverkäufer freundlich. Ich lehne ab, nehme meine Bestellung auf einem Tablett entgegen und setze mich neben Sascha auf die gepolsterte Bank. Sie schlüpft aus ihrer schweren Lederjacke und streicht sich die lange Haarseite ihres Sidecuts hinters Ohr, sodass sie beherzt in das dick beschmierte Brötchen beißen kann.

»Hast du Fabian noch mal getroffen?«, frage ich und breche ein Stück meiner Brezel ab.

»Oh ja«, erklärt Sascha mit vollem Mund. »Fünfmal haben wir inzwischen miteinander geschlafen. Das ist für meine Verhältnisse fast schon eine Beziehung.« Sie verschluckt sich an der Mischung aus Mundinhalt und Lachen.

»Magst du ihn?«

Sie zuckt gleichgültig mit den Schultern. »Nee, eigentlich

nicht. Er ist ein reicher Arsch voll Privilegien. Von Haus aus kann ich solche Menschen nicht leiden.«

»Von Haus aus?«

Sascha kaut und schluckt, bevor sie spricht. »Mein Vater arbeitet auf dem Bau und meine Mutter ist Putzfrau. Bei uns wurden die Cornflakes von Aldi ohne goldenen Löffel gelöffelt.«

Ich breche das knackige Brezelärmchen ab, schiebe es in den Mund und kaue bedächtig.

»Meine Eltern kommen aus Kasachstan. Sie sind sogenannte Russlanddeutsche, die Anfang der 90er-Jahre nach Deutschland gekommen sind. Meine Mutter hat Physik studiert, aber ihre Ausbildung wurde hier nicht anerkannt.«

Eine Frau in der Wohnwagensiedlung, ihr Name ist Natascha, ist ebenfalls Russlanddeutsche. Sie erzählt immer wieder die Geschichte ihrer Großmutter, die während des Zweiten Weltkrieges als deutsche Faschistin mit ihrer Familie nach Sibirien verschleppt wurde.

»Deswegen nennst du dich Sascha, richtig? Eigentlich heißt du Alexandra?«

Sie sieht mich anerkennend an. »Nicht schlecht. Woher weißt du das?«

»Eine Bekannte meiner Mutter kommt auch aus Kasachstan.«

Sascha nickt knapp und trinkt ihren Kakao aus. »Welch glücklicher Zufall, dass wir beide hier geboren sind und studieren dürfen, was? Musst du zur Uni?«

Ich sehe auf die Uhr. Es ist kurz vor zehn. »Nein. Mein Kurs fängt erst später an.«

Sascha greift nach ihrer Jacke. »Dann sehen wir uns nachher bei der Hochschulgruppe?«, fragt sie und steht auf. »Noch mal vielen Dank für die Muschitassenbefreiung.« Sie sieht auf meine Brezel und hebt eine Augenbraue. »Isst du das noch?«

Ich schiebe ihr den Teller zu. »Greif zu.« Sie stopft sich den Rest des Laugengebäcks in den Mund und schultert ihren Rucksack.

»Ach, Sascha?«

»Hmm?«

»Kennst du eigentlich auch Fabians Cousin? Benedict?« Ich bemühe mich um einen beiläufigen Tonfall.

»Nicht wirklich. Aber ist er nicht auch ein reicher Arsch mit einem Haufen Privilegien? Und bist du nicht die Tochter einer Sexarbeiterin?« Sie hebt zum Abschied kurz die Hand und verschwindet aus der Bäckerei.

Ich rutsche tief in das Sitzpolster. Obwohl ich keinen kalten Kaffee mag, trinke ich einen Schluck. Mein Blick bleibt an Saschas Tasse hängen. Ihr dunkellila Lippenstift haucht einen nie gegebenen Kuss auf den Rand.

Sascha trägt keine politische Agenda vor sich her, würde sich vermutlich nicht einmal als Feministin bezeichnen. Und dennoch – wie sie rund achthundert Kalorien frühstückt, ihre Haut nicht überschminkt, ihre Sprache benutzt, Türen eintritt, die aufgrund ihrer Herkunft verschlossen sind – alles an ihr ist auf Krawall gebürstet, provozierend und ungezähmt. Junge Frauen wie sie – sexuell freizügig, tätowiert, in einer männerdominierten Naturwissenschaft bestehend, saufend und lärmend –, sind sie das Endergebnis der Emanzipation? Ist das das Bild der postmodernen Powerfrau? Oder wird Sascha, zumindest teilweise, selbst zum Klischee?

Gleichberechtigung wird nicht dadurch erreicht, sich als Frau mit möglichst vielen »männlichen« Attributen zu schmücken. Wir sind keine Weihnachtsbäume. Wir dürfen auch leise sein, keinen Sex haben, Kleider und Röcke tragen, Liebesromane lesen. Emanzipation bedeutet nicht, alles weiblich Kodierte abzulehnen. Man ist nicht nur cool, wenn man möglichst *nicht* mädchenhaft ist. Emanzipation bedeutet, frei und gleichberechtigt Entscheidungen treffen zu dürfen.

Ich treffe Dilara in dem Seminarraum, in dem wir uns kennengelernt haben.

»Was soll ich damit?«, frage ich, als sie mir eine Mappe entgegenstreckt. »Sind das deine intimsten Tagebucheinträge in Kopie?«

»Nein. Das ist die bisherige Planung der Demo. Inklusive eigener Anmerkungen, die sehr wohl sehr intim sind. Beispielsweise, dass der Rektor Maier-Hansen ein erbärmliches Würstchen ist.«

»Verstehe.« Ich blättere die Unterlagen durch. Darin enthalten sind die Entwürfe der Flyer und Plakate, der Antrag auf Gründung der Hochschulgruppe und ein Gesprächsprotokoll mit dem Rektor über die geplante Demo, das Dilara wahrscheinlich retrospektiv aus dem Gedächtnis angefertigt hat.

»Wow«, sage ich anerkennend. »Hast du Superkräfte oder wie leistest du all die Arbeit neben dem Studium? Was frühstückst du, hm? Sag schon.«

Dilara lächelt eine Mischung aus Stolz und Verlegenheit.

»Gute Frage. Heute Morgen Marmeladentoast. Und einen Ingwertee. Ich liebe Ingwer. Das Zeug könnte ich in jedes Getränk und jedes Essen kippen.«

»Ingwer? Ist das nicht genauso scheußlich wie Koriander?«

»Wie bitte? Sorry, Virginia, aber so können wir nicht länger befreundet sein.« Sie verschließt kategorisch die Arme vor der Brust. »Ach ja, und Justin Timberlake, den liebe ich mindestens so sehr wie Ingwer.«

»Was? Jetzt muss ich *dir* die Freundschaft kündigen. Justin Timberlake ist so was von 2002!«

»Immer noch besser als Justin Bieber.«

»Da ist was dran.«

Dilara streckt mir ihren kleinen Finger entgegen. »Friedensangebot?«

Ich hake meinen Finger ein.

Die Tür geht auf und vier Studierende stecken vorsichtig ihre Köpfe in den Raum.

»Sind wir hier richtig bei der feministischen Hochschulgruppe?«, fragt ein langer Typ mit Fischer-Beanie.

Bevor Dilara auf die kleine Gruppe zugeht, zwinkert sie mir diabolisch zu und erinnert mich an eine Spinne, der Beute ins Netz gegangen ist.

Wenig später kommt Sascha dazu. Zur Begrüßung hebt sie kurz die Hand und setzt sich auf einen Tisch am Ende des Raums, um ihr Skript weiterzulesen.

Ich schreibe den groben Ablauf mit Kreide an die Tafel. Als ich mich wieder umdrehe, steht eine Frau im Raum. Sie blickt sich um, dann kommt sie langsam auf mich zu. Ihr rabenschwarzes Haar ist kurz, im Nacken ausrasiert, und ihre langen Fingernägel sind knallgrün lackiert.

Es ist die betrunkene Studentin von Fabians Party. Unsere Tänzerin.

»Hi«, sagt sie zu mir. »Eine feministische Hochschulgruppe, richtig? Coole Idee. Hast du sie gestartet?«

Ich schüttele den Kopf und deute auf Dilara, die sich immer noch mit den vier Studierenden unterhält.

Die Tänzerin sieht Dilara an und runzelt die Stirn. »Ich meine, wer leitet die Gruppe?«

»Dilara«, versichere ich. »Wieso?«

Sie presst die Lippen zusammen und kratzt sich mit ihren Fingernägeln im Nacken. »Hm«, macht sie, schält sich trotzdem aus ihrer Jeansjacke und setzt sich. »Ich bin übrigens Trixi.«

Ich nicke. »Virginia. Sobald Dilara so weit ist, starten wir.«

Trixi schlägt die Beine übereinander und lehnt sich erwartungsvoll in ihrem Stuhl zurück. Ich gehe zu meiner Tasche, hole einen Flyer hervor und reiche ihn ihr.

»Kenn ich schon«, sagt sie.

»Sicher?«, frage ich mit gehobenen Brauen und deute demonstrativ auf die Abbildung der Hijab tragenden Frau.

In dem Moment, in dem Trixi den Mund zur Antwort öffnet, fliegt die Zimmertür auf. Synchron drehen sich alle Köpfe in die Richtung.

Schwer atmend steht Benedict im Rahmen.

»Ähm … hi. Bin ich zu spät?«

»Nein«, sagt Dilara. »Bist du nicht. Komm rein, Benedict. Lass die Tür gern auf, vielleicht kommt noch jemand.«

Er legt seinen beigen Trenchcoat ab und setzt sich neben Trixi. Aus den Augenwinkeln sehe ich, wie Sascha von ihrem Skript aufguckt und mich konsterniert anstarrt. Ich gucke ähnlich schockiert drein. Als Benedict mein Gesicht sieht, zuckt er die Schultern. »Was?«, raunt er in meine Richtung.

Ich drehe mich zur Tafel, damit niemand meine aufflammende Wut sehen kann. Wieso ist er hier? Weil er seinen Lebenslauf mit einem Spritzer aktivistischer Arbeit aufpeppen will? Weil er unter Beweis stellen möchte, was für ein toleranter Dude er ist? Weil er mir gefallen will?

Dilara ergreift das Wort. Sie stellt sich vor, erklärt, dass sie mit dieser Hochschulgruppe in erster Linie einen Ort des Austausches schaffen möchte, dass sie Lektürevorschläge hat, die wir in den kommenden Wochen lesen und diskutieren können, und dass sie eine Demo auf dem Campusfest Ende Juli veranstalten möchte.

Im Laufe der nächsten Stunde stoßen fünf weitere Studierende zu uns, sodass unsere Mitgliederliste am Ende vierzehn Menschen zählt.

Ich verweigere Benedict jeglichen Blickkontakt. Er zischt leise meinen Namen, doch meine Aufmerksamkeit gilt allein Dilara.

»Nächste Woche habe ich einen zweiten Termin bei Herrn Maier-Hansen, um mit ihm über die Demo zu sprechen. Er weiß grob Bescheid, doch bevor wir detailliert planen, möchte ich vonseiten der Hochschule alles absichern. Bis dahin könnt ihr gern über mögliche Sponsoren nachdenken und welche Speaker und Speakerinnen wir einladen wollen.«

Trixi hebt die Hand. »Soll ich dich zu Maier-Hansen begleiten?«

Eine andere Studentin sagt: »Ich frage meine Cousine, ob sie einen Poetry-Slam organisieren möchte.«

Und Benedict erklärt: »Die Kanzlei meines Vaters bietet sich sicherlich als Sponsor an. Gebt mir durch, wie viel Geld benötigt wird, und ich stelle es zur Verfügung.«

Bei seinem großkotzigen Getue möchte ich Würgegeräusche machen. Mein Blick kreuzt sich mit Saschas. *Reicher Arsch voll Privilegien*, signalisiert sie wortlos. *Hab ich's dir nicht gesagt?*

Dilara macht sich letzte Notizen, dann bedankt sie sich und löst das erste Gruppentreffen auf. So wortkarg, wie Sascha gekommen ist, verschwindet sie wieder. Ich beglückwünsche Dilara zu dem erfolgreichen Treffen, bevor sie von der Studentin mit dem Poetry-Slam-Vorschlag in Beschlag genommen wird.

Benedict wartet auf mich. Ich spüre seinen penetranten Blick, doch als ich keine Anstalten mache, meinen Stuhl zu verlassen, bricht sein Starren und er verlässt den Raum.

Ich ziehe das Handy aus meiner Tasche. Keine Nachricht, kein verpasster Anruf. Flüchtig denke ich daran, meiner Mutter zu schreiben, verwerfe den Gedanken jedoch.

Meine Wut hat nachgelassen. Ich nehme Benedict nicht ab,

dass er sich altruistisch engagieren möchte. Aber ihn bockig zu ignorieren, erinnert eher an das Betragen eines Kleinkindes als einer jungen Frau.

Als ich meine Sachen zusammengepackt habe und das Gebäude verlasse, dämmert es. Der Abendhimmel verschmiert zu einem Violettblau und ich fröstele in meinem dünnen Pullover. Über die Oberarme reibend, trete ich unter dem Vordach des Seminargebäudes hervor.

»Virginia.«

Ich halte inne.

Eine Silhouette tritt hinter der Gebäudeecke hervor und materialisiert sich als Benedict Theodor Bennett vor mir.

»Ginny«, wiederholt er.

»Benedict.«

Er bleibt vor mir stehen. Im Dämmerlicht sind seine Augen mehr grau als blau.

»Du sollst wissen, dass ich wegen des Gesprächs mit Dilara hier bin.«

Ich nicke stumm, brauche ein, zwei weitere Atemzüge, um eine Erwiderung zu finden. »Cool, dass du deine Hilfe anbietest.«

»Ich will mich wirklich nicht als Held aufspielen.«

»Das solltest du auch nicht. Wenn eure Kanzlei sponsert, ist das eine wichtige Unterstützung. Nicht mehr und nicht weniger«, erwidere ich und gehe weiter in Richtung Wohnheim.

»Ich begleite dich ein Stück. Du weißt schon … mein Auto steht da.«

»Dein Auto … natürlich.«

»Komm schon«, sagt er. »Ist das nicht unser Ding? Gegenseitig fadenscheinige Ausreden erfinden, um den anderen zu sehen?«

»Aha!«, rufe ich und zeige anklagend auf ihn. »Das ist also

doch der Grund, weshalb du zur Hochschulgruppe gekommen bist.«

Benedict seufzt gequält. »Bitte, Virginia. Jetzt überschätzt du deine Anziehung maßlos.«

Vielleicht ist es die plötzliche Stille, die sich über den Campus legt, die verstummenden Vögel, der zögerliche Wind, Benedict, der immer noch neben mir geht, den ich aber nicht mehr wahrnehme. Vielleicht ist es der süße Frühsommerabend, der plötzlich bedrohlich wirkt, Unheil versprechend im Zwielicht. Vielleicht ist es meine Intuition, gewachsen aus jahrelanger Erfahrung, doch als mein Handy vibriert, weiß ich es. Ich ziehe es aus dem Jutebeutel, sehe den Namen und weiß es.

»Meine Mutter, sie stirbt.«

»Was?«

Mein Hals beginnt zu kribbeln. Ich kratze mit den Fingernägeln wild darüber, lege meine zitternde Hand um meine pochende Kehle, in der anderen das klingelnde Telefon.

»Was hast du?« Hände berühren mich am Oberarm. »Virginia? Virginia!«

Benedicts Gesicht taucht vor meinem auf. Ich sehe, wie sich seine Lippen bewegen, aber er spricht nicht. Wieso sagt er denn nichts? Oder höre ich bloß nicht? Nichts außer der vibrierenden Melodie meines Handys.

Er fasst mich an den Schultern. »Du machst mir Angst, okay?«

Da läuft was schief. Wie kann ich ihm Angst machen, wenn ich selbst … wenn ich selbst …

Ich hebe das Telefon an mein Ohr.

Ihr Atem rasselt durch die Leitung.

»Änni«, sage ich, meine Stimme am seidenen Faden. »Ich komme. Ich bin sofort da, gib mir nur einen Augenblick, ich komme sofort, nur wenige …«

Ich reiße mich von Benedict los und laufe davon.

Schritte hinter mir. »Virginia!«

Ich kann nicht stehen bleiben. Wenn ich stehen bleibe, lasse ich sie im Stich. *Wieder.*

Dieses fürchterliche Kribbeln. Öffne ich den Mund, stürzen sie hervor, drängen ihre Fühler und Körper zwischen meinen Zähnen und Lippen hervor, ein Schwarm Schmetterlinge, Hunderte, Tausende, mit nachthimmelblauen Sternenflügeln.

Schritte holen mich ein, dann eine Berührung. Ich bleibe stehen, er prallt hart gegen mich, ich fühle ihn in meinem Rücken, rieche ihn, strauchle mit ihm. Er kommt wieder ins Gleichgewicht und dreht mich zu sich herum, sein Gesicht eine panische Fratze.

Wenn ich könnte, würde ich jedem Schmetterling die Flügel ausreißen. Erst einen, dann den zweiten, ein filigranes Universum zu meinen Füßen.

»Ich fahre dich zu deiner Mutter«, schreit er mich an. »Okay?«

»Okay.«

KAPITEL 7

Ich weise den Weg, während Benedict durch die leeren Straßen von Havenitz brettert. Der Wagen heult an jeder Ampel, an der er halten muss, und rast bei Grün mit durchdrehenden Reifen wieder los.

Auf dem Beifahrersitz umklammere ich mit beiden Händen das Telefon.

»Hier?«, fragt Benedict, als der Porsche vor dem orangen Zaun zum Stehen kommt.

Ich stütze den Hinterkopf an die Lehne und schließe die Augen. Einmal habe ich Mam von dem Kribbeln in meinem Hals erzählt, habe ihr gesagt, dass ich glaube, Insekten würden in meiner Kehle nisten, es zwicke und jucke so furchtbar, es müssen sehr viele Insekten sein. Sie versicherte, ich solle mir keine Sorgen machen, es handle sich um Raupen, die endlich zu Schmetterlingen werden würden, der Kokon platzt auf, die Puppe hat sich wie in einer Zaubershow verwandelt, man nenne dies Metamorphose, Wachstum, ein üblicher Prozess bei Teenagerinnen. Ich fragte Mam, ob auch sie eine solche Metamorphose durchgemacht habe, sie lachte und sagte: *Manche Kokons überstehen den Winter nicht. Das tun nur die schönsten und stärksten.*

»Virginia?«

Es ist kein Abend, an dem eine Mutter ihrer Tochter das Herz bricht.

Ich öffne die Augen, steige aus dem Wagen und laufe durch

das Tor an den Wohnwagen vorbei durch das Gras. Es ist ruhig um den Wagen mit der Nummer acht, nur hinter den dünnen Vorhängen nehme ich eine Bewegung wahr. Ließe ich einen Moment des Zögerns zu, würde ich auf dem Absatz kehrtmachen.

Doch ich reiße die Tür auf und stehe in der Mitte des Wagens.

Änni sitzt neben meiner Mutter auf der Matratze. Es ist so still, dass ich Mams leises Stöhnen höre.

Ich stürze auf das Bett zu. »Was ist passiert? Was hat sie genommen?«

Das Gesicht meiner Mutter ist schweißüberzogen. Ihre Lippen beben, ihre Lider flackern wie der Abspann eines Schwarz-Weiß-Films. Vorsichtig streiche ich Locken aus ihrem Gesicht und lege ihr meine flache Hand auf die Stirn. Meine Lippen berühren sanft ihr Ohr. »Mam«, wispere ich. »Ich bin hier.«

Sie ringt mit sich, will den Mund aufmachen und etwas sagen, doch ihre Stimme höre ich nur als dumpfes Echo in meiner Erinnerung. Ich blinzele, komme aber nicht gegen die Tränen an.

»Was hat sie genommen? Und wie viel?«

Mit beiden Händen fährt sich Änni durch die Haare und atmet tief aus. »Beruhig dich, Kleine. Vermutlich ein paar Schlaftabletten, runtergespült mit Wein.« Sie deutet zum Campingtisch neben der Küchenzeile, auf dem eine angebrochene Flasche Rotwein steht. »Als ich gekommen bin, war's schon zu spät.«

»Wir hatten eine Abmachung – eine beschissene Scheißabmachung!«

»Ich weiß«, murmelt Änni. »Ich bleibe heute Nacht bei ihr.«

»Ich bleibe«, sage ich sofort und streiche Mam über die Wange.

Änni steht von der Matratze auf. »Das ist keine gute Idee.

Du solltest gehen und die Nacht im Wohnheim verbringen. Wir haben eine Abmachung und die gilt immer noch.«

»Sie ist einen Dreck wert, wenn Mam wieder Tabletten nimmt!«

»Virginia.« Änni streckt einen Arm aus und legt ihre Hand auf meinen Scheitel. »Du bist nicht für sie verantwortlich. Was willst du tun? Zurückkommen? Für die nächsten dreißig Jahre?«

Widerwillig schüttele ich den Kopf. »Nein, aber ich könnte für den Sommer zurückkommen. Ich kann das Studium pausieren.« Die Tränen schmecken salzig auf meiner Zunge, als sie von der Oberlippe in den Mund tropfen.

»Es ist ihr Kampf, nicht deiner.« Änni geht durch den Wohnwagen. Als sie Benedict entdeckt, bleibt sie überrascht stehen. »Nanu«, macht sie.

Benedict steht in der geöffneten Wohnwagentür, zurückhaltend, beobachtend, ein kühler Zug weht ins Innere. Er versucht, die Situation zu verstehen, versucht, den roten Faden zwischen der zugedröhnten Frau auf der Matratze und mir zu erfassen. Ich kann ihn nicht angucken. Sonst beginne ich seinen Gesichtsausdruck zu lesen, und ich weiß nicht, ob ich für das, was drinsteht, bereit bin.

»Ihr solltet nach Hause fahren«, sagt Änni versöhnlich. »Ich hätte dich nicht anrufen sollen, so schlimm ist es nicht.«

»Nein.« Mein Tonfall ist drängend. »Du musst mich immer anrufen. Versprich es mir.«

Mam wälzt sich herum. Ich springe auf und laufe zur Küchenanrichte, um ein Glas mit Wasser zu füllen. Zurück bei Mirella, schiebe ich eine Hand in ihren Nacken und hebe ihren Kopf an.

»Trink. Bitte, Mam, trink.« Ich halte das Wasserglas an ihre Lippen. Sie nippt, doch die meiste Flüssigkeit rinnt an ihren Mundwinkeln herab und tropft auf ihr Dekolleté.

»Bitte«, flehe ich. »Trink.«

Doch Mam ist zu schläfrig. Ihr Kopf ist schwer und schlaff in meiner Hand.

»Schon gut, Kleine«, sagt Änni, die neben mir steht und das Glas aus meiner Hand nimmt. »Sie muss sich nur ausruhen, morgen ist sie wieder fit, ganz sicher. Ich bleibe heute Nacht bei ihr.«

Als ich Mam loslasse, verzieht sie das Gesicht und stöhnt unruhig. »Ich komme morgen wieder«, verspreche ich ihr. »Ich komme morgen wieder.«

Ich fühle mich wie eine elendige Verräterin, denn ich gehe nicht, weil es zu Mams Bestem ist. Ich gehe, weil es für mich das Beste ist.

Mein Brustkorb ist eng und ich werde kurzatmig. Mit einem letzten Blick auf Mam richte ich mich auf. Benedict steht nach wie vor in der Tür, er wirkt fehl am Platz, ganz eindeutig wie jemand, der nicht hierhergehört.

Auf der Küchenanrichte liegt ein Buch. Aufgeklappt, mit dem Einband nach oben, der Rücken vom zahlreichen Lesen gebrochen. Ohne genau hinzuschauen, weiß ich, um welchen Titel es sich handelt.

Ich greife nach dem Buch und schleudere es durch den Wagen. Es prallt gegen die Decke und bleibt im Spülbecken liegen.

Wortlos stolpere ich in den kühlen Abend.

Dann beginne ich zu weinen. Richtig zu weinen. In einem dramatischen Schwall brechen die Tränen hervor und fließen über mein Gesicht. Meine Schultern beben. Um mich festzuhalten, schlinge ich die Arme um den Oberkörper, doch meine schweißnassen Finger rutschen an den Oberarmen herunter, ich finde keinen Halt.

Benedict legt seine Arme um mich. Ich spüre den Schutzraum, den sein Körper mir anbietet, doch ich will mich nicht darin verkriechen.

»Lass mich in Ruhe. Geh … weg von mir.«

Er geht nicht. Stattdessen hält er mich fester. »Es ist okay«, murmelt er in mein Haar. »Es ist okay.«

Was weiß er schon? *Es ist nicht okay*, will ich schreien. Ich will toben, stürmen, wüten. Der Rotz läuft über meine Lippen, das Schluchzen brennt ein Loch in meinen Brustkorb, meine Augen schwellen an.

Ich bin mir sicher, dass ich nie wieder aufhören werde zu weinen.

Doch. Ich höre auf.

Das Beben lässt nach. Empfindungen wie Scham kehren zurück. Peinlich berührt trete ich aus Benedicts Umarmung. Er lässt die Arme sinken und tritt zurück, um mir den nötigen Abstand zu gewähren.

Ich weiß nicht, was ich sagen soll. Ich weiß nicht, wie ich das erklären soll. Wir sind flüchtige Bekannte, die ein bisschen herumalbern, vielleicht flirten. Wir sind Fremde. Doch als ich neben Benedict durch die Wohnwagensiedlung zurück zu seinem Wagen gehe, spüre ich, dass uns die Geschehnisse von heute Abend verändert haben.

Er weiß jetzt etwas Intimes über mich.

Auch wenn ich ihn nicht hereingebeten habe, hat Benedict meine Schwelle übertreten.

Schweigend fahren wir zurück zur Universität. Ich ringe mit jenen hinterhältig erleichterten Stimmen, die mich bei jedem Meter mehr zwischen mir und meiner Mutter bejubeln. Benedict sieht mich nicht an, stellt keine Fragen und sagt auch sonst kein Wort. Er hält vor dem Wohnheim, lässt den Motor laufen, doch als ich nicht aussteige, dreht er den Schlüssel und der Sportwagen erstirbt.

»Als ich ein kleines Mädchen war, hat meine Mutter mehrere Male versucht, aus der Sexarbeit auszusteigen.« Meine Stimme klingt matt. »Uns ging bei jedem Versuch schnell das Geld aus. Unter anderem, weil Mam tagsüber zu viel Rotwein trank und abends Benzodiazepine nahm, ein Schlafmittel, das auf dem Schwarzmarkt ziemlich teuer ist. Eines Nachts – wir sammelten gerade Pfandflaschen am Bahnhof in Havenitz – wurde Mam von zwei Polizisten aufgegriffen. Sie war komplett dicht, wehrte sich gegen die Festnahme, sodass die Polizisten sie niederrangen. Ich stand wenige Meter daneben. Der Asphalt war regennass und die Lichter der Taxen spiegelten sich darin. Mam schrie wüste Beleidigungen, spuckte und biss um sich. Die Polizisten warfen sie auf den Boden, drückten ihr Gesicht auf die Straße und nahmen sie schließlich fest.« Ich lächele traurig. »Bevor wir auf die Wache fuhren, sammelte ich die Pfandflaschen ein, die Mam bei ihrer Auseinandersetzung mit der Polizei verloren hatte. Diese drei Flaschen, diese fünfundsiebzig Cent, kamen mir unheimlich wichtig vor.«

Benedict räuspert sich, doch als er spricht, kratzt seine Stimme kläglich. »Und dann?«

»Und dann freute ich mich über den warmen Polizeiwagen. Sie steckten Mam in eine Ausnüchterungszelle und um mich kümmerte sich eine nette Beamtin. Ich weiß noch, dass sie Heike hieß. Mam kam mit Sozialstunden und strengen Auflagen davon. Sie drohten, mich ihr wegzunehmen, und das hat gezogen. Nach jener Nacht hat Mam nichts mehr angerührt.«

»Bis heute.«

»Nein«, sage ich seufzend, beuge mich vor und stütze den Kopf in meine Hände. Die Tränen sind austrocknenden Kopfschmerzen gewichen. »Vorletzten Sommer habe ich Abitur gemacht. Ich wollte Soziologie in Berlin studieren, habe mich an der Humboldt beworben und wurde angenommen. Mam hat sich unfassbar für mich gefreut, einen Kuchen gekauft, obwohl ich keinen Kuchen mag, und über den Campingplatz gesungen: *Meine Tochter studiert, meine Tochter brilliert, meine Tochter graduiert!* Doch in der Nacht der Zusage hat sie sich betrunken und Tabletten genommen«, erzähle ich, verschweige jedoch die wütenden Schmetterlinge in meinem Hals, und dass ich mich, als ich Mam fand, eingepisst habe, sage ich auch nicht. »Sie hat sich entschuldigt und beteuert, dass es ein Unfall war. Aber ich … ich bin in Havenitz geblieben. Über eineinhalb Jahre habe ich in einer Kneipe in Westlingen gearbeitet und bin bei ihr geblieben.«

Das Radio knackt. Ich glaube, Benedict hat den Atem angehalten, so mucksmäuschenstill ist es.

Dann fragt er: »Möchtest du heute Nacht allein bleiben?«

Ich drehe den Kopf zur Seite und sehe ihn an. Eine Straßenlaterne wirft schwaches Licht in das Wageninnere, sodass ich den Ernst in seinem Gesicht sehen kann. Wenn ich mir jetzt etwas wünschen könnte, wäre es ein leichtes Grübchenlächeln.

»Nein, möchte ich nicht.«

Friedrich Schiller empfängt uns mit einem jaulenden Konzert. Ich nehme ihn auf den Arm und er leckt über meine Wange.

»Tut mir leid«, flüstere ich in sein Ohr. Ich hebe den Kopf und füge für Benedict hinzu: »Er ist es nicht gewohnt, den ganzen Tag allein zu sein. Ich kann froh sein, wenn er nicht auf den Teppichboden gepinkelt hat.«

»Du versteckst ihn hier, richtig?« Benedict steht inmitten des Raums und blickt sich interessiert um. Viel gibt es nicht zu sehen: Kleiderschrank aus Spanplatten, schmales Bett, Teppichboden, Schreibtisch, geblümte Spitzengardine. Die Deckenbeleuchtung ist eine Energiesparlampe, die das Zimmer in ein dreckig schwaches Gelb taucht.

Obwohl meinem Hund schon die Augen zufallen, bringe ich ihn vor die Tür. Als ich zurückkomme, steht Benedict immer noch unschlüssig vor dem Bett, eine Hand tief in seinen Locken vergraben.

Wieso habe ich ihn überhaupt gebeten zu bleiben? Die Idee kommt mir mit einem Mal überzogen und lächerlich vor. Ihn jetzt wieder auszuladen, wäre noch unangenehmer.

Ich gehe zum Schrank, krame die Ersatzdecke hervor und rolle meine billige Yogamatte aus.

»Ich schlafe auf dem Boden«, bietet Benedict an, doch ich schüttele entschieden den Kopf. »Auf keinen Fall«, lehne ich ab. »Du bist mein Gast. Ich schlafe auf dem Boden.«

Ich nehme ein kleines Dekokissen vom Bett und werfe es auf meine provisorische Schlafstätte. Friedrich Schiller hat sich längst unter die Decke geschlichen, nur noch seine kleine Schnauze lugt darunter hervor.

Benedict kratzt sich verlegen am Kopf. »Du hast nicht zufällig ein Shirt, in dem ich schlafen kann?«

»Leider nicht«, antworte ich gedehnt. »Und meine Zahnbürste müssen wir uns theoretisch auch teilen.«

Unsere Blicke begegnen sich. Ich halte den Atem an, weil ich damit rechne, dass Benedict sich höflich entschuldigend vom Acker macht. Doch zuerst zögerlich, dann immer unbefangener rollt sich ein Grinsen auf seinem Gesicht aus. Ich pruste vor Erleichterung los.

»Ich habe mal gehört, dass Karies ansteckend ist«, scherzt er, als wir vor dem Waschbecken in der Zimmerecke stehen.

»Du musst mir deine vertrauenswürdige Quelle unbedingt verraten.«

»*Du* musst mir vielmehr verraten, ob du Karies hast.«

Ich öffne den Mund sperrangelweit. »Ahhh, guck, kein Karies.«

Benedict tritt nah an mich heran und schaut mir von oben skeptisch in den Mund. »Okay«, sagt er. »Ich benutze deine Zahnbürste.«

Wenn ich mich auf die Zehenspitzen aufrichte und vorbeuge, würden sich unsere Lippen berühren. Forschend betrachtet er mein Gesicht, scheint jede Regung, jedes Muskelzucken zu beobachten.

Ich trete einen kleinen Schritt zurück und halte die Zahnbürste zwischen unseren Körpern hoch. »Du darfst gerne zuerst putzen.«

Er nimmt mir die Bürste aus der Hand und wendet sich dem Waschbecken zu. Wir wissen beide, dass die Spannung zwischen uns nur eine Atempause macht.

Benedict putzt sich ausgiebig die Zähne, reicht den Heiligen Gral an mich weiter und wäscht sich das Gesicht. Ich komme nicht umhin, mit meiner Zunge über die Borsten der Bürste zu fahren und dabei daran zu denken, welche Intimität in diesem indirekten Speichelaustausch liegt.

Mir gefällt der Gedanke, mir mit Benedict eine Zahnbürste zu teilen.

Anschließend schlüpfe ich hinter der Schranktür in mein Schlafshirt. Aus den Augenwinkeln sehe ich, wie Benedict sein Hemd aufknöpft. Zwei Knöpfe, dann legt er seine schwere Armbanduhr ab. Zwei weitere Knöpfe und er löst den Hosengürtel. Fieberhaft starre ich in das Innere meines Kleiderschranks. Das meiste davon ist secondhand. Cordhose, florale Bluse … mein Blick wandert über die Schulter. Benedict hat sich aus seinem Hemd gepellt und strampelt die Hose von den Beinen. Seine gebräunte Haut erinnert an einen Sommertag mit über dreißig Grad, Sand zwischen den Zehen, Erdbeergeschmack auf den Lippen.

Er ertappt mich beim Starren. Ich sehe die Aufregung in

seinen Augen, doch dann legt er sich unter die Bettdecke und zieht sie bis unters Kinn.

Ich räuspere mich beschämt und schalte das Deckenlicht aus, dann kuschele ich mich zu Friedrich Schiller auf den Boden. In der Dunkelheit lausche ich auf Benedicts Atem, der fürs Einschlafen zu flach geht.

»Du hast heute einen erstklassigen Einblick in meine Familie bekommen«, raune ich. »Was ist mit dir? Was ist mit deiner Familie?«

Das Bett knarzt, als Benedict sich bewegt. Seine Stimme scheint ganz nah, also muss er sich auf die Seite in meine Richtung gedreht haben.

»Meinem Vater gehört die Anwaltskanzlei Bennett. Meine Mutter ist seit meiner Geburt Hausfrau und … Mutter.«

»Von der Kanzlei weiß ich bereits. Ich meine, was ist mit deiner Familie? Wenn ihr an Weihnachten zusammensitzt, genießt du es oder willst du es hinter dich bringen?«

Er wartet mit seiner Antwort so lange, dass es Antwort genug ist.

»Es ist schon okay«, sagt er schließlich. »Ich bin meinen Eltern für vieles sehr dankbar. Unser Verhältnis ist gut, mir hat es an nichts gefehlt, ich kann mich nicht beschweren. Es ist nur …«

»Es ist nur?«, hake ich nach einer Weile nach.

»Ach, nichts«, wiegelt er ab und dreht sich wieder um, sodass das Bettgestell quietscht. »Ist deine Mutter denn … also … du hast vorhin gesagt … also dass … sie stirbt?«

Ich lache. So ungeheuerlich, dass Friedrich Schiller aufschreckt. »Das habe ich nicht gesagt.«

»Doch, du …«

»Das habe ich nicht gesagt«, unterbreche ich ihn, meine Finger tasten von meinen Schlüsselbeinen aufwärts. »Wieso sollte ich so einen Blödsinn sagen? Es war ein Absturz, Menschen stürzen ständig ab. Sie würde doch nicht … Das habe ich nicht gesagt.«

Ich werde wach, weil Benedict über mich steigt. Als ich die Augen öffne, ist sein Schritt genau über mir. Nur der dünne Stoff seiner Unterhose bewahrt mich vor seinem über mir baumelnden Penis.

»Sorry«, sagt er, greift nach seiner Kleidung, die über der Stuhllehne hängt, und tritt zurück. Mein Chihuahua gähnt herzhaft. Ich stütze mich auf die Ellbogen. »Wie spät ist es?»

»Kurz vor acht.«

»Wieso bist du schon wach? Wir sind erst gegen drei eingeschlafen.« Ich falle zurück auf den harten Boden.

»Muss zur Uni. Meine erste Vorlesung beginnt um acht.« Er hebt einen Arm und riecht unter seiner Achsel. »Ich muss das Hemd heute Abend definitiv in die Wäsche geben.«

»Du kannst die Vorlesung doch schwänzen.«

»Was? Nein … nein, das geht nicht.« Benedicts überraschter Tonfall schreckt mich auf, sodass ich den Kopf hebe und in sein entrüstetes Gesicht sehe.

»Schwänzen ist nicht drin«, sagt er resolut. »Ich habe mich dazu entschieden, Jura zu studieren, also ziehe ich es durch.«

Ich reibe mir über die müden Augen. »Sehr pflichtbewusst.«

Benedicts Gesicht erscheint über mir. Für weniger als fünf Stunden Schlaf sieht er merkwürdig erholt und frisch aus. Noch vor dem Frühstück serviert er mir ein erstklassiges Grübchengrinsen. »Ich danke dir für deine Gastfreundschaft«, sagt er jovial. »Und wünsche einen wunderschönen Tag.«

»Den wünsche ich dir auch«, murmele ich und verstecke mein Gesicht unter dem Arm.

Ich höre, wie Benedict sich von Friedrich Schiller verabschiedet und durch das Zimmer geht. Als er die Tür erreicht, fahre ich hoch, stütze mich wieder auf die Ellbogen und rufe: »Benedict?«

Er dreht sich zu mir herum.

»Ich danke *dir.*«

»Immer wieder, Ginny. Immer wieder.«

An Weiterschlafen ist nicht zu denken. Die Erinnerungen an gestern Abend umschwirren meine Gedanken wie ein lästiger Schwarm Stechmücken. Ich schlage sie weg, doch kaum lasse ich die Hand sinken, kehren sie zurück.

Missmutig ziehe ich mich an, binde mir die Haare zu einem unordentlichen Knoten und versorge Friedrich Schiller, ehe ich mich auf den Weg zur Bushaltestelle mache. Das Wetter passt zu meiner Stimmung – es ist hellgrau, bewölkt und verlangt nach Regen. Die Wohnwagensiedlung liegt in ihrer gewohnten Trostlosigkeit vor mir, alles beim Alten, als hätte es den gestrigen Abend nicht gegeben.

Die Tür des Wohnwagens steht offen, weshalb ich mir das Anklopfen spare und direkt hineingehe. Mam lehnt an der Küchenzeile, eine dampfende Tasse Kaffee in der einen Hand, mit der anderen reibt sie sich über die Stirn.

»Na, Kopfschmerzen?«

Mam fährt zusammen und lässt beinahe die Tasse fallen. »Virginia«, stöhnt sie. »Kannst du nicht klopfen?«

»Du siehst fürchterlich aus, und das ist noch eine nette Lüge.«

Ihre Augen sind geschwollen und klein wie Stecknadelköpfe. Aschfahl und besonders faltig verarbeitet ihre Haut die gestrigen Substanzen. Ihre Oberlippe ist aufgeplatzt und ein roter Ausschlag schmückt ihre nackten Arme. Ich hoffe, dass es ordentlich juckt, obwohl ich weiß, dass ihre Haut nicht direkt auf die Benzodiazepine, sondern auf den Stress reagiert.

Mam stellt ihre Tasse ab und kommt mit ausgebreiteten Armen auf mich zu. »Es tut mir leid.«

Ich glaube ihr. Es tut ihr leid. Aber das ändert nichts daran, dass sie es wieder getan hat. Demonstrativ verschränke ich die Arme vor dem Körper. Erschöpft lässt Mam ihre sinken.

»Warum?«

»Warum was? Es tut mir leid, okay? Es war ein Versehen.«

»Warum, Mam? Warum hast du das Zeug wieder genommen?«

»Meine Güte.« Stöhnend fährt sie sich durch die Haare. »Ich kann in letzter Zeit nicht so gut schlafen, also wollte ich eine Tablette nehmen und hab's übertrieben. Ich hab nicht nachgedacht.«

»Nicht nachgedacht? Verdammt, Mam. Ich denke nicht nach, wenn ich abends um neun noch einen Kaffee trinke und nicht mehr schlafen kann. Ich denke nicht nach, wenn ich das Klopapier vergesse und mir den Arsch mit Abschminktüchern abwischen muss. Ich denke nicht nach, wenn ich meinen Schlüssel im Zimmer vergesse. Aber du – du nimmst Drogen!« Ich tue, was ich bereits am *Morgen danach* vor anderthalb Jahren getan habe: in schwindelerregenden Höhen schreien.

»Nicht so laut«, murrt Mam und massiert sich die Schläfen. »Drogen. So ein Unsinn. Ich weiß nicht, was du von mir willst, Zuckermäuschen. Ich habe einen Fehler gemacht und dafür trage allein ich die Konsequenzen.«

»Allein du?« Meine Augen drohen aus ihren Höhlen zu treten. »Das ist so verdammt egoistisch von dir. Ich hänge genauso mit drin wie du.«

Mams Augen blitzen wütend. »Ach ja?«

»Werd jetzt nicht unfair«, warne ich sie.

Sie lacht zynisch. »Ich bin nicht unfair«, sagt sie. »Du bist unfair. Du bist gegangen und ich bin diejenige, die hier immer noch sitzt.«

Wie eine entzündete Rakete gehe ich in die Luft. »Ich wusste es! Es geht nicht um *mal-nicht-einschlafen-können*.« In meinem glühenden Zorn merke ich nicht, wie Änni den Wohnwagen betritt. Irritiert guckt sie zwischen meiner Mutter und mir hin und her.

»Was ist hier los?«

Mam wendet sich von mir ab. »Nichts. Virginia wollte gerade gehen und erst wiederkommen, wenn sie sich abgeregt hat.«

Meine Hände ballen sich zu Fäusten, Finger für Finger, bis ich meine Nägel in die Handflächen rammen kann. »Ich werde nicht gehen«, bringe ich zwischen den Zähnen hervor. »Wer verspricht mir denn, dass du heute Abend nicht die gleiche Scheiße nimmst? Wer verspricht es mir, hm? Du, Mam?«

»Hör auf«, sagt meine Mutter müde.

Aber ich kann nicht aufhören. Ich bin eine Dampflock, die nicht mehr bremsen kann. »Du bist neununddreißig, Mam, und endlich nicht mehr eingeschränkt durch Windelnwechseln, Essenaufwärmen, Wäschewaschen und Vorlesen. Dir gehört dein Leben wieder!«

»Ich male! Und lese!«, entfährt es Mam energisch. Sie hat mich noch nie angeschrien, bei mir scheint ihre Stimme ähnlich einem abgeregelten Auto nicht über eine gewisse Geschwindigkeit hinauszukommen.

In letzter Sekunde schaffe ich es, den Mund zu halten und den verletzenden Rest meiner Worte zu schlucken. Er schmeckt bitter.

Der Besuch der alten Dame von Friedrich Dürrenmatt hat es wieder aus dem Spülbecken geschafft und liegt auf der Küchenzeile neben dem Wasserkocher. Aufgeklappt. Mam sagt, dass man Bücher während des Lesens nicht zuklappen darf, weil sonst die Geschichte einstürzt. Die tragische Komödie ist wie eine säkularisierte Bibel für meine Mutter. Darin kehrt die Milliardärin Claire Zachanassian in ihren verarmten Geburtsort Güllen zurück und fordert für eine finanzielle Zuwendung in Milliardenhöhe den Tod von Alfred Ill. Alfred war Claires Jugendliebe. Er schwängerte sie, stritt die Vaterschaft vor Gericht jedoch ab, sodass Claire, damals noch Klara Wäscher, schwanger, mittellos und von der Gesellschaft verstoßen Güllen verließ. Sie verlor das Kind, arbeitete als Prostituierte und wurde durch Heirat superreich. Über vierzig Jahre später kauft sich Claire Zachanassian »Gerechtigkeit«. *Die Welt machte mich zu einer Hure, nun mache ich sie zu einem Bordell*, zitiert meine Mutter regelmäßig ihren liebsten Satz.

»Zuckermäuschen«, versucht es Mam in schlichtendem Tonfall. »Ich hatte gestern einen blöden Abend. Es wird nicht wieder vorkommen.«

Ich möchte mich nicht derart entblößen, doch ich kann es auch nicht unversucht lassen, also sage ich in der Hoffnung, dass meine Worte in ihren Verstand sickern und diesen wässern: »Du trägst die Konsequenzen nicht allein, Mam. Seit meiner Geburt sitze ich im selben Boot wie du. Ich habe Angst um dich.«

»Ohhhh«, machen Mam und Änni synchron. Gerührt und voller Zuneigung guckt meine Mutter mich an. »Du brauchst dir doch keine Sorgen um mich zu machen«, sagt sie. »Wer ist hier die Mutter?«

Sie verhöhnt mich mit dieser rhetorischen Frage, macht sich über mich lustig. Bevor der Zorn ein weiteres Mal aus mir herausbricht, wende ich mich ab. »Ich gehe jetzt.«

»Wann kommst du wieder?«, fragt Mam sofort.

Ich ziehe unentschlossen die Schultern hoch und werfe

Änni einen Blick zu: *Ruf mich sofort an, wenn das wieder passiert.* Änni versteht und nickt unmerklich.

Mam stolpert hinter mir aus dem Wohnwagen. »Zuckermäuschen«, ruft sie. »Es tut mir wirklich leid, okay? Es kommt nicht wieder vor. Ich liebe dich, ja? Bis bald. Ganz bald.«

Ich weiß, dass es unerträglich für sie ist, dass ich ohne Umarmung gehe. Aber wie sie so vor ihrem Wagen steht – die hageren Beine in zu kurzen Shorts, das Top mit Löchern, ihre durchgeschwitzten Haare in langen Strähnen um ihr faltiges Gesicht –, kann ich mich nicht dazu durchringen, meine Wut herunterzuschlucken. In meinen übelsten Momenten schäme ich mich für sie. Ich schäme mich nicht für ihren Beruf, aber für ihre Hilflosigkeit und Abhängigkeit. In meinen übelsten Momenten wünsche ich mir eine andere Mutter. Eine Mutter, die in einer Altbauwohnung mit zu vielen Pflanzen lebt, nach teurer Gesichtscreme riecht und zu Friedrich Dürrenmatt forscht, anstatt sich seine Texte nur reinzuziehen, wenn es ihr dreckig geht.

Ich brauche keinen verdammten Vater, keinen imaginierten Franzosen. Aber ich brauche eine Mutter.

Die ganze Busfahrt über ärgere ich mich sowohl über Mam als auch über meine eigenen widerlichen Gedanken. Ich bin eine undankbare Scheißtochter.

Ich krame nach meinem Handy.

Wenn sich nicht sofort jemand mit mir trifft und mich auf andere Gedanken bringt, muss ich den ganzen Tag mit Johnny Cashs Hurt heulend im Bett liegen, texte ich Dilara, Sascha und Benny.

Sascha: *Oh nein, nicht dieser sad old man … Kann in dreißig Minuten an der Uni sein.*

KAPITEL 8

Dilara hat vorgeschlagen, in die Natur zu fahren. Nach ihrem Mittagsgebet trifft sie mich und Sascha an der Haltestelle. Der Bus bringt uns bis nach Schönhausen, Endstation, alle aussteigen.

In Schönhausen sind die Grundstücke ausladend mit Doppelgarage, Gästebad und Kinderzimmern, so groß wie andernorts ganze Wohneinheiten.

Wir folgen der Hauptstraße weiter Richtung Osten. Bald wird der Abstand zwischen den Häusern noch größer und wir betreten die Ausläufer des Naturparks. Das Westhavelland zählt mit der Havel, ihren Nebenflüssen und zahlreichen Seen zu den gewässerreichsten Regionen Deutschlands. Der Himmel über unseren Köpfen glänzt metallisch, die Wolken sind schwer von Regen, hängen tief und tragen sich nur träge über den Horizont. Zu allen Seiten umschließt uns eine flache Wiesenlandschaft und bald begleiten wir einen Fluss.

»Sie kommen zurück!«, ruft Dilara und deutet mit der ausgestreckten Hand in den Himmel, über den Zugvögel in V-Formation über uns hinwegziehen.

»Ist es nicht krass, dass sie ein Navigationssystem hinter der Stirn haben?«, staunt Sascha.

Auch Friedrich Schiller, der zwischen unseren Beinen hin- und hergeht, bleibt stehen und bellt hinauf.

Als ich einen Steg entdecke, verlassen wir den Wanderweg und gehen durch das kniehohe Gras. Ich trage Turnschuhe mit hohen Socken und eine dünne Jacke. Obwohl der Himmel silbergrau leuchtet und die Luft nass ist, ist die Temperatur angenehm.

Wir setzen uns auf den morschen Steg, rücken eng zusammen, weil er so schmal ist. Als ich mich auf den Armen abgestützt zurücklehne, bohren sich dicke Holzspäne in meine Handflächen. Der Steg ist umwuchert von Schilf, das im Wind wie schlafwandelnd wiegt.

Friedrich Schiller lässt sich von Dilara den rosafarbenen Bauch streicheln.

Mir geht es besser. Wut, Scham und Angst lüften aus, ihr beißender Geruch wird schwächer.

Zwischen Sascha, Dilara und mir hängt das unausgesprochene Angebot des Zuhörens. Ich bemerke ihre vorsichtigen Blicke, bin gleichzeitig dankbar, dass sie mich nicht löchern und zum Reden drängen.

»Wenn ihr noch weiter rausfahrt, richtig weg von der Zivilisation, könnt ihr nachts die Milchstraße sehen«, erzählt Sascha. »Mit Airglow. Es ist faszinierend.«

»Das haben unsere Eltern früher oft mit mir und meiner Schwester gemacht«, sagt Dilara.

»Hat doch was Gutes, hier zu wohnen, in der Provinz, in der jede Kanalratte in Zeitlupe stirbt.« Sascha streckt die Beine über den Steg. »Die Milchstraße hat mir letzte Nacht mein Prof gezeigt. Neuerdings schlafe ich mit ihm.«

Dilara und ich drehen uns synchron in Saschas Richtung. Diese hat den Kopf in den Nacken gelegt und die Augen friedlich geschlossen.

»Das ist nicht dein Ernst«, sagt Dilara.

Sascha nickt. »Doch, doch«, erwidert sie. »Letzte Woche bin ich zur Klausureinsicht in die Sprechstunde gegangen, und ohne euch mit Details zu schockieren: Es war grandios.«

»Dann ist mit Fabian Schluss?«, frage ich.

Sascha öffnet die Augen. »Wieso Schluss? Fabian und ich hatten nie etwas, das man hätte beenden müssen.«

»Ich weiß nicht.« Dilara verzieht das Gesicht. »Ich finde das nicht gut.«

»Wieso nicht?«

»Du stehst zu diesem Mann in einem gewissen Abhängigkeitsverhältnis.«

Sascha gluckst auf. »Keine Sorge, ich habe nicht vor, 'ne längere Sache daraus zu machen.«

Dilara legt Sascha eine Hand auf die Schulter. »Pass einfach auf dich auf, okay?«

Sascha wirft ihr einen Luftkuss zu. »Das werde ich. Und wenn nicht, habe ich immer noch euch. Hat dir Virginia schon von der Aktion mit der Menstruationstasse erzählt?«

In Saschas Nacherzählung hört sich der Morgen wie ein erstklassiger Abenteuerfilm an. Zwei Freundinnen auf der Suche nach dem rubinroten Schatz, furchtlos jeder dunklen Höhle gegenüber.

Lachend fällt Dilara rücklings auf den harten Steg. »Perspektivwechsel«, ruft sie, sodass Sascha und ich uns prompt neben sie fallen lassen. Dilara streckt ihre Beine in die Luft. Unser Lachen ebbt ab, bis es zu einem leisen, schmalen Lächeln wird.

Wir haben die Perspektive gewechselt. Die geradeaus schauende Welt um neunzig Grad gedreht, den Blick hinauf, schwindelig und frei.

Meine Hand bewegt sich langsam über das morsche Holz. Ich greife nach Dilaras und verhake unsere kleinen Finger ineinander. Ich weiß, dass sie nach Saschas Finger greifen wird.

Wir hängen aneinander wie Seifenblasen im Spülbecken.

Und wenn eine platzt, dann platzen alle.

»Virginia«, sagt Sascha irgendwann. »Was geht eigentlich zwischen dir und Benedict Bennett? Er war deinetwegen bei der Hochschulgruppe, habe ich recht?«

Ich halte mich an dem gleitenden Flug einer Ente fest.

»Na ja«, antworte ich zögerlich und stütze mich auf die Ellbogen. »Er ist nett. Sehr nett sogar. Er ist charmant und flirtet mit mir. Und ich … habe keinen Bock darauf, mich von ihm einlullen zu lassen und enttäuscht zu werden. Ich befürchte, er ist wie eine Hubba-Bubba-Rolle.«

Sascha sieht mich irritiert an. »Vergleichst du den reichen Prinzen im Polohemd gerade mit Kaugummi für Kinder? Mir würden bei Benedict andere Assoziationen einfallen. Ein praller Pfirsich beispielsweise, in den ich gern reinbeißen würde.«

»Hubba Bubba? Ein praller Pfirsich? Eure Vergleiche sind schlimmer als Gedichte aus der vierten Klasse.«

»Wieso beleidigst du Grundschulkinder?«, fragt Sascha Dilara pikiert.

»Nun ja«, führe ich aus. »Hubba Bubba hat uns alle verführt. Wir wollten nichts sehnlicher als diese zu süße Kaugummirolle und für einen Moment hat der Geschmack unseren ganzen Mund erfüllt. Aber – und jetzt kommt der Punkt – der Geschmack hält nicht lange. Keine zwei Minuten später ist der Kaugummi so fad und geschmacklos, dass man ihn ausspucken kann. Vielleicht ist Liebe – Vorsicht, Dilara, dieser Vergleich wird dir die Schuhe ausziehen – kein luxuriöses Zuckerwatteglitzerschloss, sondern eine billige Hütte ohne Stromanschluss.«

Dilara runzelt die Stirn. »Ich trage meine Sneaker noch. Aber wenn du denkst, dass Benedict ein charmanter Aufreißer ist, der seine Masche bei einer Frau nach der anderen abzieht, liegst du vermutlich daneben.«

»Ach wirklich?«

»Vielleicht liegst du auch nicht daneben«, räumt Sascha ein. »Wir wissen es nicht. Aber da wir länger studieren als du, können wir versichern, dass Benedict nicht dafür bekannt ist, ein Aufreißer zu sein. Ich hab's einmal bei dem prallen Pfirsich versucht, hatte aber keine Chance. Hatte er überhaupt schon mal eine Freundin?«

»Ich habe gehört, dass er mit seiner ersten Freundin relativ lang zusammen gewesen ist. Dann haben sich die beiden aber getrennt«, sagt Dilara.

Nachdenklich lege ich den Kopf schief. »Vielleicht klingt das total vernebelt, aber ich kann kaum glauben, dass Benedict kein Dauerbrenner in der Frauenwelt ist. Er ist witzig, klug, respektvoll. Seine Grübchen … und die Locken. Wirklich, die perfekte Hubba-Bubba-Verführung.«

Dilara und Sascha prusten gleichzeitig los.

»Ohh, ohhhh«, ruft Sascha und wackelt bedeutend mit den Augenbrauen. »Spürst du das auch, Dilara? Diese Love-Vibes?«

»Ich habe Zahnschmerzen von dem ganzen Zucker«, ruft diese.

Ich schlage nach ihrem Arm. »Quatsch«, wiegele ich ab, doch kann meine Mundwinkel nicht zwingen, meiner Aussage den nötigen Ernst zu verleihen.

»Weißt du was? Über Fabian habe ich Benedicts Handynummer. Willst du sie haben? Verkaufst du mir dafür eine deiner Nieren?«, bietet Sascha feixend an.

Ich denke daran, dass Benedict bereits in meinem Bett geschlafen hat, wir aber noch keine Nummern ausgetauscht haben. »Du bekommst meine Niere nicht.«

Sascha klatscht sich mit beiden Händen auf die Oberschenkel. »Schade. Aber keine Sorge, ich bleibe in Verhandlungslaune. Und jetzt müssen wir dringend gehen, sonst klebt mein Arsch an diesem Scheißholz fest.«

Auf dem Rückweg hängen sich einzelne Wolken zu Trauben zusammen. Unter die Luft mischt sich der Geruch nach Regen. Ich ziehe große Ladungen dieses Dufts in meine Lunge, versuche, sie einen Atemzug lang zu konservieren, bevor wir die Stadtgrenze erreichen. An der Bushaltestelle muss ich von Sascha und Dilara Abschied nehmen.

»Ich fahre noch nicht zurück ins Wohnheim«, erklärt Sascha. »Meine Mutter hat mich zum Pelmeni-Essen eingeladen.«

Ich umarme sie fest. »Guten Appetit. Danke für heute.«

Sascha zwinkert mir zu. »Blutsschwestern, schon vergessen?«

Ich lächle sie wissend an, dann drehe ich mich zu Dilara. Sie öffnet weit die Arme, und ich schmiege mich in ihre Umarmung wie in eine Decke, die so vertraut riecht, dass man sie nicht waschen möchte. »Danke«, raune ich in ihr Ohr.

Sie erwidert nichts, drückt mich nur fester. Als ich allein an der Bushaltestelle stehe, spüre ich die Präsenz unserer Freundschaft.

Das Handy in meiner Jackentasche vibriert. Sascha hat mir einen Kontakt weitergeleitet. Benedicts Kontakt.

Sascha: *Für alle Fälle ;) PS: Eine deiner Nieren ist mir sicher.*

Schmunzelnd steige ich in den vorfahrenden Bus. Friedrich Schiller macht es sich auf meinem Schoß bequem, während ich das Handy noch immer in der Hand halte. Mein Daumen schwebt über Benedicts Telefonnummer. Soll ich ihm eine Nachricht schicken? Aber was würde drinstehen? *Ich hoffe nicht, dass du wie Hubba Bubba bist. Ich hoffe, du hältst länger.*

Ich lehne meinen Kopf an die Fensterscheibe, kraule mit einer Hand den Kopf meines Hundes und beobachte, wie feiner Nieselregen gegen die Scheibe schlägt.

Ach verdammt. Ich höre auf, Friedrich Schiller zu streicheln, und nehme das Smartphone in beide Hände.

Neue Nachricht: *Hey. Hier ist Virginia. Die, in deren Bett du letzte Nacht geschlafen hast. Die mit der crazy Mutter. Die mit den roten*

Ich lösche die Nachricht. Himmel, ist das peinlich. Friedrich Schiller guckt mich erwartungsvoll an. Wären wir allein, hätte ich ihn gefragt, wieso er so blöd guckt und ob er eine bessere Textidee hat.

Ich seufze. Der Chihuahua legt den Kopf schief. *Du benimmst dich wie eine Vierzehnjährige*, will er mir damit sagen.

Okay, okay.

Ich tippe: *Hi. Hier ist Ginny. Falls du dich zufällig fragst, ob es wieder an der Zeit ist, ganz subtil nach einem Date zu fragen: Heute hast du gute Chancen.*

Als ich auf *Senden* drücke, ballert mein Herz. Gespannt starre ich auf den Bildschirm, doch es kommt erst mal nichts zurück. Kurz frage ich mich, ob Sascha mir den richtigen Kontakt weitergeleitet hat. Wenn nicht, Punkt für sie. Ein perfider, gleichzeitig genialer Schachzug, sollte meine Nachricht bei ihrem verdutzten Onkel Sergej ankommen.

Aber nein. Kurz bevor der Bus die Universität erreicht, zeigt mein Handy eine neue Nachricht an.

Benedict: *Das Universum muss mich hassen. Ausgerechnet heute ist mein Terminplaner knallvoll. Was nicht heißen soll, dass ich nicht auf ein Date brenne. Tue ich, sehr sogar. Ich stehe quasi schon in Flammen.*

Ich strafe meinen Hund mit einem beschuldigenden Blick. *Siehst du*, will ich ihm sagen, *er hat keine Zeit für mich.* Und dann frage ich mich, welcher Student einen knallvollen Terminplaner hat und sich so strikt daran hält, dass er ein eindeutiges Angebot ablehnt? Welcher Student hat überhaupt einen

Terminkalender, der nicht nur als Fassade für das schlechte Gewissen herhalten muss? Einen Kalender, in dem mehr drinsteht als der Geburtstag der Oma?

Ich hab's versucht. Und wurde charmant versetzt.

Bei dem dauerhaften Nieselregen am Nachmittag bekommt meine innere Großmutter wässrige Augen vor Rührung. Denn ohne schlechtes Gewissen, mein einmaliges Leben nicht jede Sekunde bis zum Letzten auszukosten, kann ich mich in meinem Bett verkriechen. Ich bereite zwar die Texte für die Kurse nach, die ich heute geschwänzt habe, widme mich aber ziemlich zügig Netflix. Sechs Folgen *Sex Education* später habe ich mich nicht nur von meiner linken auf die rechte Seite gedreht, sondern mich im Angesicht von Maeve Wileys Mutterfigur dazu durchgerungen, zum Handy zu greifen und meiner Mam als Friedensangebot ein ❤ zu schicken. Mein Hund liegt zusammengerollt neben mir und erweckt nicht den Anschein, als wolle er heute noch einen Schritt vor die Tür setzen. Als ich ihn zu einer kurzen Pinkelpause nach draußen zwinge, regnet es immer noch. Zügig fliehen wir zurück ins Wohnheim, in dem ich Friedrich Schiller mit Fressen und frischem Wasser versorge, mich selbst heiß dusche und meine Zähne putze. Als ich das Licht lösche, ist es kurz nach zehn.

In dem Moment, in dem ich Friedrich Schiller einen Gutenachtkuss auf den Schädel drücke, klopft es an der Tür. Mein Hund zuckt sichtlich zusammen, was mich mehr erschreckt als das Klopfen. Reglos verharre ich in der Dunkelheit, bis es ein zweites Mal hämmert.

Dann eine Stimme. »Virginia?«

Oh, oh.

»Ginny? Bist du da?«

Ich könnte still bleiben, so tun, als würde ich schlafen oder nicht zu Hause sein. Ich könnte ihn vor der Tür schmoren lassen, bis er schließlich abzieht. Ich könnte aber auch das lächerliche bisschen gekränkten Stolz herunterschlucken und über meinen Schatten springen. Schließlich habe *ich* ihn um ein Treffen gebeten, und nur weil er nicht sofort alles für mich hat stehen und liegen lassen, benehme ich mich jetzt wie eine Motzkuh?

Komm schon, Virginia. Werd erwachsen.

Wohl wissend, dass ich nur Shirt und Slip trage, steige ich aus dem Bett und öffne die Tür so weit, dass Friedrich Schiller nicht aus dem Zimmer flitzen kann. Beleuchtet vom Flurlicht, steht Benedict vor mir. Seine Locken sind feucht vom Regen. Er trägt einen beigen Trenchcoat und ein frisches Hemd, um seine Schulter hängt eine gepackte Sporttasche, und in den Händen hält er einen Stapel Pappboxen, die nach frittiertem Essen riechen.

»Wurdest du zu Hause rausgeschmissen?«

Benedict lächelt mich breit an. »Nein, eigentlich nicht«, sagt er. »Aber ich habe gestern Nacht festgestellt, dass dein Bett viel bequemer ist als mein eigenes. Deswegen dachte ich, ich schlafe gleich noch mal hier.«

»Okaaaay.«

Er muss die Überforderung in meinem Gesicht sehen, denn sein Grinsen bekommt einen unsicheren Dämpfer. »Ich möchte mich nicht selbst einladen. Aber mein Tag war so voll und ich wollte dich trotzdem gerne …«

Das ist der Augenblick, in dem ich ihn erlöse. Mit dem Fuß halte ich meinen Hund zurück, sodass ich die Tür aufschieben kann.

»Weißt du, das Geheimnis meines gemütlichen Bettes sind das billige Gestell und die rostigen Federn«, erkläre ich.

»Ich wusste es. Wer braucht schon ein Boxspringbett?«

Benedict legt die Sporttasche ab, stellt das dampfende Essen auf den Schreibtisch und kniet nieder, um den Hund zu begrüßen. Ich scanne in Windeseile den chaotischen Zustand meines Zimmers. Bücher, Zeitschriften, Notizen, ein paar Klamotten, die stinkenden Reste Hundefutter … und da, direkt neben dem Bett, eine getragene Unterhose. Getragene Slips sind wie Marmeladentoasts, die beim Herunterfallen auf der Seite mit Konfitüre landen. So liegt der Zwickel mit Ausfluss offen und gut sichtbar oben. Blitzschnell schnappe ich den Übeltäter und werfe ihn in den Wäschekorb.

»Ich habe Essen mitgebracht«, sagt Benedict. »Chinesisch. Ich wusste nicht, ob du dich vegetarisch oder vegan ernährst, also habe ich von allem etwas dabei.«

»Ähm. Super, danke.«

Der erste Schritt ist getan. Ich habe ihn um ein Date gebeten und er ist hier. Und jetzt?

Benedict lächelt tapfer. Etwas verkrampft, aber tapfer. Er schält sich aus seinem Mantel, von dem einzelne Regentropfen abperlen und auf den Teppichboden fallen. »Ich hatte einen langen Tag«, sagt er. »Und du?«

»Mein Tag war okay. Abgesehen von dem Morgen vielleicht. Ich war noch mal bei meiner Mutter.«

Interessiert schiebt Benedict die Brauen zusammen. »Wie geht es ihr?«

»Besser«, sage ich und nicke mehrmals. »Sie hat mir versichert, dass es ein Ausrutscher war.«

»Glaubst du ihr?«

Ich zucke die Schultern. »Was bleibt mir anderes übrig? Wollen wir essen?«

Als hätte er seinen Besuch im Restaurant vergessen, blickt er überrascht zum Schreibtisch. »Klar. Ich sterbe vor Hunger.«

Aus der Gemeinschaftsküche hole ich Geschirr und Besteck. Nach dem Öffnen der Pappboxen riecht mein Zimmer binnen Sekunden nach Essen. Ich mache eine Ausnahme und erlaube Benedict, Friedrich Schiller eine Frühlingsrolle zu geben.

Ich nehme mir zwei Gabeln gebratene Nudeln, ein bisschen Reis und Gemüse.

»Möchtest du Süß-Sauer-Soße?«, fragt Benedict.

»Nein, danke. Eigentlich habe ich schon zu Abend gegessen.« Okay, das ist gelogen. Aber im Bett rumzulümmeln und nichts zu tun, macht mich nicht gerade hungrig.

Benedict setzt sich mit einem überquellenden Teller neben mich auf die Bettkante. Ich ziehe die Beine an und schiebe mir ein Stück Brokkoli in den Mund. »Steht bei dir mittwochs immer so viel auf dem Programm?«

Er nickt kauend. »Eigentlich sind bei mir alle Tage ziemlich voll.«

»Dann freust du dich vermutlich umso mehr aufs Wochenende?«

»Na ja.« Er ertränkt eine Frühlingsrolle in roter Soße. »Samstags arbeite ich für gewöhnlich in der Kanzlei. Das mache ich montags, mittwochs und samstags.«

»Die Leistungsgesellschaft hat dich fest im Würgegriff, was?«, sage ich, doch mein ironischer Unterton scheint bei Benedict nicht anzukommen.

Ungerührt entgegnet er: »Ich halte nichts von der Trennung zwischen Berufs- und Privatleben. Es ist alles mein Leben. Mein Studium, meine Arbeit in der Kanzlei, jede weitere Freiwilligentätigkeit – das *bin* alles ich.«

»Was ist mit Freundschaften? Der Familie? Hast du Hobbys?«

Während er den letzten Rest Essen von seinem Teller kratzt, erklärt er: »Ich bin sehr ehrgeizig und diszipliniert, das ist mein

Glück. Ich muss viel lernen, da bleibt wenig Zeit für anderes. Jura fällt mir nicht gerade leicht.«

»Jura fällt wohl niemandem leicht, oder? Allein das enorme Volumen muss anstrengend sein.«

Es hält nur wenige Sekunden an, doch ich sehe, wie Benedict dem Hier und Jetzt entgleitet. Er hört auf zu kauen, seine Hand bleibt mit der Gabel in der Luft hängen und sein Blick wird leer. Ich würde gerne sehen, was er in diesem Moment sieht, so gerne nachspüren, was in ihm vorgeht. Doch er schüttelt leicht den Kopf, sodass der Erinnerungsschleier von ihm rutscht, und sagt: »Das stimmt. Jura ist kein einfaches Fach. Wie ist es mit Soziologie? Gefällt es dir?«

Es ist noch besser, als ich es mir vorgestellt habe. Mich durch Texte beißen zu müssen, die so komplex sind, dass ich nach fünf Seiten Kopfschmerzen und Erregung gleichermaßen empfinde, ist großartig. »Ich bin begeistert.«

Benedict betrachtet mich einen Moment, dann tritt ein mildes Lächeln auf seine Lippen. »Du musst mir eine Frage beantworten, Ginny.«

»Okay.«

Mein Gegenüber neigt den Kopf zur Seite und sieht mich intensiv an. »Bereust du, nicht nach Berlin gegangen zu sein?«

»Manchmal.« Er muss sich mit dieser ausweichenden Antwort begnügen, da ich ihm nicht sagen kann, dass ich es die letzten eineinhalb Jahre täglich bereut habe. Und ich ihm nicht sagen kann, dass ich mich frage, ob es überhaupt um Berlin geht? Oder vielmehr darum, das Gegenteil meiner Mutter sein zu wollen? Kleinstadt vs. Metropole. Abgebrochenes Studium vs. erfolgreiches Studium. Abhängig vs. unabhängig.

»Du kannst nicht dein ganzes Leben nach ihr richten«, sagt Benedict, als hätte er mich aufgeschlagen, in mir geblättert, gelesen und genauestens verstanden.

Seufzend stehe ich vom Bett auf. »Es ist nicht so einfach mit der Liebe, mit Verantwortung und Schuld«, sage ich und nehme ihm seinen Teller aus der Hand. »Bist du fertig?«

Er nickt und bedankt sich. Um das Thema zu wechseln, bringe ich das Geschirr und die Reste des Essens in die Küche. Benedict möchte mir helfen, doch ich schicke ihn zu Friedrich Schiller. Als ich aus der Küche zurückkomme, habe ich Berlin wieder sorgsam verpackt. Ich trete an das Zimmerfenster und öffne es, um den Geruch zu vertreiben. Der Regen klebt an der Scheibe, in der sich Benedict und mein Hund spiegeln. Friedrich Schiller liegt auf dem Rücken und lässt sich genüsslich den Bauch kraulen. Ich frage mich, was Benedict in mir sieht, dass er seine offensichtlich so kostbare Zeit mit mir verbringt. Ich bin misstrauisch und vorsichtig, obwohl es keinen Grund dafür gibt.

Ich mag ihn. In seiner Gegenwart fühle ich mich wohl. Es ist nicht mehr, aber auch nicht weniger. Also warum kompliziertes Drama schieben? Ist es Symptomatik unserer Generation, bloß keine Gefühle zuzulassen? Gehört es zum guten Ton, unnahbar und unverbindlich zu sein?

Ich überlege lange, ob ich abermals auf dem Boden schlafe. Was hat sich in den letzten vierundzwanzig Stunden geändert, dass ich mit Benedict in meinem Bett schlafen sollte? Ich habe ihn nach einem Date gefragt. Mein Interesse ist also offensichtlich. Trotzdem macht Benedict keine Anstalten, mir näher zu kommen.

Ich verstehe. Er will, dass ich den ersten Schritt mache. Als Benedict aus dem Badezimmer kommt, liege ich unter der Decke in meinem Bett. Auf dem Boden liegt keine weitere Schlafstätte.

Er bleibt im Türrahmen stehen, sieht vom Boden zu mir, und als er begreift, lese ich die gleiche berauschende Mischung in seinem Gesicht, die auch ich empfinde. Ein hochprozentiger Cocktail aus Ekstase und Nervosität.

Mit den Augen verfolge ich, wie er durch mein Zimmer geht. Sein Schatten fließt im schwachen Licht der Nachttischlampe über den Teppichboden, den Schreibtisch und die Wand, bis er schließlich in einer kurzen Schlafhose vor mir steht. Er hat schöne Beine. Stramm, haarig, gerade.

Ich hebe die Decke.

Mit einem halben Grübchengrinsen steigt er zu mir ins Bett. Ich liege auf der Seite und rücke so weit zurück, dass ich die kalte Wand im Rücken spüre. Benedict dreht sich ebenfalls auf die Seite, sodass wir uns still gegenüberliegen.

Mein Mund ist voll ungesagter Worte, und wenn er mich weiterhin so durchleuchtend betrachtet, sprudeln mir diese aus den Mundwinkeln, laufen mir über das Kinn, tropfen auf den Kissenbezug. Ich würde sagen: *Darf ich deine Haut riechen?* Oder: *Willst du mich berühren?*

Stattdessen rücke ich näher. Jetzt streifen sich unsere vom Essen aufgeblähten Bäuche, wenn wir atmen.

Ich schließe die Augen und fange dieses flattrige Gefühl vorsichtig ein.

Wir atmen aus – keine Berührung. Wir atmen ein – eine Berührung.

Seine Stimme ist schlaftrunken rau, als er flüstert: »Danke für die Einladung, Ginny.«

»Gerne.«

Wir liegen regungslos. Bis auf unsere Bäuche. Seine Augen sind geschlossen, doch ich möchte mit den Fingern die verspannte Falte zwischen seinen Brauen glätten. Ich traue mich nicht. Stattdessen frage ich: »Hörst du den Regen, der gegen die Scheibe fällt?«

Als der Wecker klingelt, bewegt sich etwas neben mir, bevor ich überhaupt die Augen aufbekomme. Die warme Hand, die mich noch vor wenigen Sekunden an meinem Kopf berührt hat, verschwindet ebenso wie die angewinkelten Beine, die sich um meine geschlungen haben. Der Verlust seiner Nähe ist wie das Entfernen eines Pflasters: kurz, aber ein klein wenig schmerzhaft.

Als Benedict durch das Zimmer zu seinem klingelnden Smartphone stolpert, werde ich endgültig wach.

»Musst du schon los?«

Er reibt sich mit den Händen über die Augen. »Ja, leider.« Seine Locken stehen in alle Richtungen. Er gähnt herzhaft und streckt sich, sodass sein T-Shirt hochrutscht und ich seinen nackten Bauch sehe.

Schade, denke ich. »Okay«, sage ich.

Er kniet sich nieder und kramt in seiner Sporttasche. Friedrich Schiller schält sich gemächlich aus seinem Körbchen und tapst zu Benedict. Mit einer Hand begrüßt dieser meinen Hund, mit der anderen fischt er nach frischer Kleidung. »Ich kann sicherlich die Duschen nutzen, oder?«

Ich stütze mich auf einen Ellbogen. »Klar. Du kannst meine Seife verwenden.«

»Danke.« Mit einem Stapel Kleidung, einem Handtuch und einem Rasierer verschwindet Benedict aus dem Zimmer.

Seufzend falle ich zurück in das Kissen. Die Vorstellung, wie er sich auszieht und unter den heißen Wasserstrahl stellt, ist zu viel für die frühe Uhrzeit. Was würde passieren, wenn ich ihm nachgehe? Unweigerlich beiße ich mir auf die Unterlippe.

Um meine unsäglichen Gedanken im Zaum zu halten, springe ich aus dem Bett. Ich binde meine Haare zu einem Knoten zusammen, schlüpfe in eine Jogginghose und schüttele die Decke auf. Kein nackter Körper, kein Sex, keine Probleme.

Mit flinken Händen jage ich durch das Zimmer, räume meine Kleidung in den Schrank, stapele Bücher und checke Friedrich Schillers Wassernapf. Ich lege Benedicts Sachen auf einen Haufen. Auf dem Schreibtisch liegen sein Handy und sein geöffneter Kalender.

Ich halte inne. Obwohl es mich nichts angeht, kann ich die dicht beschriebenen Seiten nicht ignorieren. Pro Kalenderseite ist ausreichend Platz für zwei Wochentage, doch bei Benedict ist jeder Tag so ausgefüllt, dass zusätzliche Post-its an den Seiten kleben. Mit verschiedenfarbigen Textmarkern sind die To-dos eines Tages nach Prioritäten geordnet. Selbst sein streng regulierter Schlaf von nur sechs Stunden ist eingetragen. Nach dem Aufstehen hat er exakt fünf Minuten, um sich für die Joggingrunde anzuziehen. Unikurse wechseln sich mit seiner Arbeit in der Kanzlei ab, dazwischen sind ehrenamtliche Tätigkeiten vermerkt wie das Aushelfen bei der Havenitzer Tafel. Jede Mahlzeit, jede Pause, selbst entspannende Tätigkeiten wie Lesen oder Fernsehen sind auf die Minute getaktet.

Das ist kein Leben. Das ist effiziente Fließbandarbeit.

Ich zucke zusammen, als Benedict die Tür öffnet. Schnell greife ich nach einem Buch und drehe mich beiläufig um. »Na?«, mache ich selten dämlich. »Bist du frisch?«

Benedict kratzt sich unbeholfen am Hinterkopf. »Ähm, ja. Ich bin frisch.«

Hochinteressiert blättere ich in dem Buch, setze eine nachdenkliche Stirnfalte auf, wobei ich keinen zusammenhängenden Satz lese. Mit jedem Atemzug macht sich die peinliche Stille zwischen uns breit, gefüttert von meinem Gefühl, beim Schnüffeln ertappt worden zu sein.

Es ist nichts passiert. Wir haben gemeinsam in einem Bett geschlafen, mehr nicht. Trotzdem benehmen wir uns wie zwei

Fremde, die nach einem One-Night-Stand ein unangenehmes Höflichkeitsfrühstück hinter sich bringen müssen.

»Also ...«, sagt er, während ich gleichzeitig »Ja dann ...« hervorbringe. Schlagartig halten wir den Mund, die Stille fläzt sich gelassen auf mein Bett und sieht uns dabei zu, wie wir um die Situation ringen.

Dann furzt Friedrich Schiller.

Und ich könnte ihn dafür küssen.

Benedict lacht, ich werfe meinem Hund Herzchenaugen zu und sage: »Er furzt nur, wenn er sich wohlfühlt.«

»Das spricht eindeutig für mich«, entgegnet Benedict süffisant.

Er verstaut seine restlichen Sachen in der Sporttasche, schultert diese und verabschiedet sich hingebungsvoll von dem Chihuahua. »Weißt du«, Benedict richtet sich auf, »ich bin mir sicher, dass er mich mag. Ich sollte öfter vorbeikommen.« Dabei zwinkert er mir so vielsagend zu, dass ich augenblicklich rot anlaufe. Ich atme gegen die Röte an, doch meine Wangen brennen noch heißer, als Benedict mit zwei großen Schritten dicht vor mir steht. Er schiebt eine Hand in meinen Nacken, beugt sich vor und presst seine Lippen kurz, aber fest auf meine Stirn.

»Bis bald«, sagt er, greift an mir vorbei nach seinem Kalender und Smartphone und dreht sich um.

»Bis bald.«

KAPITEL 9

Der Rest der Woche vergeht wie im Schonwaschgang, träge und lauwarm. Ich rufe meine Mutter an, um subtil abzuchecken, wie es ihr geht. Dilara berichtet von ihrem Treffen mit dem Rektor. Der Demo steht vonseiten der Universität nichts mehr im Weg. Ich recherchiere Themenvorschläge für meine erste Hausarbeit und Benedict meldet sich am Samstag wieder. Als mein Smartphone eine neue Nachricht anzeigt, werden meine Hände feucht vor Aufregung.

Benedict: *Sorry noch mal, dass ich Donnerstag so früh abgehauen bin. Hast du heute Abend was vor?*

Virginia: *Nein, hab noch nichts vor. Aber es klingt, als hättest du eine Idee?*

Benedict: *Tatsächlich. Wie klingt Abendessen mit meinen Eltern für dich?*

Mir rutscht das Handy aus den Händen. Wie das für mich klingt? Überfordernd und unangenehm. Selbst ein Abendessen mit Benedict wäre eine nervöse Herausforderung geworden. Aber seine Eltern? Und das noch vor dem ersten Oralverkehr?

Wobei. Er hat meine Mutter auch schon kennengelernt. Vielleicht ist das seine Art, mir zu zeigen, dass er sich vor mir ebenso nackt macht wie ich mich vor ihm. *Familie* – immer eine heikle Angelegenheit.

Also atme ich langsam aus und tippe eine Zusage.

Benedict: *Super, ich freu mich! Ich hole dich gegen sieben ab.*

Ich ziehe ein knöchellanges Kleid an, dazu Sneaker und eine dünne Jacke. Meine Haare binde ich zu einem Dutt zusammen, wobei mir kurze Locken ins Gesicht fallen. Ich überlege, Lippenstift aufzutragen, erinnere mich aber daran, dass es sich nur um ein Abendessen und nicht um unsere Hochzeit handelt. Fünf Minuten vor sieben klingelt mein Handy. Ich drücke meinem Hund einen Abschiedskuss auf den Kopf und verspreche, nicht allzu spät zurückzukommen. Mein rastloses Herz pumpt zuverlässig Adrenalin und Endorphine durch meinen Körper, während ich das Wohnheim verlasse und Benedicts Wagen auf dem Parkplatz entdecke. Er lehnt an der Beifahrertür, und als er mich erblickt, grinst er breit.

»Stopp!«, rufe ich, als er Anstalten macht, mir die Tür zu öffnen. »Das kann ich selbst.«

Übertrieben verdreht er die Augen. »Keine Sorge. Das soll nur eine höfliche Geste sein, nichts weiter.«

»Ich weiß«, sage ich und greife nach dem Griff, als ich das Auto erreiche. »Aber diese Art der höflichen Gesten sind unnötig. Hilf mir lieber, das Patriarchat zu stürzen. Das wäre *wirklich* höflich.« Mit einem koketten Lächeln rutsche ich ins Wageninnere.

Als Benedict um die Motorhaube geht, schüttelt er schmunzelnd den Kopf. Er taucht neben mir auf dem Fahrersitz auf, und bevor er den Wagen startet, guckt er mich erwartungsvoll von der Seite an.

»Was ist?«

»Nichts. Du siehst wunderschön aus. Wie immer.«

»Danke. Du siehst auch wunderschön aus.« Es stimmt. Heute Abend hat er das obligatorische Businesshemd gegen ein langärmliges Sweatshirt und Jeans getauscht und diese Lässigkeit ist ziemlich sexy.

Er startet den Motor und wendet den Wagen. Schnell haben wir das Univiertel verlassen und fahren Richtung Osten.

»Ist das die Revanche für den Besuch bei meiner Mutter?«

Benedict wirft mir einen kurzen Blick zu. »Vielleicht ist das der Grund, weshalb ich keine Freundin habe. Weil ich sie sofort zu meinen Eltern einlade wie ein Muttersöhnchen?«

Ich grinse. »Ja, das kann abschrecken.«

»Wir essen samstagabends zusammen, ist sozusagen unsere Familienzeit. Aber ich wollte dich gern sehen. Außerdem wirst du meine Eltern früher oder später sowieso kennenlernen müssen.« Er streckt mir die Zunge raus.

»Woah«, mache ich. »Das geht mir jetzt aber ganz schön schnell.« Ich bin mir nicht sicher, ob wir uns noch in der ironischen Humorblase befinden oder ob ein Funken Ernst in seinen Worten steckt.

»Keine Angst, ich habe ihnen gesagt, dass *eine* Freundin vorbeikommt.« Er zwinkert provokant.

»Wie viele *Freundinnen* sind denn schon vorbeigekommen?«

Er zuckt die Schultern. »Meine erste Freundin hieß Lucie. Sie heißt immer noch so, keine Sorge, sie ist nicht tot. Aber sie hat sich von mir getrennt und seitdem habe ich niemanden mehr mitgebracht.«

»Wie lange ist das her?«

»Hm ... sie hat mich mit achtzehn verlassen, also knapp drei Jahre.«

»Wieso hat sie dich verlassen?« Ich beiße mir auf die Zunge, doch die neugierige Frage ist bereits herausgerutscht. Glücklicherweise scheint Benedict sie mir nicht übel zu nehmen.

»Ich hatte zu wenig Zeit für sie. Für uns, meine ich.«

Sofort denke ich an seinen übervollen, detaillierten Terminkalender. Wie eine Beziehung da reinpassen soll, ist tatsächlich schwer vorstellbar.

»Was ist mit dir? Hattest du schon einen Freund? Freunde? Eine Freundin?«

Ich schüttele den Kopf. »Nichts Ernstzunehmendes, nein.«

»Wieso nicht?«

Weil ich mich für niemanden interessiert habe? Weil Beziehungen generell mir Angst machen? Weil ich erst sieben Kilometer zwischen mich und meine Mutter bringen musste, um Kapazitäten für ein annähernd freies Herz zu haben?

»Weil ich ehrlicherweise noch niemanden getroffen habe, den ich mag.«

Benedict sieht mich mit weit aufgerissenen Augen an. »Woah«, macht er. »Das geht mir jetzt aber ganz schön schnell, Virginia.«

Lachend schlage ich nach ihm. »Lass das. Ich mein's ernst. Ich finde dich ziemlich cool.«

»Okay«, sagt Benedict und fängt meinen Blick ein. »Ich finde dich auch ziemlich cool.«

Ich habe mir ein englisches Herrenhaus vorgestellt. Tatsächlich ist es weniger imposant. Benedict fährt eine lange Einfahrt hinauf, zu deren Seiten wilder Rasen wächst. Zwischen zwei kräftigen Apfelbäumen liegt das Haus der Bennetts. Die rosafarbenen Baumblüten zeichnen sich von der eierschalenweißen Fassade ab, auf den dunkelblauen Ziegeln reflektieren die Strahlen der tief stehenden Sonne, riesige Fenster im ersten Stock geben das Innenleben des Hauses preis. Ich sehe einen Mann um die fünfzig an einem Schreibtisch aus dunklem Holz arbeiten.

Mit dem Finger deute ich auf das Fenster. »Ist das dein Vater?«

»Genau«, antwortet Benedict, und obwohl er sich bemüht, seine geschwellte Brust zu unterdrücken, höre ich den Stolz in seiner Stimme mitschwingen.

Als wir vor der Tür stehen, kramt Benedict einen Hausschlüssel aus der Hosentasche.

»Ich bin beeindruckt«, sage ich ironisch. »Ich dachte, ein Butler würde uns die Tür öffnen.«

»Nein, wir haben keine Angestellten«, erklärt er und schließt auf. Ich gehe durch die Tür, dicht gefolgt von Benedict. »Oder …«, raunt er, und ich spüre das Wort in meinem Nacken vibrieren. »… ich habe alle Angestellten für den Abend in den Keller gesperrt, weil ich weiß, dass du auf Bescheidenheit stehst.«

Ich drehe mich halb zu ihm herum und erwische ihn bei einem astreinen Grübchengrinsen. Ehe ich etwas erwidern kann, werden wir unterbrochen. Eine drahtige Frau mit schwarzen Locken erscheint im Flur. Sie trägt eine gebügelte weiße Bluse und ihr lilafarbener Lidschatten ist zu kräftig aufgetragen.

»Hallo«, sagt sie und lächelt mich freundlich an. »Du musst Virginia sein.« Sie kommt auf mich zu und reicht mir die Hand. »Ich bin Susanna, Benedicts Mutter.«

Ich grüße zurück und schüttle artig ihre Hand. »Danke für die Einladung.«

»Als Benedict von dir erzählt hat, haben wir uns sehr gefreut. Es ist schon eine Weile her, dass Ben eine Frau mit nach Hause gebracht hat.« Sie zwinkert ihrem Sohn übertrieben zu und bricht in Gelächter aus. Wir lachen höflicherweise mit.

Ich folge Susanna aus dem Flur in einen weiten Raum, der Loftcharakter besitzt. Wohn- sowie Esszimmer und eine offene Küche gehen ineinander über. Es riecht nach Flieder und gebratenem Fleisch. Englische Polstersessel aus Leder sucht man hier vergebens. Die Einrichtung folgt stattdessen dem skandinavischen Minimalismustrend. Schwarz-Weiß-Fotografien hängen an den Wänden, auf einem Bild grinst ein kleiner Junge mit Locken und Zahnlücke in die Kamera. Gegenüber der Kücheninsel steht ein langer, heller Eichentisch.

»Was möchtet ihr trinken?«, fragt Susanna.

»Ich hole die Getränke«, bietet Benedict an, doch seine Mutter widerspricht.

»Quatsch. Setzt euch ruhig. Also, was möchtest du trinken, Virginia? Wasser? Wein? Eine Cola?«

»Ich nehme ein Glas Wein. Danke.«

Benedict zieht die Augenbrauen in die Höhe. Da er hinter seiner Mutter steht, kann nur ich seinen abschätzigen Blick sehen. Als Susanna sich zu ihm herumdreht, strecke ich ihm die Zunge raus.

»Ich nehme Wasser, weil ich Virginia später zurück zum Wohnheim bringe. Danke, Mama«, sagt Benedict, und als seine Mutter außer Hörweite ist, fügt er an mich gewandt hinzu: »Brauchst du Alkohol, um locker zu werden oder dich zu beruhigen?«

»Weder noch«, sage ich spitz. »Ich trinke ein Glas Wein, weil mir danach ist.«

Schritte auf der Treppe werden laut. Wenig später betritt Benedicts Vater den Raum. Er ist genauso groß wie sein Sohn, trägt als Accessoires Glatze und Wohlstandsbauch und hat Benedict die graublauen Augen vererbt.

Mit ausgestreckter Hand kommt er auf mich zu. Eine ausgesprochen manierliche Familie, die Bennetts.

»Hallo, Virginia«, sagt er, und seine Stimme donnert selbstbewusst durch den großen Raum. »Schön, dich kennenzulernen. Ich bin Theodor, aber du kannst mich Theo nennen.«

»Ich freue mich auch«, sage ich wohlerzogen und bin froh, dass Benedict das Eis bricht, indem er seinen Vater mit einer Frage zu einem Fall belagert.

Doch Theo winkt ab. »Das habe ich gerade noch erledigt. Du musst dich nicht mehr darum kümmern.«

»Wieso hast du nicht auf mich gewartet?« Obwohl Benedict um einen ruhigen Tonfall bemüht ist, klingt seine Stimme angespannt.

»Weil du nicht da gewesen bist, ganz einfach«, beendet Theodor die Diskussion. Benedict presst die Lippen aufeinander, um sich eine Erwiderung zu verkneifen. Schnell springe ich dazwischen.

»Die Glasfront im ersten Stock ist wirklich schön«, schleime ich.

»Nicht wahr?«, bestätigt Theo.

In diesem Moment kommt Susanna mit einem Tablett und zwei Weinflaschen unter dem Arm zurück. Lächelnd geht sie an uns vorbei und stellt alles auf den Tisch.

»Die Idee mit den großen Fenstern kam von meiner Frau«, erklärt Theodor. »Sie hat ein Händchen für Architektur und Inneneinrichtung.«

»Hast du das beruflich gemacht?«, frage ich Susanna. Diese hebt den Kopf und lacht laut auf. »Ach nein. Es ist nur ein Hobby. Ich bin – und war – Hausfrau und Mutter.«

Darauf fällt mir keine passende Antwort ein und ich begnüge mich mit einem verkrampften Lächeln.

»Setzt euch doch«, bittet uns Benedicts Mutter, und wir nehmen an dem Eichentisch Platz. Benedict sitzt rechts neben mir, sein Vater ihm gegenüber. Als Susanna die Vorspeise serviert, frage ich mehrmals, ob ich ihr helfen kann, doch sie verneint. Von ihr bedient zu werden, bleibt mir unangenehm. Schließlich setzt sie sich zu uns an den Tisch, sodass das Abendessen beginnen kann. Benedict breitet die schneeweiße Stoffserviette auf seinem Schoß aus. Ungeschickt versuche ich, es ihm gleichzutun.

Die kalte Suppe mit Croutons und frischen Kräutern schmeckt gut. Tapfer führe ich Löffel für Löffel in den Mund, doch als ich sehe, dass Susanna ihre Suppe nicht aufisst, lasse auch ich meinen Rest in der Schale.

»Nick hat uns erzählt, dass ihr euch aus der Uni kennt«, sagt Theodor. »Was studierst du, Virginia?«

Ich wische mir mit dem Serviettenzipfel über den Mundwinkel. »Soziologie.«

Interessiert guckt er mich an. »Soziologie? Das stelle ich mir spannend vor. Wenn es nach mir gegangen wäre, hätte ich Philosophie studiert.« Er lacht, aber es klingt hohl und irgendwie traurig. »Aber eine Juristenfamilie braucht keine Philosophen, nicht wahr?«

»Ich bin zwar erst am Anfang, aber es gefällt mir sehr gut«, sage ich in die unangenehme Stille hinein.

»Was lest ihr? Kennst du Foucault?« Theos Interesse überrascht mich. Ich habe eher mit einem zusammengekniffenen *Was kann man damit denn werden?* gerechnet.

»Nach meiner ersten Foucault-Lektüre habe ich überlegt, meinen Hund nach Michel Foucault umzubenennen. Aber um mich nicht andauernd erklären zu müssen, heißt der Chihuahua immer noch Friedrich Schiller«, sage ich, und alle am Tisch lachen.

»Foucaults Texte haben es in sich, was?«, fragt Theodor und fügt beiläufig hinzu: »Nick hatte stets Schwierigkeiten mit ihnen. Er hat den Philosophen nie richtig verstanden.«

Mir ist nicht klar, ob er seinen Sohn absichtlich vorführt oder ob er unsensibel, aber versehentlich in das Fettnäpfchen tritt. Ich sehe jedenfalls zum ersten Mal, wie die sonst so selbstsichere Fassade Benedicts bröckelt und dieser feuerrot anläuft. Unterstellt ihm sein Vater, dass er zu dumm für diese Art von Texten ist?

»Foucault ist sicherlich nicht für jeden etwas«, springe ich für Benedict in die Bresche.

»Gewiss«, lenkt Theo ein, schiebt seinen leeren Teller von sich und sieht erwartungsvoll zu seiner Frau. »Was gibt es denn zum Hauptgericht?« Er lächelt sie offen an und sein Tonfall ist freundlich. Dennoch ist die Rollenverteilung in diesem Haushalt so offensichtlich wie eine Anakonda, die durch knöchelhohes Gras schlängelt.

Susanna springt auf, räumt unsere Teller ab und verschwindet in der Küche. Wir hören sie gut gelaunt summen, mit Töpfen und Pfannen klirren und wenig später serviert sie einen duftenden Braten mit Kraut und Kartoffelknödeln.

»Die Soße ist selbst gemacht«, sagt sie an mich gewandt. »Du musst sie unbedingt probieren.«

Ich nicke, wobei ich meinen gefüllten Bauch unter dem Kleid spüre. Susanna lässt sich über das Rezept aus, heimst mit vollem Mund genuscheltes Lob ihres Ehemanns ein, und als ich bemerke, dass Benedict mich dabei beobachtet, wie ich den Knödel auf dem Teller von der einen in die andere Ecke schiebe, führe ich die Gabel zum Mund und lächle unbekümmert.

Es dauert nicht lange, bis Susanna sich interessiert über den Tisch beugt und schließlich doch fragt: »Weißt du schon, was du mit deinem Studium machen möchtest, Virginia?«

Ich schlucke meinen Bissen eilig herunter. »Meine Freundin Dilara studiert ebenfalls Soziologie. Sie ist bereits im Master und möchte danach promovieren. Ich kann mir einen ähnlichen Weg vorstellen.«

Benedicts Mutter nickt zustimmend. »Das sind ehrgeizige Ziele für eine Frau. Und falls es mit der Promotion nicht klappt, ist es auch nicht schlimm.« Es soll ein Scherz sein. Sie lacht, Theodor lacht, Benedict verzieht die Lippen zu einem gequälten Halbkreis.

Ich verstehe den Witz nicht. »Wie meinst du das?«

»Na ja.« Susanna hüstelt, als sie mein ernstes Gesicht sieht. »Angenommen das mit euch beiden wird was«, sie deutet mit dem Messer auf ihren Sohn und auf mich, »dann wirst du natürlich nicht arbeiten müssen.«

Ein erstes Kennenlernen mit den Eltern meines Nichtfreundes ist nicht der geeignete Zeitpunkt, um eine Grundsatzdiskussion zu führen. Dennoch macht es mich wütend. Deswegen spielt die Wahl meines geisteswissenschaftlichen Studiums keine Rolle. Benedicts Freundin kann Gärtnerin lernen, Altenpflegerin, Lkw-Fahrerin, sie kann Biochemie studieren oder in die Politik gehen. Es ist schlicht *egal*, was seine Partnerin erlernt, denn sie wird sowieso Hausfrau und Mutter sein.

Um des lieben Friedens willen schlucke ich eine Bemerkung mit einem Stückchen Braten hinunter. Doch es ist Benedict, der sagt: »Ginny möchte keine Kinder.«

Susanna verschluckt sich an ihrem Essen, sodass sie zu husten beginnt und Theo ihr auf den Rücken klopft. Ungläubig runzelt dieser die Stirn, schafft es jedoch, ein wackeliges Lächeln aufrechtzuerhalten. »Vielleicht unterhalten wir uns in zehn Jahren darüber, wenn ihr noch zusammen sein solltet.«

Unter dem Tisch lehnt Benedict seinen Oberschenkel gegen meinen. Wenn ich ihn jetzt angucke, werden wir beide lachen müssen. Also starre ich konzentriert auf die Gabel in meiner Hand. Und verstehe gleichzeitig, dass ich heute Abend an diesem Tisch neben Benedict sitze, weil er seine Eltern provozieren möchte.

Als das Dessert verspeist und niemand am Essen erstickt ist, lädt mich Benedict *nach oben* ein. *Nach oben* bedeutet, dass er mir sein Zimmer zeigen möchte.

Ich bin bei meinem dritten Weinglas, als wir die geländerlose Treppe in den ersten Stock hinaufgehen. An den hohen Wänden hängen abstrakte Ölgemälde in erdigen Tönen. Ich mag Susannas Stil – er ist geschmackvoll, teuer und dennoch so modern, dass er nicht dekadent wirkt. Ich möchte mir vorstellen, wie es ist, in einem solchen Haus aufzuwachsen, aber das übersteigt meine Imagination. Der Wohnwagen meiner Mutter ist zu real.

Benedicts Zimmer liegt am Ende eines langen Ganges. Er geht vor mir her und öffnet die Tür, dann lässt er mich zuerst in den Raum treten. Die Wände sind hellgrau gestrichen, deckenhohe Bücherregale sind mit dicken Jura-Bänden gefüllt, der Schreibtisch penibel ordentlich. Das schneeweiße Bettzeug ist zerwühlt und knittrig und unweigerlich möchte ich meine Nase in das Kissen bohren. In einer Ecke steht ein Schallplattenspieler und an der Wand darüber hängt ein langes Regal, in dem sich Vinylplatten reihen. Die Nordseite ist eine bodentiefe Fensterfront mit eigenem Balkon. Ich bin zwischen Schallplatten und Balkonaussicht hin- und hergerissen.

Benedict schließt hinter uns die Tür. Ich drehe mich zu ihm um und höre ihn laut ausatmen. »Wir haben's überstanden.«

»So schlimm war es nicht«, sage ich. »Deine Eltern sind … nett. Etwas konservativ und traditionell, aber nett. Ich habe es mir unangenehmer vorgestellt.«

Überrascht hebt er die Augenbrauen. »Wirklich?«

»Na ja, ich kann Professorentochter oder Prostituiertentochter sein. Am Ende wäre ich nur die *Frau von.*«

Benedict macht den Mund auf, doch es kommt keine Erwiderung hervor. Schließlich sagt er resigniert: »Du hast sie schnell durchschaut.«

Mit dem Weinglas in der Hand gehe ich wiegenden Schrittes auf ihn zu. Die Bewunderung in seinen Augen folgt mir, bis ich dicht vor ihm stehen bleibe. Tröstlich lege ich ihm eine Hand auf die Schulter. »Glücklicherweise kann uns egal sein, was deine Eltern denken oder gerne möchten.«

Er lächelt zwar, aber es bleibt schief und künstlich auf seinem Gesicht hängen. »Dein Wort in Gottes Ohr.«

Ich drehe mich schwungvoll um und gehe durch das Zimmer. »Du sammelst Schallplatten?«, wechsele ich das Thema.

Benedict kommt mir hinterher. »Ja, ich habe eine Schwäche für altes Vinyl.«

Ich stelle mich auf die Zehenspitzen, um mir die Titel im oberen Wandregal anzugucken. Neben Klassikern wie Bob Marley oder Nirvana überraschen mich neue Titel wie *When we all fall asleep, where do we go?* von Billie Eilish.

Mit dem Finger deute ich auf den Titel. »Ich liebe ihre Musik. Kennst du *bad guy*?«

»Natürlich.«

Ich nehme eine Schallplatte aus dem Regal und halte sie Benedict hin. Fragend blickt er auf den Titel, doch als ich nicke, klappt er das Glasverdeck des Schallplattenspielers hoch und legt die Platte auf. Bereits die ersten Takte von Kate Nashs *Nicest Thing* katapultieren mich zurück in eine Zeit, in der ich fünfzehn Jahre alt bin, für den französischen Politiker und heutigen Staatspräsidenten Emmanuel Macron schwärme und mein Hintern von roten Pickeln übersät ist. Vier Jahre später sind die Pickel verschwunden, und ich schwärme zwar wieder für einen Typen, der bevorzugt Anzüge trägt, doch wenigstens von meiner Existenz weiß und mich in diesem Augenblick ansieht, als wäre ich ein selten kostbares Gemälde.

Okay, es ist kitschig. Aber vielleicht hat jeder Liebesanfang ein bisschen Kitsch verdient, vielleicht ist das der rosa Zuckerguss, der über die Jahre hart wird und bröckelt.

Ich stelle das Weinglas auf den Schreibtisch und gehe auf

ihn zu. Als ich vor ihm stehe, nehme ich wahr, wie sich seine Brust hebt und senkt. Er riecht nach teurem Parfüm und Shampoo. Meine Lippen beginnen begierig zu pochen. Aus halb gesenkten Lidern sieht er auf mich hinab.

»Vir…«

Meine Augenlider schließen sich, als ich meine Lippen auf seine presse. Miniaturbomben explodieren unter meiner Haut, sprengen meine Unsicherheit. Seine Lippen sind kissenweich, trocken und schmecken ein wenig nach Zartbitterschokolade.

Benedict seufzt, verschränkt seine Hände in meinem Rücken, drückt mich enger an sich, und ich lasse mich gegen seine Brust fallen.

Es ist ein tastender Kuss, unsere Lippen lernen sich kennen. Seine Zunge fährt träge über meine Unterlippe, verweilt in meinem Mundwinkel. Ich seufze in seinen Mund.

Er küsst mich. Wieder. Und wieder. Und ich möchte, dass mein Leben aus einer Aneinanderreihung von Benedict-Küssen besteht.

KAPITEL 10

Mit der neuen Woche kommt der Regen zurück. Dicke Tropfen klatschen wie Fliegen gegen die Fensterscheibe, sodass sich Friedrich Schiller missgelaunt in seinem Körbchen verkriecht. Nach einem Kurs zum wissenschaftlichen Arbeiten treffe ich Dilara, Benny und Sascha in der Bibliothek. Das Semester hat Fahrt aufgenommen, also stecken wir gehorsam zwischen Buchdeckeln fest.

»Morgen«, grüße ich und ziehe mir einen Stuhl an den Arbeitstisch. Drei Augenpaare lösen sich von ihrer Lektüre.

»Guten Morgen.« Benny schenkt mir ein Lächeln wie aus der Zahnpastawerbung.

Sascha nickt mir zu, schiebt ihre Bücher zur Seite und macht Platz. Ich setze mich neben sie, packe meine Unterlagen aus und begegne Dilaras verschwörerischem Blick. »Na? Hattest du ein schönes Wochenende?«, fragt sie und grinst.

»Hat Ramadan schon begonnen?«, frage ich zurück.

»Die Fastenzeit beginnt am Donnerstag.« Sie rückt mir auf die Pelle. »Und jetzt lenk nicht so schlecht vom Thema ab. Hattest du ein schönes Wochenende?«

»Was ist passiert? Warum grinst Virginia wie ein fucking Honigkuchenpferd? Wie bescheuert ist dieses Wort? *Honigkuchenpferd?*« Sascha sieht von mir zu Dilara zu Benny, der ratlos die Schultern zuckt.

»Virginia hat Benedict geküsst. Ihre Sprachnachricht war eindeutig«, offenbart Dilara, woraufhin Benny so laut kreischt, dass sich mehrere Studierende zu uns drehen und *Psst!* machen.

Benny hält sich eine Hand vor den Mund. »Du und Benedict Bennett?«, bringt er zwischen den Fingern hervor.

Sascha nickt wissend. »Also war die Handynummer für den Fall der Fälle doch ganz nützlich?«

»War sie«, gestehe ich und beiße mir auf die Innenseite der Wange, damit ich das dämliche Dauergrinsen lasse. »Ich war Samstagabend bei ihm.«

»Und? Wie ist er im Bett?« Sascha beugt sich interessiert zu mir rüber.

»Was? Nein!« Ich schüttele den Kopf. »Wir haben nicht miteinander geschlafen.«

Meine Sitznachbarin gähnt demonstrativ. »Langweilig!«

»Ich freue mich für dich«, sagt Dilara. »Außerdem kannst du ihn jetzt dazu bringen, noch ein paar Spenden für die Demo lockerzumachen.« Sie lächelt berechnend.

Ich verdrehe die Augen. »Wir haben uns nur geküsst. Ich ziehe nicht aus dem Wohnheim aus, wir sind nicht verlobt und nein, Sascha, guck nicht so, ich bin auch nicht schwanger!«

Sascha prustet los. »Okay, okay«, fängt sie sich. »Aber was findest du an ihm? Ich meine, er ist süß und hübsch, der pralle Pfirsich, du weißt schon. Aber ist er nicht auch ein langweiliger, steinreicher Schnösel? Was haben Menschen, die so aufwachsen, schon zu erzählen?«

»Ich ... Wartet, ich muss anders anfangen. Kennt ihr diese Menschen, die sagen *Ah, du wirst ganz rot*, und dann wird man noch röter und schämt sich noch mehr?«

»Jap«, bestätigt Dilara. »Das sind Menschen, die andere in unangenehme Situationen bringen und bloßstellen.«

»Richtig«, sage ich. »Und genau so ein Mensch ist Benedict nicht. Wenn er sieht, dass sich jemand schämt oder peinlich berührt ist, würde er die Situation galant lösen. Er würde der anderen Person ein gutes Gefühl geben. Er ist empathisch.«

Für wenige Sekunden herrscht Schweigen am Tisch. Das bauscht meine kleine Ansprache so auf, dass ich heiße Ohren bekomme.

»Wow«, sagt Sascha. »Fast so herzzerreißend wie die Szene in *Titanic*, als es auf der riesigen Tür keinen Platz mehr für Leonardos schmalen Arsch gibt.«

Ich werfe einen Stift nach ihr. »Lass das!« Doch ich muss lachen und stecke damit alle an. Wir lachen so lange, bis wir mit genervten *Psst!*-Rufen von allen Seiten beschmissen werden. Dann lachen wir hinter vorgehaltener Hand, und als Sascha leise kichert: »Wirklich, wie bescheuert ist dieses Wort? *Honigkuchenpferd«*, glaube ich, einen Krampf im Zwerchfell zu erleiden.

Als die ernst zu nehmenden jungen Erwachsenen, die wir sind, kriegen wir uns wieder ein. Dilara und Sascha holen Kaffee, während mir Benny von der sonntäglichen Angeltour mit seinem Vater erzählt.

»Ist es so sterbenslangweilig, wie ich es mir vorstelle?«, frage ich.

»Eigentlich nicht. Es ist nicht nervenaufreibend spannend, aber auch nicht superätzend.«

»Hast du was gefangen?«

Benny nickt. »Eine Plastikfolie.«

»Bei der Menge an Plastik im Meer und anderen Gewässern zählt das mittlerweile bestimmt als Fangerfolg.« Ich verschränke meine Finger, strecke die Arme über dem Kopf aus und dehne meinen Rücken.

»Die Wasserverschmutzung hat meinen Vater dazu veranlasst, sich für den Umweltschutz in unserer Gemeinde zu engagieren«, erzählt Benny. »Irgendwie süß und paradox zugleich. Er definiert Männlichkeit über Fleischkonsum und Diesel fahren, fischt jetzt aber Plastik aus dem Tümpel um die Ecke.«

»Man tut, was man kann, nicht wahr?«

Benny spielt mit dem Stift in seiner Hand. Er schraubt den Deckel ab, drauf, ab. Sein nervöses Gespiele macht mich unruhig.

»Was ist?«

»Seit Längerem denke ich über einen Auszug nach.«

»Oh« ist das Erstbeste, das mir dazu einfällt. Wenn jemand ein Lied davon singen kann, sich den Auszug aus dem Elternhaus dreihunderteinundzwanzigmal zu überlegen, dann ich.

»Ich habe den Auszug so lange hinausgezögert, bis eine Freundin der Familie für mich entschieden und mir das Zimmer im Wohnheim besorgt hat«, erzähle ich. Es wäre eine Lüge zu behaupten, ich kämpfe nicht jeden Tag mit Schuldgefühlen. Und wenn diese nur für wenige Sekunden kommen, sie kommen so sicher wie die Abenddämmerung.

Benny blickt wie festgefroren auf den Stift in seiner Hand. »Er ist kein schlechter Mensch«, sagt er, und seine Formulierung erinnert mich an das Gespräch, das wir in meinem Zimmer geführt haben. »Im Gegenteil. Kann er ein schlechter Mensch sein, wenn er mir den Hintern abgeputzt hat, nachdem meine Mutter gegangen ist?«

Ich kann so sehr nachempfinden, was er fühlt, dass mir die Worte fehlen. Ich hebe meine Hand über den Tisch und lege sie auf seine, sodass er aufhört, an dem Stift herumzuschrauben.

»Aber ich bin kein Kind mehr. Ich möchte mein eigenes Leben führen und zu Hause fühle ich mich einfach nicht … frei.«

»Du hast das Gefühl, dich zu Hause nicht weiterentwickeln zu können, nicht zu wachsen und herauszufinden, wer du bist.«

Benny hebt den Blick und das Mitgefühl in meinem Gesicht lässt ihn traurig lächeln. »Danke, Virginia«, flüstert er. »Sascha hört mir zu, aber sie ist auch eine Verfechterin von pathetischen Sprüchen à la *Blut ist dicker als Wasser*. Sie ist nur ins Wohnheim gezogen, weil sie sich mit ihrem jüngeren Bruder ein Zimmer teilen musste. Verstehst du?«

Ich nicke mehrere Male. »Ich wollte zwar nicht wegen meiner Sexualität ausziehen, aber ich habe mich bei meiner Mutter auch eingeengt gefühlt.«

Benny hebt verwundert die geschwungenen Brauen. »Wegen meiner Sexualität?«

Es gibt Momente, in denen unsichtbare Kräfte mit solch einem Paukenschlag sichtbar werden, dass sie lange nachklingen. Ich werde schlagartig puterrot und stammele: »Du … bist nicht schwul?«

Bennys Lachen soll die Situation auflockern. Doch mir ist das verletzende Fettnäpfchen, in das ich eine delikate Arschbombe gemacht habe, so peinlich, dass ich nicht mitlachen kann.

»Weil ich mich gerne schminke, denkst du, ich bin schwul?« Er gluckst amüsiert.

Ich schlage mit der Stirn auf die Tischplatte. »Entschuldige bitte«, nuschele ich. »Stereotype und Vorurteile habe auch ich mit meiner Sozialisation eingeimpft bekommen.«

»Ach«, sagt Benny beschwichtigend. »Zuerst habe ich gedacht, du bist entweder lesbisch oder eine Hardcore-Emanze. Wegen der Beinhaare, du weißt schon.«

Ich hebe den Kopf. »Aber du hast es im Gegensatz zu mir nicht laut ausgesprochen. Sorry.«

»Schon okay, Virginia. Ich hatte schon Beziehungen mit Männern, Frauen und non-binären Menschen. Ich denke Sexualität wenig in Geschlechtskategorien«, erklärt er, doch dann wird sein Blick von der einen auf die andere Sekunde schwermütig. »Sex kommt und geht, nur die Liebe bleibt.«

Irritiert ziehe ich die Stirn in Falten. »Jetzt komm ich nicht mehr ganz mit.«

Bennys Stimme wird sehnsüchtig. »Sascha ... Ich ... Sie ...«

»Was ist mit euch?«

Er rückt seinen Stuhl nahe an den Tisch und beugt sich weit zu mir herüber. »Vor einem Jahr auf irgendeiner Party habe ich sie geküsst und ihr gesagt, dass ich sie liebe. Ihre Reaktion war eindeutig. Eindeutig negativ.«

»Und dann?«

»Habe ich es am nächsten Morgen auf den Alkohol geschoben und ihr versichert, dass ich sie als *beste Freundin* liebe.«

»Aber du liebst sie nicht als beste Freundin?«

»Nein. Ich liebe sie. Guck sie dir an. Sie hat einen blitzschnellen Verstand, ist unverschämt, sexy und sie kann russischen Eintopf kochen.«

»Der Eintopf reißt's raus, was?«

»Das Gericht heißt Borschtsch oder so. Es ist köstlich.« Sein Lächeln fällt in sich zusammen und er seufzt abgekämpft. »Im Ernst ... Was Sascha und mich verbindet, ist, dass wir durch unsere bloße Existenz rebellieren. Als junge Frau mit Migrationshintergrund nimmt sie sich, was sie will, trägt diese *Don't-fuck-with-me*-Attitüde vor sich her.« Er zeigt mit dem Stift auf sich. »Ich steh auf Glitzer und Nagellack in Pastelltönen, und das in Havenitz ...«

»... und nicht in Kreuzberg«, vollende ich seinen Satz, und meine behaarten Beine erscheinen mir geradezu töricht.

»Soll ich dir sagen, wie es ist, in die beste Freundin verliebt zu sein? Scheiße ist das. Einfach Scheiße.« Jetzt deutet Benny mit dem Stift auf mich. »Genieß es mit Benedict. Du musst für uns beide glücklich sein.«

»Wer ist glücklich?«, fragt Dilara. Gemeinsam mit Sascha trägt sie dampfende Tassen an unseren Tisch. Benny guckt ertappt drein, doch ich winke ab.

»Hoffentlich sind wir alle glücklich, sobald die Prüfungsphase überstanden ist.«

Dilara nickt zustimmend. »Die Klausuren im ersten Semester waren ziemlich mies. Ich musste mich erst an die Aufgabenstellung und die Anforderungen gewöhnen. Mach dir nichts draus, Virginia.«

»Die Schlange an der Kaffeebar war unendlich lang.« Sascha lässt sich mit einem genervten Stöhnen neben mich auf den Stuhl fallen. Sie schiebt mir einen Kaffee zu und verschränkt die Arme hinter dem Kopf.

»Ihr seid unsere Heldinnen des Tages«, sage ich und nippe an der koffeinhaltigen Flüssigkeit.

Die Eingangstür der Bibliothek fällt krachend ins Schloss, die Halterung bebt, ich zucke zusammen und heißer Kaffee läuft über mein T-Shirt. Verärgert drehe ich mich um und starre wie alle anderen Studierenden zur Tür.

Es ist Fabians düstere, hagere Gestalt, die durch den Flur geht. Er trägt eine enge Röhrenjeans und einen Pullover, dessen Kapuze er sich tief ins Gesicht gezogen hat. Als er an unserem Tisch vorbeikommt, erdolcht er Sascha mit seinem scharfen Blick. Wut und gekränkter Stolz sprechen aus seiner Mimik. Unweit unseres Tisches setzt er sich auf einen Stuhl, sein Blick penetrant und unangenehm auf Sascha gerichtet.

»Was glotzt der so blöd?«, fragt Dilara.

Ich berühre Sascha am Oberarm. »Möchtest du gehen?«

Sascha fährt zu mir herum. »Was?«, fragt sie ungläubig. »Auf keinen Fall. Ich lasse mich doch nicht von einem Arschloch vertreiben.«

»Was ist zwischen euch passiert?«, flüstert Dilara und wendet sich wieder ihren Aufschrieben zu. Ich tue es ihr gleich und drehe mich um. Benny bleibt still. Mit einem Herzen, das ich bis zu mir weinen höre, beobachtet er Sascha und Fabian.

»Nichts ist passiert«, sagt sie. »Ich habe ihm gesagt, dass ich mich nicht mehr mit ihm treffen möchte. Damit kommt er offensichtlich nicht klar.«

»Weil du dich jetzt mit deinem Prof triffst?«, hakt Dilara nach. Vorsichtig sehe ich zu Benny, doch dieser weiß anscheinend über Saschas neustes Abenteuer Bescheid.

»Richtig. Können wir das Thema wechseln?«

Dilara und ich tauschen über Saschas Kopf hinweg einen eindeutigen Blick.

»Klar«, sage ich. »Die entscheidende Frage lautet sowieso: Wer von euch kann seine Nase mit der Zunge berühren?«

Die nächste Viertelstunde geht dafür drauf, dass wir hoch konzentriert versuchen, unsere Nasen abzuschlecken. Dilara ist die Einzige, der es problemlos gelingt. Irgendwann beugt sich Sascha zu Benny rüber und leckt ihm über die Nase. Benny strahlt, als hätte er den Nobelpreis gewonnen.

Dilara, Sascha und ich verlassen gemeinsam die Bibliothek, um zum Treffen der feministischen Gruppe zu gehen. Trixi, die Tänzerin mit dem ausrasierten Nacken, hat zwei weitere Mitglieder rekrutiert. Dilara berichtet der Gruppe von ihrem Treffen mit dem Rektor Maier-Hansen Unter dem Motto *Diversität an der Universität Havenitz* hat er der Demo auf dem Campusfest zugestimmt, mit der Betonung, das Campusfest sei eine ausgelassene, friedvolle Veranstaltung. Dilara verdreht die Augen.

Wir brainstormen Sponsoren und sammeln Vorschläge zu Künstlerinnen, die wir kontaktieren möchten. Sascha, die auf einem Tisch an der Wand sitzt und ein aufgeschlagenes Physikbuch auf dem Schoß hat, hebt kurz den Kopf und bietet an, einen Rapper aus Berlin, *Queer Utopia*, anzufragen. Der Vorschlag wird einstimmig angenommen.

Immer wieder huscht mein Blick zur Tür, in der lächerlichen Erwartung, Benedict könnte jeden Moment im Rahmen stehen. Aber er kommt nicht. Mit der Hand angele ich nach meinem Smartphone in der Jackentasche und ziehe es widerstrebend hervor. Nein, eigentlich möchte ich nicht das hundertste Mal nachgucken, ob er mir geschrieben hat. Eigentlich möchte ich nicht … verdammt. Keine neue Nachricht von Benedict, stattdessen drei verpasste Anrufe meiner Mutter.

Den Rest des Abends verbrachten wir in seinem Bett, hörten Schallplatten, sangen mit und küssten uns wie zufällig zwischen den Liedwechseln. Seine *I want to break free*-Performance mit Haarbürste als Mikrofon und Standing Ovations vom Publikum – mir – schreckte mich ab und turnte mich gleichzeitig an. Und dann, als die Aprilnacht gläsern wurde, brachte er mich zurück ins Wohnheim. In seinem alten Porsche küsste er mich besinnungslos. Denke ich daran zurück, spüre ich seine Berührungen immer noch auf meinen pulsierenden Lippen.

»Ginny«, sagte er, kurz bevor ich aus dem Wagen stieg. »Liebe oder Freiheit?«

Herausfordernd antwortete ich: »Freiheit.«

»Oh«, machte er mit tiefer Stimme voller Versprechen. »Das werde ich ändern.«

Seitdem habe ich nichts mehr von ihm gehört. Am Sonntag war ich versucht, ihn anzurufen, ließ es aber im Angesicht der drohenden Mutation zu einem Klammeräffchen sein. Er wird sich schon melden, wenn ihm danach ist.

Mit Aufgaben für jedes Mitglied löst Dilara das Gruppentreffen auf. Als ich neben Sascha über den Campus zum Wohnheim gehe, beschließe ich, Mirella zu besuchen. Ich bin nicht mehr wütend auf sie, fühle mich vielmehr in der Verantwortung, sie nicht länger zappeln und leiden zu lassen.

»Wie spät ist es?«, frage ich Sascha, die gerade auf ihrem Handy tippt.

»Kurz vor halb acht. Wieso?«

»Mist.« Ich laufe los und rufe Sascha über die Schulter zu: »Ich fahre noch zu meiner Mutter. Der Bus kommt um halb. Bis bald!«

Sie hebt die Hand und winkt mir nach. »Du kannst mir ruhig sagen, dass du zu Benedict fährst, weil du horny bist!«

»Du bist unmöglich«, rufe ich zurück, eile ins Wohnheim, packe meinen Hund ein und laufe zum Bus.

Durch den dunkel bewölkten Himmel wird es heute schneller dämmrig. Wie eine Aufnahme in Sepia zieht die Stadt an mir vorüber, und als ich in Westlingen aussteige, ziehe ich die Kapuze meines Pullovers aufgrund des Nieselregens und des Windes tief ins Gesicht. Wenn Mam keinen spontanen Termin hat, hat sie montagabends frei. Energisch klopfe ich gegen die Wohnwagentür. Friedrich Schiller fiept aufgeregt in dem Einkaufskorb, denn er weiß genau, wo wir sind.

Wir hören Schritte, dann öffnet Mam die Tür einen Spaltbreit. »Ja, bitte?«, sagt sie, doch als sie mich erkennt, reißt sie die Tür auf, breitet ihre Arme aus und strahlt hell über das ganze Gesicht.

»Zuckermäuschen!«

»Hi, Mam«, sage ich und trete in ihre Umarmung. Ich lasse zu, dass sie fest ihre Arme um meine Mitte schlingt und ihren Kopf in meiner Schulterbeuge vergräbt. Ich erwidere ihre Umarmung, schließe die Augen und spüre ihren Körper an meinem. Atem, Wärme, Geruch.

Es gibt keine zweite Mutter. Immer nur diesen einen Menschen.

»Ich habe dich vermisst«, nuschelt Mam in mein Haar.

»Ich dich auch.«

Erst als Friedrich Schiller in dem Einkaufskorb immer aufgeregter zappelt, lasse ich sie los und den Hund frei. Schwanzwedelnd springt er an Mam hoch.

»Dich habe ich natürlich auch vermisst«, sagt sie mit zu hoher Stimme zu dem Chihuahua.

Ich trete in den Wohnwagen. Mit Friedrich Schiller auf dem Arm schließt Mam hinter uns die Tür. Es stinkt nach Lavendel.

»War Peter hier?« Ich stelle den Korb ab und setze mich an den winzigen Küchentisch. Bei ausgewählten Kunden macht meine Mutter eine Ausnahme und lässt sie in den Wohn-Wohnwagen.

»Ja.« Mirella schaltet den Wasserkocher ein und sucht im Schrank nach Hundeleckerlis.

Peter ist Stammkunde, er kommt jeden Montag und kippt Mam bei Lavendelräucherstäbchen seinen Herzinhalt aus. Manchmal möchte er, dass sie ihm zuhört. Manchmal möchte er, dass sie ihm den Rücken streichelt und ihn umarmt. Emotionsarbeit – fast die Hälfte von Mams Arbeit besteht daraus, Wärme und Nähe zu teilen. Einmal hat sie sich als *Therapeutin ohne Titel* bezeichnet.

»Früchtetee?«, bietet Mam an, und ich willige dankend ein. Ich beobachte, wie sie zwei Tassen aus dem Schrank nimmt und die Teebeutel mit heißem Wasser übergießt. Ihre Haare sind zu einem ordentlichen Zopf geflochten, und wenn mich das düstere Licht im Wohnwagen nicht täuscht, ist sie geschminkt. Sie sieht besser aus als beim letzten Mal. Ich seufze erleichtert.

Mam reicht mir eine Tasse und setzt sich zu mir. Der Chihuahua springt auf ihren Schoß. »Wie geht's dir, Zuckermäuschen?«, fragt sie, und ihre Augen lächeln mich liebevoll an. »Ich bin froh über deinen Besuch. Ich habe nicht damit gerechnet, dass du ... Na ja. Schön, dass du da bist.«

Nicht damit gerechnet, dass ich so schnell wiederkomme. Weil du, Mam, wieder Tabletten genommen hast.

»Mir geht's gut«, sage ich und bemühe mich um ein Zurücklächeln. »Und ... ähm ... wie geht es dir?«

»Auch«, sagt sie schnell. »Mir geht es auch gut. Sehr gut. Was macht die Uni?«

»Gut.« Mehr fällt mir nicht ein. Während wir schweigen, beobachte ich das Aufsteigen des Wasserdampfes und wie sich dieser in der kälteren Luft verflüchtigt. Ich lege meine Finger um die heiße Tasse, genieße das brennende Gefühl auf den Handinnenflächen.

Mam nickt fortwährend. »Schön«, murmelt sie irgendwann. »Schön, dass es dir gut geht.«

»Was macht Änni?«, frage ich, als das Schweigen selbst für eine Mutter-Tochter-Beziehung unangenehm lang wird.

»Das Übliche. Arbeiten, viel arbeiten. Aber ich glaube, sie hat jemanden kennengelernt.«

»Ach?« Ich hebe überrascht die Augenbrauen.

»Na ja«, sagt Mam. »Offiziell hat sie mir noch nichts erzählt, aber diese Frau treibt sich zu Zeiten hier herum, zu denen keine Kundschaft kommt. Sie muss bei ihr übernachten.«

Mir fällt keine angemessene Erwiderung ein. Änni hat ein paar *Beziehungen* angeschleppt, von denen keine den ersten Monat überlebt hat. *Beziehungen gehen bei mir ein wie Blumen ohne Sonne*, behauptete sie.

»Hoffentlich ist sie glücklich«, sage ich schließlich.

Mam seufzt und starrt in ihren Tee, als könne sie darin Ännis Zukunft lesen. Vielleicht ist es ein unkontrollierter Gedankenimpuls an Benedict, vielleicht liegt es an Änni, doch plötzlich höre ich mich fragen: »Was ist mit dir, Mam? Möchtest du jemanden kennenlernen?«

Ich sehe die blanke Überraschung in ihrem Gesicht, dicht gefolgt von Ungläubigkeit. Dann kichert sie los. »Ich? Wie kommst du darauf, Zuckermäuschen?«

Beschämt schlage ich die Lider nieder. Mam hatte noch nie eine Liebesbeziehung, abgesehen von meinem *Vater*. Irgendwann, als ich als Kleinkind mehr und mehr Fragen zu dem Franzosen mit den butterweichen Händen und dem Hang zu Höflichkeitsfloskeln stellte, hörte sie auf, Geschichten über ihn zu erzählen. Kurz vor meinem Auszug fand ich unter der Matratze einen frankierten Brief, an *Monsieur T.B.E.* adressiert.

»Ich dachte … Na ja …«

Mam hört auf zu kichern. »Mir reicht meine Arbeit«, sagt sie, greift über den Tisch und tätschelt meine Hand. »Und ich habe ja dich!«

»Stimmt.« Umständlich nestele ich an der Schnur des Teebeutels. »Aber hast du nie …« Ich weiß selbst nicht, was ich sagen möchte.

Über den Rand ihrer Tasse guckt sie mich ernst an. »Es klingt ein bisschen abgedroschen, aber für eine gesunde Beziehung sollte man sich zuerst selbst lieben. Ein Partner wird nie deine Löcher stopfen können.« Sie grinst anzüglich über ihre Wortwahl. »Ich meine, er oder sie kann Pflaster über deine Wunden kleben, aber verarzten musst du sie eigenständig. Und …« Sie atmet hörbar ein. »… es ist nicht leicht, sich als Frau selbst zu lieben. Oder?«

Ich sollte ihr widersprechen. Ich sollte ihr sagen, dass sie alles Recht der Welt hat, sich selbst zu lieben. Dass jede Frau, jeder Mensch, dieses Recht hat. Dass radikale Selbstliebe in einer Gesellschaft und Wirtschaft, die sich von Selbstzweifeln nährt, ein rebellischer Akt ist. Aber was sollen solche Ratschläge von mir? Wenn ich selbst nicht weiß, bei welchem Kilometer ich auf dem langen Weg der Selbstakzeptanz stehe?

Mam stellt ihre leere Tasse auf den Tisch. »Was ich damit sagen möchte, Zuckermäuschen: Eine Beziehung wird dich nicht retten. Das musst du schon selbst machen.«

Wäre ich mutig, würde ich sie fragen, ob sie es geschafft hat. *Hast du dich selbst gerettet, Mam?* Aber ich fürchte mich so sehr vor ihrer Antwort, dass ich den Mund halte. Wäre ich mutig, würde ich sie damit konfrontieren, dass ich glaube, mein Vater ist eine einzige Lügengeschichte. Und ich würde ihr sagen, dass ich nicht weiß, ob ich sie wirklich kenne. Woher kann ich wissen, ob das, was sie sagt, wahr oder falsch ist?

Mam steht auf und geht zur Küchenzeile. »Möchtest du Eis?«, fragt sie mich über die Schulter. »Ich habe Zitroneneis da.« Dabei lächelt sie voller Vorfreude wie ein Kind, das nach dem ersten Schultag die Schultüte plündern darf.

»Okay«, sage ich. »Ein bisschen Eis. Aber nur, weil es dein Lieblingseis ist.«

Stunden später ist mein Bauch von Zitroneneis schwer. Dicht an Mam gedrückt liege ich auf der Matratze, sie seitlich zu mir gedreht, den Kopf auf einen Arm gestützt, ich auf dem Rücken.

»Das haben wir lange nicht mehr gemacht«, sagt sie und kichert, weil wir Wodka über das Eis gekippt haben.

Ich sehe Sterne an der Wohnwagendecke leuchten, die es gar nicht mehr gibt. Friedrich Schiller liegt zusammengerollt auf meinem Bauch. Die Bettwäsche riecht nicht nach meinem Wohnheimzimmer, sondern nach meiner Mutter – Hautcreme, verblassendes Vanillewaschmittel, ein bisschen muffig, als könnte sie mal wieder gewaschen werden. Diese Nacht ist wie ein altes Karamellbonbon, das man in der Jackentasche findet.

Mam spielt mit meinen Locken. »Du bist so schön, mein Zuckermäuschen.«

»Erzählst du mir ein Geheimnis?«, bitte ich sie.

»Ein Geheimnis?«

»Ja. Etwas, das ich nicht über dich weiß.«

Mams Lippen kommen meinem Ohr ganz nah. Sie flüstert: »Du bist die Liebe meines Lebens.«

»Das weiß ich, Mam«, erwidere ich. »Komm schon. Erzähl mir ein Geheimnis.«

Sie wickelt sich eine meiner Locken um den Finger. Im Wohnwagen ist es so dunkel, dass ich ihre Gesichtszüge nicht richtig ausmachen kann.

»Na gut.« Sie hickst zweimal. »Weißt du, wieso ich Mirella heiße?«

»Nein.«

»Der Lieblingsbaum meiner Mutter – deiner Großmutter – war der Mirabellenbaum. Am Ende der Straße, in der wir wohnten, stand ein prächtiges Exemplar. Als die Früchte sonnengelb und satt am Baum hingen, pflückte meine Mutter eine Mirabelle, putzte sie an ihrer Schürze ab und gab sie mir zum Probieren. Ich biss in die Frucht und der süße Saft lief mir aus den Mundwinkeln. Dann sagte sie: *Jetzt ist Sommer.*«

»Das ist ein schönes Geheimnis.«

»Na ja«, sagt Mam, und ich spüre, wie sie meine Locke loslässt. »Der Mirabellenbaum hatte auch frische, biegsame Ruten.«

Ich verziehe das Gesicht. Mam fällt neben mich auf die Matratze, sodass sich unsere Schultern und Arme berühren.

»Weißt du, was aus deiner Mutter geworden ist?«, traue ich

mich zu fragen, mit herantastender Stimme, vom Alkohol scheinbar größenwahnsinnig.

Mam kichert hysterisch. Ihr Gackern ist so voluminös, dass es den Wagen sprengt. Ich möchte mir die Ohren zuhalten, bleibe aber regungslos liegen, bis Mam sich beruhigt.

»Nein«, sagt sie. »Ich war zehn Jahre alt, als mein Vater bei einem Autounfall ums Leben kam. Meine Mutter war zu dem Zeitpunkt ein zweites Mal schwanger, doch als sie die Todesnachricht erhielt, hat sie das Kind verloren. Seit diesem Zeitpunkt waren wir zu zweit.« Sie wird von einem Hicksen unterbrochen. »Wir waren kein gutes Team.«

»Es tut mir leid.«

»Das braucht es nicht.« Meine Mutter dreht sich wieder auf die Seite und breitet die Arme aus. »Na los«, fordert sie mich auf. »Löffelchen.«

Ich drehe mich ebenfalls auf die Seite und rutsche mit Hintern und Rücken so weit zurück, dass ich mich an den Körper meiner Mutter schmiege. Sie küsst mich auf die Schläfe und streicht mir über das Haar. »Wir sind ein gutes Team, Zuckermäuschen. Wir sind ein gutes Team.«

»Das sind wir«, sage ich, doch meine Kehle ist trocken und eng.

»Manchmal habe ich Tagträume, in denen ich die Zeit um zehn Jahre zurückdrehe, wieder und wieder. Du bist so eine kluge, mutige, freche Neunjährige gewesen.«

»Heute bin ich auch klug, mutig und frech.«

»Ich weiß. Und selbstständig. Das bist du jetzt auch.«

Meine Zunge ist zu schwer für eine Erwiderung. Stattdessen greife ich nach Mams Arm und drücke ihn fest um meine Mitte. Sie schmiegt ihren Kopf an meine Schulter und küsst mein Schulterblatt. Als sie anfängt, ein Schlaflied zu summen, schließe ich die Augen.

KAPITEL 11

Als ich den Wohnwagen am nächsten Morgen verlasse, hat es aufgehört zu regnen. Doch die Bäume biegen sich im Wind, und als Friedrich Schiller seinen Kopf aus dem Korb streckt, werden seine langen Ohren zurückgepeitscht. Eine Windböe fegt uns in den Bus, der uns zum Wohnheim bringt. Ich lade den Hund in meinem Zimmer ab und beeile mich, rechtzeitig zu dem Seminar zu kommen, in dem ich meine erste Hausarbeit schreibe. In weiser Voraussicht lasse ich mein Handy auf dem Schreibtisch liegen, denn ich möchte nicht alle drei Minuten draufstarren.

Ich bringe zwei Kurse hinter mich, ehe ich mich mit Benny in der Mensa treffe. Aufgrund des Zitroneneises von gestern Abend lasse ich das Mittagessen ausfallen und trinke einen schwarzen Tee. Benny erzählt von seinen ersten zaghaften Anläufen, eine Wohnung zu suchen. Ich gebe ihm den Tipp, beim Studierendenwerk nach einem Wohnheimzimmer zu fragen, doch er macht ein entschuldigendes Gesicht und sagt: »Nichts für ungut, Virginia, aber ich hätte gern eine Wohnung, keine Besenkammer.«

Am Nachmittag besuche ich zum ersten Mal die Institutsbibliothek der Soziologie, wobei *Bibliothek* zu hoch gegriffen ist. Vielmehr handelt es sich um einen lang gezogenen Raum mit fünf Arbeitsplätzen. Ich bleibe so lange, bis mich das schlechte Gewissen Friedrich Schiller gegenüber nach Hause zwingt. Erst als ich das Licht lösche und auf dem Weg zu meinem Bett am Schreibtisch vorbeikomme, greife ich nach meinem Smartphone.

Zwei verpasste Anrufe. Beide von meiner Mutter.

Am Donnerstag gratuliere ich Dilara zum Ramadan und wünsche ihr und ihrer Familie eine schöne Fastenzeit. Mein Finger schwebt über Benedicts Chat. Seit Samstagnacht habe ich nichts mehr von ihm gehört. Nicht, dass ich einen Anspruch auf seine Aufmerksamkeit hätte, doch gebietet die Höflichkeit nach einem solchen Abend nicht *irgendeine* Reaktion? Kurzerhand öffne ich den Chat.

Virginia: *Hey. Wiederholung des Wochenendes?*

Zwei Stunden und dreizehn Minuten später erhalte ich eine Antwort.

Benedict: *Hey. Liebend gern, aber ich habe den Rest der Woche zu tun. Ich melde mich bei dir, okay?*

Perplex starre ich auf den Bildschirm. Okay, das klingt wenig begeistert. Und wenig nach seinem schwülstigen Versprechen, mich bei *Liebe oder Freiheit* Ersteres wählen zu lassen. Ich lege das Handy auf meine Brust und wünschte, es würde mir nichts ausmachen. Doch ich spüre die nagenden Fragen deutlich: Habe ich etwas Falsches gesagt? Hat er das Interesse verloren? Küsse ich wie eine Waschmaschine im Schleudergang – nass und mit zu schneller Zunge?

Ich beschließe zu warten. *Ich melde mich bei dir, okay?* Okay.

Ich warte. Der April geht in den Mai über, meinen Lieblingsmonat. Obwohl der Sommer mehrere Monate andauert, ist die Zeit des Wachsens und Blühens begrenzt. Im Mai ist alles so, wie ich mir wünsche zu sein: wach, hell, grenzenlos. Der kommende Sommer verspricht Möglichkeiten, keine Antworten.

Die Organisation der Demo verlangsamt sich, weil Dilara

bedingt durch die Fastenzeit nicht zu allen Treffen kommt und diese besondere Zeit lieber mit ihrer Familie verbringt. Ich kümmere mich um Sponsoren, damit wir die auftretenden Künstler und Künstlerinnen bezahlen können. Neben einem Getränkemarkt und der städtischen Zeitung schreibe ich eine förmliche Mail an die Anwaltskanzlei Bennett und bitte um Unterstützung. Ich komme mir selten dämlich vor, Theodor zu siezen, aber ich fürchte, Benedict und ich sind zu diesem Stadium zurückgekehrt. Das Abendessen im Hause Bennett ist knapp zwei Wochen her und er hat sich immer noch nicht gemeldet. Kein Wort. Kein Anruf.

Er hat mich geghostet.

Mir rutscht ein freudloses Lachen heraus. Bin ich auf ihn hereingefallen? Hat er nach seiner Eroberung das Interesse verloren? *Benedict, der Eroberer.* Hätte ich etwas im Magen, würde ich es auskotzen. Ich möchte nicht erobert und anschließend fallen gelassen werden, bin kein quietschendes Spielzeug, das für einen Hund so lange von Interesse ist, bis er es zu fassen bekommt.

Ich lösche den Satz *und beste Grüße auch an Ihren Sohn* aus der Mail. Ob ich Benedict zur Rede stellen soll? Mache ich mich dann lächerlich, ganz nach dem Motto, bereits nach *einem* Abendessen zu klammern?

Dann denke ich daran, wie wir zwischen seinen zerwühlten Laken lagen und mich der samtige Bettbezug an den nackten Beinen berührte, weil mein Kleid hochgerutscht war. Benedict beugte sich über mich und fragte: »Darf ich jede deiner Sommersprossen küssen?« Ich erlaubte es.

Ich kaue an meinen kurzen Fingernägeln. Nein, so ein Mistkerl ist er nicht. Er hätte nicht so offensichtlich mit mir geflirtet, wäre nicht nach dem Vorfall mit meiner Mutter bei mir geblieben und hätte mich schließlich seinen Eltern vorgestellt, um jetzt sang- und klanglos abzutauchen. Ich greife nach meinem Handy und schreibe ihm.

Virginia: *Hey, alles okay bei dir?*

Ich verbringe viel Zeit in der Bibliothek, um für die Hausarbeit zu recherchieren. Ich möchte über den französischen Soziologen Pierre Bourdieu und sein Werk *Die feinen Unterschiede* schreiben. Das neoliberale Versprechen, mit harter Arbeit könne man alles erreichen, geht mir insofern auf die Nerven, als dass es Diskriminierungen und strukturelle Benachteiligung negiert. Obwohl ich kein Problem mit dem Beruf meiner Mutter habe, erzählte ich während der Schulzeit, dass sie als selbstständige Texterin arbeitet. Bei Benedict beispielsweise ist es offensichtlich, dass das Kapital seiner Familie bestimmt, wie sein Leben verläuft. Sascha hingegen erarbeitet sich ihren Platz im Bildungsbürgertum ohne die familiäre Anwaltskanzlei im Rücken. Bedeutet: Welche Möglichkeiten einem Menschen offenstehen, hat weniger mit dem Individuum und mehr mit dessen Herkunft zu tun.

Mein Handy meldet sich mit einem Signalton. Ehe sich die anderen Studierenden von dem klingelnden Smartphone gestört fühlen, greife ich danach und schalte es stumm. Benedict hat mir geantwortet. Nach dreieinhalb Tagen.

Benedict: *Hi, sorry für meine späte Antwort und sorry, dass ich mich momentan so sporadisch melde. Ich habe in der Kanzlei alle Hände voll zu tun ...* 🤯 *Ich denke an dich, xoxo*

Ein zynisches Lächeln verzieht meine Lippen. Ersetze *sporadisch* durch *nie*. Ich habe zwar Verständnis für sein Zeitmanagement und glaube ihm, dass er viel beschäftigt ist, dennoch halte ich seinen dauernden Hustle-Modus für ungesund. Und dass er in der Woche keine zwei Stunden für mich übrig hat, zeigt, welche Priorität ich für ihn habe. Vermutlich hätte ich mehr auf das Gefühl hören sollen, das mich während des Abendessens mit seinen Eltern beschlich. Ich war für Benedict eine stichelnde Provokation, ein flüchtiger Moment der Rebellion, bevor die Krawatte wieder eng zugeschnürt wird.

Ich stecke das Handy zurück in den Jutebeutel. Eine Antwort meinerseits bleibt aus.

Benedict meldet sich nicht, dafür meine Mutter umso öfter. Sie ruft mich jeden Tag an, ich rufe jeden zweiten zurück. Wir reden um den Elefanten im Raum herum. Ich lade sie in das Wohnheim ein, biete an, ihr den Campus zu zeigen und einen Kaffee in der Sonne zu trinken, doch sie lehnt ab. Sie hätte keine Zeit, müsse viel arbeiten. Doch ich weiß, dass sie sich davor fürchtet, meinen neuen Lebensabschnitt als das anzuerkennen, was er ist: ein Auszug. Es gehe ihr gut, so Mam, es sei nur schön, meine Stimme zu hören. Am Ende der Woche traue ich mich zu fragen, ob *Der Besuch der alten Dame* auf dem Tisch liegt. Nein, sagt sie, und ich möchte ihr glauben, also sage ich nichts weiter.

Nach dem Telefonat mit meiner Mutter fühle ich mich noch mieser als zuvor. Ich steige aus dem Bett, krame darunter meine uralten Laufschuhe hervor und werfe mich in Sportklamotten. Mein großer Zeh lugt aus einem Loch im Schuh. Friedrich Schiller beäugt mich mich mit großen Augen, legt die Ohren an und robbt langsam zurück zu seinem Körbchen.

»Oh nein«, sage ich und habe seinen Fluchtversuch längst durchschaut. »Du kommst mit.«

Ich nehme den Hund auf den Arm und laufe aus dem Wohnheim. An meine letzte Joggingrunde kann ich mich nicht erinnern, doch mein Kopf muss auslüften. Auf dem Parkplatz lasse ich Friedrich Schiller herunter. Obwohl ich mich dagegen sträube, halte ich nach dem schwarzen Porsche Ausschau, und da, dritte Reihe links, steht er. Benedict auf dem Campus zu wissen, lässt meine Haut zweideutig kribbeln – nervös und wütend zugleich.

Ich mache auf dem Absatz kehrt und laufe los. Die tief stehende Sonne malt den Horizont orange. Wir laufen die Allee Richtung Südstadt entlang. Ich laufe außen, Friedrich Schiller trabt neben meinen Beinen her. Immer wieder hebt er den Kopf und guckt mich mit heraushängender Zunge an, als wolle er mich fragen, was die Scheiße soll. Ich weiß es selbst nicht. Meine Beine brennen, meine Lunge hechelt nach Luft. Widerspenstige Locken lösen sich aus dem Zopf und schränken meine Sicht ein. Nach wenigen Metern bleibt der Chihuahua stehen, ich laufe auf der Stelle weiter und schnalze mit der Zunge.

»Komm schon.«

Aber Friedrich Schiller hat genug. Er lässt sich, alle viere weit von sich gestreckt, auf den Rücken fallen.

»Du bist so theatralisch«, sage ich augenrollend.

Eine Passantin kommt die Straße entlang, blickt besorgt von dem Hund zu mir, und bevor sie das Tierheim kontaktiert, sage ich: »Keine Sorge. Der tut nur so.«

Kopfschüttelnd gehe ich zu Friedrich Schiller und hebe ihn vom Boden. »Du kannst die Zunge wieder einfahren, du dramatischer Scheißer«, zische ich in sein Ohr. »Du hast gewonnen.«

Gezwungen lächle ich der Passantin zu, die uns immer noch mit Argusaugen beobachtet. Langsam gehe ich rückwärts, Friedrich Schiller haltend, der wie ein nasser Sack auf meinem Arm hängt. Als ich mich umdrehe, nehme ich im Augenwinkel wahr, wie ein schwarzes Auto die Allee hinabfährt. Wie darauf programmiert, fährt mein Kopf zur Seite.

Es ist Benedict.

Er hat die Fenster heruntergelassen, die Ärmel seines Hemdes hochgekrempelt, die Armbanduhr blitzt. Er trägt eine Sonnenbrille und nickt mit dem Kopf im Takt der Musik.

Starr bleibe ich am Straßenrand stehen. Dann überkommt es mich. Als er an mir vorbeigefahren ist, mache ich einen Satz auf die Straße und schreie: »Arschloch!«

Die Passantin dreht sich erschrocken zu mir herum.

»Was?«, blaffe ich. »Der tut gewiss nicht nur so.«

Zurück im Wohnheim ist mein Kopf nicht ausgelüftet, sondern voll muffiger Gedanken. Friedrich Schiller verputzt sein Abendessen, als hätte er es sich nach seiner sportlichen Höchstleistung redlich verdient. Ich dusche, esse und lege mich zurück ins Bett. Um zu entspannen, schiebe ich beide Hände unter die Decke und ziehe den Slip bis zu den Kniekehlen. Ich lege Zeige- und Ringfinger auf meine äußeren Vulvalippen, während ich mit dem Mittelfinger in Kreisen meinen Kitzler stimuliere. Die Augenlider halb geschlossen, atme ich tief und seufzend aus und spüre, wie die Anspannung nachlässt. Ich verliere mich in anturnenden Fantasien, schmecke fremden Schweiß, berühre Haut, die von feinen Dehnungsstreifen gezeichnet ist, reliefiert und lebendig. Der Schwung einer Wirbelsäule, die Kuhle über einem Schlüsselbein, ein Kuss hinters Ohr.

Und immer wieder schiebt sich Benedicts Abbild vor mein inneres Auge. Wie er mit seinen schönen Fingern den Kragen seines Hemds hochschlägt. Wie sich sein Hintern in einer Anzughose bewegt. Wie er meinen Namen sagt, fragil auf seiner Zungenspitze. Als ich komme, glitscht sein Name aus meinem feuchten Mund, und ehe ich ihn wieder herunterschlucken kann, bin ich eingeschlafen.

Dilara lädt Sascha, Benny und mich zum Fastenbrechen ein. Sie wohnt mit ihren Eltern und ihrer jüngeren Schwester Elif in dem Neubaugebiet in der Südstadt. Das Haus ist ein moderner Würfel, weiß verputzt, mit gepflegtem Vorgarten. Saure Erdbeeren klemmen unter meinem Arm, als ich klingele.

Dilara öffnet die Tür.

»Wow«, sage ich und pfeife durch die Zähne. Sie trägt eine elegante Kombination aus Stoffhose, Tunika und Hijab, alles in einem royalen Blauton. Eine goldene Kette liegt über der hochgeschnittenen Tunika. Dilaras Make-up ist festlich, mit geschminkten Lippen und aufgeklebten Wimpern.

»Wow«, sage ich ein zweites Mal und trete in ihre Umarmung.

»Schön, dass du da bist«, begrüßt sie mich.

»Vielen Dank für die Einladung.«

»Gern«, erwidert sie und führt mich durch den Flur ins Wohnzimmer. Es ist sehr aufgeräumt und sauber. Ein dunkelgraues Sofa steht gegenüber einem TV-Sideboard, der Esstisch ist aus Glas, vier Stühle mit Sitzbezügen stehen daran. Ich wette, in diesem Haushalt findet man kaum Staub auf den Bilderrahmen.

Die Klingel ertönt in einer kurzen Melodie.

»Das müssen Sascha und Benny sein.« Dilara geht zurück in den Flur, und ich höre, wie sie die Tür öffnet, Saschas Stimme, dann Dilara: »Wie siehst du denn aus?«

Ihr Tonfall lässt mich aufhorchen – sie scheint überrumpelt und erzürnt. Ich gehe ihr hinterher und sehe Sascha und Benny auf der Türschwelle stehen. Sascha trägt ihre obligatorische Lederjacke und ihre linke Kopfhälfte ist frisch rasiert. Mein Blick geht von ihr zu Benny und meine Augen weiten sich. Benny ist geschminkt, auf Gesicht und Hals hat er einen extrem dunklen Hautton aufgetragen.

Von Dilaras Frage verunsichert, zupft Benny an seinem

Ohrläppchen. Dabei lenkt er die Aufmerksamkeit auf seine Hand, die ebenfalls dunkel gefärbt ist. Es ist nicht einfach nur ein starkes Make-up. Es ist ein anderer – dunkler – Hauttyp.

»Was meinst du?«, fragt er unangenehm berührt zurück. »Ich habe ein Video gedreht und dabei einen neuen Look mit Selbstbräuner ausprobiert. Das Video wird super ankommen. Mit Hauttönen zu variieren, ist angesagt.«

»Mit Hauttönen zu variieren?« Dilaras Körperhaltung wird steif und ihre Stimme klingt gepresst.

»Es ist doch nur … Make-up«, verteidigt sich Benny und blickt Hilfe suchend zu Sascha.

»Es ist rassistisch«, sagt Dilara.

»Ach Quatsch«, wehrt Benny ab, doch sein dunkles Make-up verdeckt die glühend roten Ohren nicht, die er bekommt.

»Dein *Es-ist-doch-nur-Make-up* geht in Richtung Brownfacing«, wendet Dilara ein. »Es ist rassistisch, sich den Hautton von People of Color anzueignen, weil es gerade *angesagt* ist. Du kannst dir das Make-up einfach wieder vom Gesicht wischen.«

»Ich … ich …«, stottert Benny. »Es … es tut mir leid. Ich wusste nicht … Ich weiß nicht, was ich sagen soll.«

Dilara seufzt. »Kommt erst mal rein.« Sie tritt zur Seite. Sascha und Benny gehen an mir vorbei ins Wohnzimmer, Dilara folgt ihnen. Mit Daumen und Zeigefinger kneift sie sich in den Nasenrücken.

»Ich gehe kurz ins Badezimmer«, entschuldigt sich Benny, als wir alle im Wohnzimmer stehen.

»Brauchst du etwas?«, fragt Dilara.

»Ein Handtuch.«

»Neben der Toilette steht ein Hochschrank. Daraus kannst du dir ein Handtuch nehmen, wirf es danach einfach in den Wäschekorb.«

»Danke.« Benny geht die Treppe hinauf.

»Er hat es nicht extra gemacht«, sagt Sascha, als er außer Hörweite ist.

»Das glaube ich auch nicht«, entgegnet Dilara.

»Aber das ändert nichts daran, dass es falsch ist«, füge ich hinzu. »Es nicht zu beabsichtigen, schützt vor Fehlern nicht.«

»Ich weiß«, lenkt Sascha ein.

»Kommt«, sagt Dilara. »Lasst uns den Tisch decken.«

Wir folgen ihr in die Küche. Auf der Anrichte stehen Wasserkaraffen und zahlreiche Teller, die mit Gemüse, Couscous, Linsen, Fladenbrot, Obst und Pfannkuchen gefüllt sind.

»Wer soll das alles essen?«, frage ich erstaunt.

»Na, wir«, antwortet Dilara leichthin. »Vergiss nicht, dass ich aus einer türkischen Familie komme. Wenn viel zu viel gekocht wird, ist es für uns eine akzeptable Menge an Essen.« Sie nimmt sich zwei Teller und trägt sie aus der Küche.

»Guck nicht so«, sagt Sascha, als sie ebenfalls mit Tellern beladen an mir vorbeigeht. »Ich komme aus einer russlanddeutschen Familie. Für uns gelten dieselben Regeln.«

Auch ich trage Speisen aus der Küche zum Tisch. Auf einem der Teller befinden sich Blätterteigtaschen mit Grünzeug. »Was ist das?«, frage ich interessiert und deute auf das Essen.

»Börek mit Spinat«, erklärt Dilara.

»Bööörek«, sage ich nickend. »Sieht lecker aus.«

Dilara lacht. »Nicht Bööörek, sondern Bö*rek*.«

»Sascha, was ist das?«, frage ich sie, als sie aus der Küche kommt und Getränke abstellt.

Sie guckt auf die Blätterteigtaschen. »Bö*rek*«, sagt sie.

Dilara schenkt mir einen wissenden Blick, den Sascha kommentiert: »Ich habe früher auch Bööörek gesagt. Aber ich durfte von unserer Freundin lernen. Nicht *Expresso*, nicht *Gnotschi* und auch nicht *Bööörek*.«

Wir hören Bennys Schritte auf der Treppe und Sekunden später steht er abgeschminkt im Wohnzimmer. Sein Gesicht glüht rot.

»Der Selbstbräuner ist hartnäckig«, sagt er. »Ich habe mich um den Verstand gerubbelt.«

»Na, na«, erwidert Sascha trocken. »Um den Verstand sollst du dich nicht rubbeln. Wenn du willst, zeig ich dir, wie's schneller geht.«

Benny verzieht das Gesicht. »Sehr witzig«, sagt er. »Im Ernst, ich habe nicht nachgedacht, sorry. Ich werde das Video von meinem Kanal nehmen und mich entschuldigen.«

»Korrekt von dir«, sagt Dilara. »Lasst uns essen.«

Als wir uns an den Tisch setzen, spricht unsere Freundin ein Bittgebet und wir essen zuerst eine Dattel. Die Abenddämmerung fällt durch die Terrassentür ins Wohnzimmer. Der Himmel ist violett und schwer, die Stimmung durch den Vorfall mit Benny nicht so feierlich wie angebracht.

»Wo sind deine Eltern und Elif?«, fragt Sascha, als wir die Dattel gegessen und einen Schluck Wasser getrunken haben.

Dilara reicht die Schüssel mit Couscous herum. »Bei meinen Großeltern«, antwortet sie. »Wie lief es am Montag mit der Hochschulgruppe, Virginia?«

Während ich die Schüssel mit Couscous weiterreiche, ohne mir etwas davon zu nehmen, gebe ich Dilara ein kurzes Update zu den Künstlern und Künstlerinnen, die wir gewinnen konnten. Neben *Queer Utopia* tritt eine Slammerin mit dem Namen *Poppy Poetry* auf. Zudem berichte ich von den Sponsoren, die ich kontaktiert habe.

»Das klingt großartig«, lobt Dilara.

Ich knete meine Finger, die in meinem Schoß ruhen. »Hast du … ähm … hast du was von Benedict gehört? Ich meine, er hat seine Hilfe angeboten.« Ich spreche so steif, als wären die

Worte Berge und meine Zunge müsse jedes einzelne erklimmen.

Dilara zieht die dunklen Augenbrauen zusammen.

»Was ist los?«, fragt Benny. »Habt ihr euch gestritten?«

Ich sage nichts.

Dilara wirft sich eine Weintraube in den Mund. »Na ja«, sagt sie kauend. »Vor zwei Tagen habe ich eine Mail von ihm bekommen, in der stand, dass die Kanzlei ein Catering organisieren und eine Spende in Höhe von fünftausend Euro ausstellen wird. Ich dachte, du wüsstest davon.«

Ein bitteres Lächeln zieht meine Mundwinkel nach oben. »Schön, dass die Kanzlei uns unterstützt.«

»Habt ihr euch gestritten?«, fragt Benny ein weiteres Mal.

»Nein.« Ich atme hörbar aus. Meine Nasenflügel vibrieren und ich presse die Augenlider kurz zusammen. »Er hat mich geghostet. Ihr erinnert euch an das Abendessen mit seinen Eltern? Als wir uns geküsst haben? Ich habe ihm geschrieben, aber er hat mich vertröstet. Ich habe versucht, ihn anzurufen. Keine Chance. Was sagt man dazu?«

»Arschloch«, kommt es unvermittelt von Sascha. »Er ist genauso ein Wichser wie sein Cousin.«

»Lässt dich Fabian immer noch nicht in Ruhe?«, fragt Dilara und schenkt uns Chai ein.

Sascha nippt an dem Tee. »Er stalkt mich. Letzte Nacht hat er mich dreizehnmal angerufen. Dreizehn Mal! Ich musste mein Handy ausschalten, um überhaupt schlafen zu können.«

»Was will er von dir?«, frage ich. Meine Finger nesteln am Saum der cremefarbenen Tischdecke.

»Keine Ahnung. Die große Liebe«, antwortet Sascha spöttisch.

»Du solltest zur Polizei gehen«, wirft Benny ein, woraufhin Dilara und ich synchron nicken.

Mit viel Concealer hat Sascha zwar versucht, ihre Augenringe abzudecken, doch sie sieht müde und erschöpft aus. Ihre Augen sind klein und ihre Akne blüht stärker als sonst.

»Mit dem Bastard werde ich allein fertig.« Ihr harter Tonfall lässt keine Widerworte zu.

Ich spüre Dilaras Blick auf mir, vor Sorge gewichtig. Gilt diese Sascha oder mir oder uns beiden? Ich weiche ihr aus und starre auf die Tischdecke. Als ich es nicht länger aushalte und mein Kopf rot anläuft, schaue ich hoch.

»Möchtest du Couscous?«, fragt Dilara unschuldig.

»Nein, danke.«

»Möchtest du Börek?«

»Nein, danke.«

»Vielleicht ein Stück Melone?«

»Ich habe genug, danke.»

»Würdest du mir kurz in der Küche mit dem Tee helfen?«

Unter Saschas und Bennys verwunderten Blicken schiebe ich den Stuhl zurück und folge Dilara in den angrenzenden Raum. Sie füllt den Wasserkocher und setzt ihn auf.

»Hast du schon zu Abend gegessen?«, fragt sie mich.

»Nein, äh, ja.« Mit ihren kurzen Beinen versucht meine Lüge, unbemerkt aus der Küche zu laufen, doch Dilara hat sie längst gesehen.

Ihre Augen verengen sich und um ihren Mund legt sich ein steifer Zug. »Isst du genug, Virginia?«

Diese Frage erinnert mich so sehr an meine Mutter, dass ich genervt stöhne. »Natürlich.«

»Natürlich nicht«, widerspricht Dilara. »Ich beobachte dein Essverhalten, seit ich dich kenne. Möchtest du … mit mir sprechen?«

Ich lache trocken auf. »Sorry, Dilara, ich weiß deine Sorge zu schätzen, aber ich habe keine Essstörung.«

»Magersucht ist nicht die einzige Art der Essstörung«, sagt sie unbeirrt. Dabei ist ihre windstille Stimme am schlimmsten, denn *ich* beginne schlagartig zu stürmen.

»Ich bin nicht krank«, zische ich. »Und selbst wenn, was geht es dich an?«

»Ich bin deine Freundin.«

»Ich weiß. Und als diese solltest du mir nicht so einen Scheiß unterstellen!«

»Ich unterstelle dir gar nichts, aber ich frage dich: Wie ist dein Verhältnis zum Essen?«

»Verhältnis zum Essen?«, äffe ich sie bösartig nach. »Als würde ich mit dieser verdammten Honigmelone schlafen.«

»Virginia ...«

Der Wasserkocher pfeift. Aus dem Wohnzimmer ist kein Mucks zu hören. Ich möchte gehen, nein, ich möchte fliehen. Doch als Dilara merkt, was ich vorhabe, schnellt sie vor und hält mich am Arm fest. Ich bin versucht, ihre Hand abzuschütteln, doch aus ihren fest in meine Haut gepressten Fingern tröpfelt Sorge und Zuneigung.

»Geh nicht«, sagt sie. »Wenn du nicht darüber reden möchtest, lassen wir es. Aber geh nicht.«

Ich starre auf ihre Hand, die meinen Oberarm quetscht. Auf dem Tisch im Wohnzimmer steht eine Fülle an Lebensmitteln. So viele Farben, Konsistenzen, Geschmäcker. So viele Kalorien, Fette, Eiweiße, Kohlenhydrate. Das Gefühl von Hunger, das ich domestizieren konnte.

Meine Stimme kratzt über die Stimmbänder. »Um wieder aufzustehen, muss ich erst mal auf dem Grund aufschlagen. Aber ich falle – seit Jahren und immer noch.«

Finger für Finger löst Dilara ihre Hand von meinem Oberarm, fährt über den Ellbogen, bis sie meine kalte Hand erreicht. Sie verschränkt unsere kleinen Finger ineinander.

»Schon okay«, sagt sie tröstend und zieht mich in ihre Arme. Sie riecht nach süßer Minze, und ihre Umarmung fühlt sich an wie ein sicherer Dachsbau. Wenn ich sie bitte, lässt sie mich hier überwintern.

Ich weine nicht, aber etwas in mir wimmert. Das Wimmern ist zu einem kontinuierlichen Hintergrundrauschen angeschwollen, das mich seit meiner frühen Jugend begleitet.

»Es ist … Ich meine, ich esse. Es ist nicht so, dass ich nichts mehr esse und mich zu Tode hungere. Ich esse regelmäßig, bestreite meinen Alltag, bin vielleicht etwas dünn, aber gesund.« Das Wimmern steigert sich in einem Crescendo zu einem Klagen, das alle Worte aus mir brechen lässt. »Aber ich … Ich kann meine Mutter nicht kontrollieren. Ich kann die Beziehung zu anderen Menschen nicht kontrollieren. Ich weiß nicht, wie ich es zusammenhalten soll, wie ich *mich* zusammenhalten soll. Aber ich kann das Essen kontrollieren. Ich entscheide. Ich bin nicht hilflos. Verstehst du?«

In unserer Umarmung sinken wir auf den Küchenboden, die Fliesen sind kalt und hart. Dilara hat ihre Wange an meine Stirn gelegt, und ich spüre, wie sie unablässig nickt.

»Ich verstehe.« Und dann: »Wir sind jung, klug und gebildet. Wir leben in vermeintlicher Gleichberechtigung, also was soll uns davon abhalten, ein freies Leben zu führen? Aber Sascha … Sascha schläft mit so vielen Männern, als würde sie keine Nacht mit sich allein aushalten. Und du … du lebst in einem goldenen Käfig aus Kontrolle und beherrschten Gefühlen. Und ich? Ich verrenne mich in meiner aktivistischen Arbeit, bin so besessen von einer besseren Welt, dass ich manchmal an der harten Realität kaputtgehe.« Sie stoppt, drei Atemzüge später: »Aber sind wir *wirklich* frei, Virginia?«

Nein, das sind wir nicht. Oder doch? Ich weiß es nicht. Gott verdammt, was weiß ich schon?

Dilara hält mich fest. Und ich halte sie fest. So bleiben wir sitzen, bis Benny und Sascha im Türrahmen zur Küche stehen. Wortlos setzen sie sich zu uns auf den Boden, schlingen ihre Arme um uns und umeinander, sodass man nicht mehr ausmachen kann, wem welches Körperteil gehört. In diesem Kokon fühle ich mich sicher.

»Geh zu Benedict«, sagt Dilara in die Stille hinein. »Geh zu ihm, versuch's ein letztes Mal, und wenn es nicht funktioniert, lass los.« Und sie fügt hinzu: »Du magst fallen, Virginia, aber ich stehe unten, mit geöffneten Armen, und fange dich auf.«

»Wir fangen dich auf«, kommt es leise von Benny.

»Leute«, raunt Sascha. »Ihr wisst doch, dass ich solche schnulzigen Bekundungen nur schwer ertrage.« Doch sie streckt ihren Kopf und küsst mich auf die Wange.

»Ich habe dir das Fastenbrechen versaut«, nuschele ich.

»Nein«, sagt Benny. »Das war ich.«

»So ein Quatsch. Ich kann mir keinen Ort vorstellen, an dem ich lieber wäre.«

»Sie lügt«, widerspricht Sascha. »In einem Katzencafé wärst du lieber. Du bist bestimmt eine dieser Personen, die zu ihrer Katze *Mäuschen* sagen würde. Ehrlich, wie komisch ist das?«

KAPITEL 12

Am späten Abend stehe ich vor seiner Haustür. Es ist Susanna, die mir öffnet und mich sichtlich überrascht mustert. »Virginia?«

Nervös trete ich von einem Bein auf das andere. »Hi«, sage ich, atme Mut ein und fange von vorn an: »Guten Abend, Susanna. Entschuldige die späte Störung. Ist … ist Benedict da?«

Ihre ordentliche Aufmachung wird von dem warmen Flurlicht bestrahlt und der Geruch von frisch gebackenem Brot weht um meine Nase.

»Er ist beschäftigt«, sagt sie, schiebt aber die Tür auf.

»Ich möchte nur kurz mit ihm sprechen. Es dauert nicht lang.«

»Natürlich.« Mit einer einladenden Geste bittet mich Benedicts Mutter hinein. »Muss ich mir Sorgen machen?«, fragt sie, als ich an ihr vorbeigehe.

Ich bleibe stehen. »Nein?«

»Nein? Ist das eine Frage?«

»Nein«, sage ich. »Es ist nichts passiert. Ich habe nur lange nichts von ihm gehört.«

Susanna atmet erleichtert auf. »Ach so. Er war in letzter Zeit sehr beschäftigt, aber das ist nichts Neues. Das Studium verlangt ihm eine Menge ab.«

»Jura ist ein anspruchsvolles Fach«, sage ich, weil mir nichts Besseres einfällt.

»Das ist es«, bestätigt Susanna. »Ben macht sich manchmal

zu viel Druck. Ich versuche, ihn zu einer Auszeit zu bewegen, aber er ist wie festgewachsen an seinem Schreibtisch. Wie dem auch sei, er ist in seinem Zimmer.«

Als ich die Treppe hinaufgehe, frage ich mich bei jeder Stufe, ob ich umdrehen soll. Was erwarte ich? Eine plausible Erklärung? Eine Abfuhr? Als ich vor seinem Zimmer stehe, hämmert mein Herz, als müsste ich mit einem angesägten Seil Bungeespringen. Meine Hände sind schweißnass, aber ich forme eine Faust und klopfe gegen die Tür.

Einmal. Zweimal. Dreimal.

»Ja?«

Ich schiebe die Tür auf und sehe Benedicts Rücken. Mit gesenktem Kopf und wippendem Bein sitzt er an seinem Schreibtisch über einer Flut an Büchern und Notizen, zwischen Textmarkern und Post-its.

Ich räuspere mich unbeholfen.

Sofort dreht sich Benedict auf seinem Stuhl um. Sein müdes Gesicht schreit mich an, ihm eine Zwangspause zu verordnen. Seine Augenringe sind tief und lila, als hätte er nächtelang nicht geschlafen, seine Locken stehen wild und verfilzt in jedwede Richtung. Ich sehe ihn zum ersten Mal in einer Jogginghose und mit Bartschatten.

Wüsste ich es nicht besser, würde ich ihm akuten Liebeskummer attestieren.

»Virginia.«

Beim Klang seiner Stimme wird mir bewusst, wie sehr ich ihn vermisse. »Ähm … hi.«

Er steht auf, geht wenige Schritte auf mich zu, doch dann kehrt er um, als wäre er mit einer Kette an den Schreibtisch gefesselt. Verkrampft kratzt er sich im Nacken. »Hi.«

Okay, es ist peinlich. Und ich spüre, dass ich immer noch wütend bin, auch traurig und trotzig, aber vor allem wütend.

Wenn ich jetzt nicht in seinem Zimmer stünde, hätte ich überhaupt noch einmal von ihm gehört?

»Du hast dich … nicht gemeldet«, bringe ich schließlich hervor.

»Jaaa …« Mit beiden Händen fährt er sich über das eingefallene Gesicht. »Ich habe viel zu tun. Die Kanzlei hat einen speziellen Fall reinbekommen und ich darf mitarbeiten. Es tut mir leid.«

Ich halte die unangenehme Anspannung nicht länger aus. »Ist es wirklich deswegen? Oder bin ich eine miserable Küsserin, sodass du dich klammheimlich aus dem Staub machen wolltest?«

»Was? Nein!« Sein Gesichtsausdruck ist derart bestürzt, dass ein unangebrachtes Lachen aus meiner Kehle bricht. Als Benedict es hört, zieht auch er seine Mundwinkel minimal in die Höhe. Ihn lächeln zu sehen, tut gut.

»Wie lange bist du noch Gefangener deiner eigenen Arbeitseinstellung?«

Er seufzt entkräftet. Ich folge seinem Blick zu dem überquellenden Schreibtisch.

»Vielleicht …«, beginnt er, doch ich unterbreche ihn.

»Sag mir die Wahrheit.«

Unsicher huscht sein Blick zu mir. Ich kann sehen, wie er mit sich ringt. Sein übertrieben disziplinierter Perfektionismus ist zwar nicht attraktiv, aber auch keine superproblematische Eigenschaft. Oder?

»Ich weiß nicht, wie lange ich noch an dem Fall sitze«, sagt er und fährt sich diesmal mit beiden Händen durch die Haare. »Es tut mir leid. Ich habe dich enttäuscht. Ich habe zu wenig Zeit für dich. Es ist immer zu wenig Zeit. Oder liegt es an mir? Kann ich mich nicht organisieren? Keine Prioritäten setzen?« Er redet sich in Rage. »Sorry, Ginny, natürlich bist du auch eine Priorität, aber … aber …« Seine Verzweiflung schraubt sich hoch, sodass er wie ein gefangenes Tier vor seinem Schreibtisch auf und ab geht.

»Benedict?«, frage ich, doch scheine nicht zu ihm durchzudringen. Wie paralysiert murmelt er vor sich hin, dass er *zu dumm, zu faul, zu dumm, zu undiszipliniert, zu dumm* sei.

»Benedict«, sage ich bestimmt und gehe zu ihm. Doch als ich vor ihm stehe, stolpert er zurück und prallt gegen seinen Schreibtisch, sodass das Wasserglas umkippt. Die Flüssigkeit tränkt seine Bücher und läuft über die Tischkante auf den Boden. Das Glas hat eine Dose mit sich gerissen, deren Inhalt sich ebenso auf dem Boden ausbreitet, die kleinen Kapseln springen in alle Richtungen.

Ich knie nieder und versuche, die Hartkapseln vor dem Wasser zu retten. »Hast du Taschentücher hier? Oder Klopapier?«

Wenn möglich, werden Benedicts Augen bei dem Anblick seiner verlaufenen Notizen noch müder. Seine Schultern sacken zusammen. »Klopapier«, wiederholt er, als kenne er das Wort nicht.

»Ja, Klopapier«, sage ich. »Schnell, hol was aus dem Badezimmer.«

Wie ferngesteuert läuft er aus dem Zimmer. Ich kann den Großteil der Kapseln unaufgelöst aus der Lache fischen. Was ist das überhaupt? Neugierig greife ich nach der Dose, die umgefallen auf dem Tisch liegt. *Burn-it-out* steht in feurigem Rot auf dem Etikett. Darunter: *Nur für Erwachsene über 18 Jahren geeignet. Verschreibungspflichtiges Medikament.*

Bis Benedict mit wehendem Klopapier zurückkommt, habe ich die Dose zurück auf den Tisch gestellt und mir den Wirkstoff Methylphenidat gemerkt. Wir knien beide nieder und wischen das Wasser auf.

»Die Seiten werden trocknen«, sage ich, als wir den Boden

gesäubert haben und den Schreibtisch abwischen. Neben den juristischen Wälzern liegt ein Duden auf dem Tisch.

Benedict nickt stumm. Ist er den Tränen nahe? Aber es ist doch nur Wasser über Papier?

Ich werfe das nasse Toilettenpapier in den Papierkorb neben seinem Schreibtisch und drehe mich zu ihm um. »Okay«, sage ich mit fester Stimme. »Was ist hier los?«

Er starrt mich an, als wäre ich das in der Dunkelheit heranrasende Auto und er das bewegungsunfähige Tier im Scheinwerferlicht. Vor seinem Gesicht schnippe ich mit den Fingern.

»Benedict, verdammt. Was ist hier los? Hast du was genommen?« Methylphenidat zum Beispiel?

Rabiat schüttelt er den Kopf. »Unsinn. Ich bin nur ein bisschen überarbeitet.«

»Ein bisschen?«

»Okay, vielleicht auch ein bisschen mehr. Am Wochenende kann ich ausschlafen.«

»Wie wäre es, wenn du morgen ausschläfst?«

Wenig überzeugt runzelt er die Stirn. »Morgen muss ich zur Uni.«

Ich würde ihn gerne umarmen. Ich würde ihn gerne halten und sagen, dass er sich für eine Nacht bei mir verstecken kann. Zögerlich strecke ich ihm die Hand hin. »Komm«, bitte ich leise. »Komm mit zu mir.«

Er sieht von meinem ausgestreckten Arm zu meinem Gesicht. In seinem Blick steht, dass er nicht mitkommen wird. Ich lasse die Hand sinken, ehe er sagt: »Ich kann nicht. Sorry, aber ich muss das noch fertig machen.«

Ich tue ihm den Gefallen, drehe mich zur Zimmertür und gehe.

Es ist Ritalin.

Mit der Faust schlage ich auf die schäbige Schreibtischplatte. *Verdammt, Benedict, was machst du nur?*

Bei dem Wirkstoff Methylphenidat handelt es sich um eine stimulierende Substanz, die hauptsächlich zur Behandlung des Aufmerksamkeitsdefizits, kurz ADHS, eingesetzt wird und im allgemeinen Sprachgebrauch unter Ritalin bekannt ist. Vorausgesetzt, Benedict ist nicht von ADHS betroffen, wirkt Ritalin bei ihm leistungsfördernd und aufputschend. Es fällt unter das Betäubungsmittelgesetz, ist verschreibungspflichtig und kann missbräuchlich eingenommen, zu einer psychischen Abhängigkeit führen.

Seufzend stütze ich den Kopf in die Hände. Wissen seine Eltern davon? Hätte er mir davon erzählt? Was geht hinter seiner charmanten, glatt gebügelten Fassade vor sich? Wieso verletzt es mich, dass er mir nicht genug vertraut, um mit mir darüber zu sprechen?

Am liebsten würde ich ihn sofort zur Rede stellen, doch es ist weit nach Mitternacht, Busse fahren nicht mehr, und eine fuchsteufelswilde Virginia macht das Ritalinproblem nicht besser. Hörbar knirsche ich mit den Zähnen. Wie soll ich vorgehen? Offene Konfrontation oder subtile Annäherung? Soll ich es unter den Tisch fallen lassen und darauf warten, dass er sich mir anvertraut? Ist er mir überhaupt wichtig genug, um mir Gedanken zu machen?

Jap, postuliert mein Herz sogleich. *Er ist dir wichtig genug.*

Ich schließe die Tabs und fahre den Laptop herunter. Müde reibe ich mir die Augen und bin gleichzeitig zu aufgewühlt, um schlafen zu gehen. Friedrich Schiller schnarcht unbesorgt in seinem Körbchen. Ich schnappe die Cordjacke und flüchte auf leisen Sohlen aus dem Zimmer. Um diese Uhrzeit sind die Türen im Wohnheim von innen abgeschlossen, weshalb ich jede einzeln aufschließen muss, bis ich an die Luft trete. Obwohl die Nacht kühl ist, kann ich bereits die Sommerhitze riechen.

Ich gehe von Straßenlaterne zu Straßenlaterne, beobachte die Insekten, die im Lichtschein Loopingtänze vollführen, und zähle meine Schritte bis zur nächsten Laterne. Es sind immer fünf. Am Pfahl der letzten Laterne in der Straße rutsche ich mit dem Rücken langsam abwärts, bis ich im Schneidersitz auf dem kalten Asphalt sitze.

Die Frage ist: Halte ich eine weitere Person in meinem Leben aus, die ein Problem mit Tabletten hat? Ist das die Parallele zwischen Benedict und meiner Mutter? Und ist es die immer gleiche Rolle, die ich einnehme? Ziehe ich Menschen wie Benedict an?

Ich hole mein Handy aus der Jackentasche. Als es vorhin vibrierte, habe ich den Anruf ignoriert. Doch als ich jetzt auf das Display schaue, muss ich feststellen, dass der Anruf in Abwesenheit nicht von meiner Mutter, sondern von Benedict ist. Eine SMS zeigt an, dass er mir eine Nachricht auf der Mailbox hinterlassen hat. Wer spricht heute noch auf den Anrufbeantworter?

Mein Herz schmeißt die Motoren an und pumpt, dass mein Blut in Wallung gerät.

Seine Stimme ist erschöpft, resigniert und stellenweise traurig. Während ich seine Nachricht abhöre, atme ich flach.

»Ginny, hi. Hier ist Benedict. Ich möchte mich für heute Abend entschuldigen. Ich muss einen desolaten Eindruck erweckt haben … Desolat? Ich meine abgefuckt. Ich muss abgefuckt gewirkt haben … Jedenfalls … Ich wollte dir sagen … Meine Güte …« Er räuspert sich mehrmals. »Es ist, als würdest du mein Chaos entwirren. Erst so – mitten rein in die Verwirrung, drin suhlen und rumwühlen und es irgendwie noch schlimmer machen, aber dann doch durch, weil du der rote Faden bist … Ist das verständlich? Ich weiß es nicht. Aber du verstehst schon. Ich weiß, dass du verstehst. Ruf mich an … Bitte. Ich würde gern zu dir kommen.«

Das sind wir. Mitten rein in die Verwirrung, drin suhlen und wühlen und alles schlimmer machen und dann doch durch.

Das Tuten in der Telefonleitung kommt mir laut vor, als halle es durch die ganze Straße. Nach dem zweiten Klingeln nimmt er ab.

»Virginia?«

»Wann kannst du hier sein?«

»Gib mir fünfzehn Minuten.«

Ich warte vor dem Wohnheim auf ihn. Der alte Porsche pfeift um die Ecke und kommt quer auf dem Parkplatz zum Stehen. Als Benedict aus dem Wagen springt, muss ich schmunzelnd den Kopf schütteln. Er trägt eine elegante Stoffhose und einen dünnen Rollkragenpullover, während ich mir nicht einmal die Zähne geputzt habe.

Benedict joggt über den Parkplatz, und als er mich entdeckt, breitet sich ein Grübchengrinsen auf seinem Gesicht aus, das die Nacht heller macht. Ich gehe ihm entgegen.

Es gibt Umarmungen, die sich unverbindlicher anfühlen als ein Handschlag. Umarmungen, die ein kurzes Rückentätscheln und eine Buslänge Abstand zwischen den Köpfen beinhalten.

Und dann gibt es Benedict-Umarmungen.

Mit einem Arm umschlingt er meine Schultern, mit dem anderen meinen unteren Rücken und presst mich so fest an seinen Oberkörper, dass ich sein schnell schlagendes Herz spüre. Er vergräbt seinen Kopf so tief in meinem Haar, dass ich fürchte, ihn in dem roten Lockendickicht nicht mehr wiederzufinden.

»Hi«, nuschelt er in meine Halsbeuge, und seine tiefe Stimme bebt auf meiner nackten Haut.

»Hi.«

Wir verharren in dieser Haltung. Ich lasse ihn mich halten und sich gleichzeitig an mir festhalten. Ich lasse ihn in mein Haar atmen und lasse zu, dass seine Hände in kreisenden Bewegungen über meine Schulter, meinen Oberarm und meinen Rücken streichen. Was auch immer ihn fertigmacht, ich lasse ihn seine Last für einen Moment bei mir abladen.

»Wie wäre es, wenn du auf meinen Rücken kletterst und ich dich wie ein Koalababy trage?«, schlägt er vor. »Dann muss ich dich nicht loslassen.«

»Hervorragende Idee«, sage ich. »Aber es besteht die Möglichkeit, dass ich etwas mehr wiege als ein Koalababy.«

Benedict hebt den Kopf aus meiner Halsbeuge und guckt skeptisch auf mich herunter. »Wie? Du wiegst mehr als ein paar Kilo?«

»Wenn ich die nächste *Brigitte*-Diät gemacht habe, wiege ich in zwei Wochen fünf Kilo weniger. Keine Sorge, auf die Lauchsuppe ist Verlass.«

Sein Lachen misslingt. Es klingt hohl, irgendwie aufgesetzt. »Keine Diäten«, sagt er, und seine Worte erinnern mich daran, wie Benedict mich beim Abendessen mit seinen Eltern beim Knödelschieben erwischt hat. Im Angesicht der Ritalinpillen und des damit einhergehenden Konfliktpotenzials sollte ich vielleicht Witze über mein Gewicht vermeiden.

Er löst sich so langsam von mir, als wäre er ein achtarmiger Oktopus mit Tentakeln, die sich an mir festgesogen haben. Mit wackligem Lächeln blickt er auf mich herab.

»Ich bin also willkommen?«

Ich nicke. »Du bist willkommen.«

Das verleiht seinem Lächeln mehr Selbstbewusstsein. »Schön. Ich hatte nicht vor, heute Nacht wieder wegzufahren.«

Vorsichtig greife ich nach seiner Hand und verschränke unsere Finger ineinander. Mit dem Kopf deute ich in Richtung Wohnheim. »Lass uns gehen.«

Als ich bettfertig aus dem Gemeinschaftsbad zurück in mein Zimmer komme, sitzt Benedict auf dem Bett. Er trägt kurze Sportshorts und den beigen Rollkragenpullover, in den Händen hält er ein Buch.

»Ist es nicht ein wenig spät, um einen Buchklub zu gründen?«, frage ich.

Benedict sieht zu mir auf. Er klappt das Buch zu und dreht es in seinen Händen. »Für unser viertes Date habe ich mir etwas überlegt.«

Meine Augenbrauen bilden ein Fragezeichen. »Das ist ein Date?«

»Natürlich ist das ein Date«, sagt er ungerührt. »Los, gib mir dein Lieblingsbuch.«

»Mein Lieblingsbuch?«

»Ja, dein Lieblingsbuch. Was ist es? Bitte, lass es nicht die Brockhaus Enzyklopädie sein.«

»Du bist unmöglich«, sage ich, doch nicke in Richtung meines Bettes. »Schau mal unters Kopfkissen.«

Benedict beugt sich zu meinem Kissen herüber. Interessiert begutachtet er das Buch, das er darunter hervorzieht. »*Alles, was passiert ist* von Yrsa Daley-Ward«, liest er laut vor. »Kenn ich gar nicht.«

»Das ist keine Literatur«, erkläre ich. »Es ist nicht mal mehr Kunst. Es ist Magie, Zauberei, Quantenphysik. *So* gut kann niemand schreiben.«

Ich mag die Art, wie Benedict das Buch anfasst. Seine Finger fahren ehrfürchtig über Buchdeckel und Rücken. Als er den Klappentext liest, ist sein Gesicht furchtbar ernst. Es sind keine Worte, keine Sätze, die auf den Seiten eines Buches festgehalten werden. Es ist die Quintessenz allen Seins, eine Destillation menschlicher Rohstoffe in Sprache. Benedict hat das verstanden.

Er hebt den Kopf und begegnet meinem intensiven Blick. »Komm her.« Er klopft auf die Bettdecke neben sich. Ich gehe zu ihm, setze mich mit angewinkelten Beinen auf das Bett und greife nach dem Buch, das er mitgebracht hat.

»Kafkas *Prozess*?« Über den Buchrücken hinweg sehe ich ihn an. »Du bist wirklich verknallt in Franz Kafka, kann das sein?«

»Um es weniger theatralisch auszudrücken: Ich bete ihn an. Ich vergöttere ihn. Und ich würde eine Niere dafür geben, einmal in seinen Kopf gucken zu können.«

»Wow«, sage ich. »Das ist weniger theatralisch.« Ich halte den *Prozess* in die Höhe. »Jetzt mal im Ernst. Ich habe Kafka in der Schule gern gelesen, lieber als Goethe. Aber anbeten? Vergöttern? Was findest du an ihm?«

Benedicts Augen funkeln fasziniert. Er setzt sich aufrecht hin und nimmt mir das Buch aus der Hand. *»Jemand musste Josef K. verleumdet haben, denn ohne dass er etwas Böses getan hätte, wurde er eines Morgens verhaftet«*, zitiert er auswendig. »So geht der Anfang. Zack – in medias res. Ohne Geschwafel mittendrin. Und spürst du diese Trockenheit? So trocken, dass es zum Schreien komisch ist?«

Seine Begeisterung bringt mich zum Grinsen. Es ist süß, ihn so zu sehen.

»Okay, okay«, sage ich. »Ich sehe deinen Punkt. Aber nichts geht über Daley-Ward. Sie verwebt Prosa und Lyrik so meisterhaft, dass Kafka vor Neid erblassen würde.«

Benedict lacht verhöhnend auf. »Zeig es mir«, fordert er und bewegt sich auf meinem Bett, sodass er mit dem Rücken an der Wand lehnt. Er deutet auf den Platz neben sich. »Lies mir vor.«

Ich robbe zu ihm und strecke die Beine lang aus. *Alles, was passiert ist* liegt gewichtig in meinen Händen. Abrupt lege ich es Benedict in den Schoß.

»Nein«, sage ich. »Lies du mir vor.« Finde die Stellen, die mit mir sprechen, verstehe mich durch Worte, die ich niemals selbst gesagt habe.

Er öffnet das Buch und blättert darin. Ich lasse ihm Zeit, greife nach dem *Prozess* und tue es ihm gleich. Ich versuche zu lesen, was Benedict in den Zeilen liest, versuche, die Spuren im Text auszumachen, die zu ihm führen.

Minutenlang ist es still zwischen uns. Dann liest Benedict eine Stelle aus dem Prolog vor, in der es um Daley-Wards Mutter Marcia geht. Er räuspert sich, macht eine Kunstpause, die die Situation unangenehm bedeutungsschwer aufbläht, ehe er langsam und bedächtig zu lesen beginnt. Es ist vermutlich seine Textmüdigkeit nach einem langen Tag am Schreibtisch, die ihn immer wieder stocken lässt. Silbe für Silbe, Wort für Wort bricht Daley-Wards Poesie aus Benedicts Mund und das erschöpfte Ballett seiner Lippen macht mich ganz schwindelig. Als er endet, klappt er das Buch zu und sieht erst nach einigen Sekunden zu mir auf.

»Das ist gut«, sagt er anerkennend. »Das ist wirklich gut.«

»Was habe ich dir gesagt? Du musst es dir kaufen. Oder ich schenke es dir.«

»Aber nur mit Widmung.«

»Mit Widmung?«

»Ja, mit Widmung. *Lieber Benedict, anbei mein Lieblingsbuch. Es ist großartig, aber längst nicht so großartig wie du!*«

Ich rolle die Augen. »Dein Ego möchte ich haben.«

Benedict tippt mit dem Finger auf Kafkas *Prozess.* »Für einen Einblick in den Kopf *des* Literaten der Moderne würde ich auch mein Ego hergeben.«

»Unmöglich, wie ihr weißen Männer zusammenhaltet.«

Er lacht schallend. Mein Kopf fährt zu Friedrich Schillers Körbchen, doch der Hund schläft.

»Okay«, fordere ich ihn auf. »Erklär es mir. Erklär mir Franz Kafkas Genialität.«

»Erstens«, beginnt er und hebt oberlehrerhaft den Zeigefinger, »war Kafka selbst Jurist. Seine Werke lassen sich als Bürokratiesatire lesen. Wirklich, es ist herrlich. Es ist so witzig, dass ich jedes Mal Tränen lache.«

Ich runzle irritiert die Stirn. »Eigentlich habe ich deinen Humor bis jetzt für durchschnittlich in Ordnung gehalten.«

»Zweitens«, fährt er unbeirrt fort, »gibt es bei Kafka zwar die Bürokratie und die Gerichtsinstanz, aber die Macht ist nicht zentral auf die staatlichen Institutionen verteilt.«

»Sondern?«

»Die Macht ist dezentral. Jeder besitzt sie. Somit ist Josef K. nicht nur Opfer, sondern auch Täter. Genial, oder?«

»Ich verstehe den Ansatz«, sage ich. »Wir sind alle Täter und Opfer zugleich. Trotzdem gibt es eklatante Machtunterschiede. Zu sagen, jede Person wäre gleichermaßen Opfer *und* Täter, ist ignorant. Es macht strukturelle Diskriminierung unsichtbar und rührt alle Menschen zu einem homogenen Kuchenteig zusammen.«

Benedict lässt den Finger sinken. Seine Brauen ziehen sich düster zusammen. »Hast du mir gerade Kafka mit einer Kuchenteig-Metapher madig gemacht?«

Gleichgültig zucke ich die Schultern. »Kann sein. Aber es kommt eher darauf an, wie du die Texte ab jetzt interpretierst.«

Benedict hebt *Alles, was passiert ist* aus seinem Schoß. Wehmütig und schwer sieht er mich an, keine Spur des Geplänkels mehr.

»Was?«, frage ich, als das Gewicht seines Blicks mich niederdrückt. »Was ist?«

»Auf den ersten zwanzig Seiten geht es auch um Yrsa Daley-Wards Vater. Ihre Mutter, Marcia, erzählt ihrer Tochter in den größten Worten von ihrem klugen, schönen Vater, der im fernen Nigeria lebt.«

Ich nicke vorsichtig. Wieso erzählt er mir das? Ich kenne das Buch besser als mich selbst.

Die Intensität, mit der mich Benedict anguckt, macht mich durchsichtig. Habe ich ihm durch das Buch zu viel von mir preisgegeben? Schützend verschränke ich die Arme vor der Brust.

»Was ist mit … deinem Vater?«

»Was soll mit ihm sein? Ich kenne ihn nicht.«

»Möchtest du nichts über ihn wissen?«

Meine Fingernägel bohren sich in die Oberarme. Mein Hals beginnt verräterisch zu kribbeln. Ich schlucke hart. Von dem erfundenen Franzosen werde ich Benedict nichts erzählen.

»Es geht nicht um mich. Ich brauche keinen Vater und habe keinerlei Interesse daran, etwas über ihn zu erfahren.«

»Um wen geht es dann?«

»Um …« Mein Mund ist trocken, doch ich schlucke trotzdem, sodass mein Kehlkopf hüpft. »Um meine Mutter.«

»Es geht oft um deine Mutter.«

»Es ist ihre Liebesgeschichte. Ich habe nichts damit zu tun. Ich bin nur das Produkt aus Sex. Viel wichtiger ist, was *mein Vater* mit *ihr* gemacht hat.« Die Wörter *mein Vater* klingen kläglich.

»Du darfst auch Gefühle bezüglich deines Vaters haben. Es geht auch um dich.«

»Nein«, sage ich scharf. »Ich komm damit klar. Sie nicht.«

Benedict sieht mich immer noch an. Ich spüre, wie er versucht, mich zu verstehen, scheine ich doch ein Rätsel zu sein, das er noch nicht entschlüsseln kann. Aus gutem Grund.

»Manchmal denke ich, dass du dir selbst genug bist, dass du auf niemanden angewiesen bist«, sagt er. »Und dann denke ich, dass du so altruistisch bist, dass es nie um *dich* geht, nie um *deine* Bedürfnisse, Sorgen, Wünsche.«

Berlin!, schreit eine Stimme in meinem Kopf so plötzlich, als würde sie sich das Panzertape vom Mund reißen. Ich verbiete ihr wieder das Wort.

»Und was ist mit dir?«, will ich wissen. »Du hast dich die letzten drei Wochen nicht gemeldet, weil du wie verrückt gearbeitet hast.«

»Geht es hier um uns oder um die Bücher?«, fragt er und lächelt wissend. Er beugt sich zu mir vor und legt eine Hand schwer in meinen Nacken. Mit dem Daumen streicht er über meinen Kiefer, meine Unterlippe.

»Geht es hier um dich oder um mich oder um uns?«, fragt er leise.

Ich fahre mit der Zunge über meine Lippe, bis ich seinen Daumen berühre. Benedict folgt der Bewegung meiner Zunge, sein Blick gebannt auf meinen Mund.

»Sag du es mir«, wispere ich.

Obwohl wir uns nicht das erste Mal so nah sind, geht mein Puls durch die Decke. Meine Lippen zittern. Irgendwo zwischen unseren ersten Küssen in seinem Zimmer und dem Jetzt haben wir die Unschuld verloren.

Sein Kuss fühlt sich an wie ein ersehntes Sommergewitter nach wochenlanger Hitze, wie der erste Regentropfen, der auf den glühenden Asphalt trifft. Ich schlinge einen Arm um seinen Nacken und vergrabe meine andere Hand in seinen Haaren, um ihn näher zu ziehen, während sich unsere Lippen in einem wilden Rhythmus bewegen.

Da draußen gibt es eine Welt, die von Leistungsdruck, Unsicherheit, Kalorienzählen und toxischen Elternbeziehungen bestimmt ist. Aber hier, auf meinem Bett, gibt es nur ihn und mich und die Magie dazwischen.

Ich lege beide Hände an seine Schultern und drücke ihn zurück. Bevor er sich von mir lösen kann, setze ich mich rittlings auf seinen Schoß und presse ihn mit dem Rücken gegen die Wand. Meine Hände fahren zum Saum seines Pullovers, ich möchte ihn über Benedicts Kopf ziehen, doch er hält mich fest.

Ich stoppe in meiner Bewegung und frage gegen seine Lippen: »Möchtest du nicht mit mir schlafen?«

Er legt seine Hände wie Nussschalen um meine, die nach wie vor den dünnen Stoff des Rollkragenpullovers umklammern. Ich lege meine Stirn gegen seine.

»Natürlich möchte ich«, raunt er. »Aber ich weiß nicht, ob du dasselbe für mich empfindest wie ich für dich.«

Ich kneife die Lider zusammen und drücke meine Stirn noch härter auf seine. Unsere aufeinandergepressten Hände fangen an zu schwitzen. Der Kleidungsstoff fühlt sich plötzlich unangenehm zwischen meinen Fingern an, grob und faserig.

»Frag mich«, fordert er.

»Frag mich was?«, sage ich, ganz leise, in der Hoffnung, dass er es überhört.

»Liebe oder Freiheit? Frag mich.«

Ich schweige.

»Du wirst mich nicht fragen. Du traust dich nicht, obwohl du die Antwort bereits kennst.«

KAPITEL 13

»Ich …«

»Schhh …«, mache ich, lasse seinen Pullover los und ziehe meine Hände unter seinen hervor. »Schhh …« Ich hebe meine rechte Hand und lege sie ihm auf den Mund. Meine Locken springen hin und her, als ich den Kopf schüttle.

Als er etwas unter meiner Handfläche murmelt, lege ich den linken Zeigefinger auf meine Lippen und mache ein drittes Mal: »Schhh …«

Langsam rutsche ich von seinem Schoß und nehme meine Hand von seinem Mund. Ich bin überzeugt, dass Liebe und Freiheit in einer gesunden Beziehung keine Gegensätze sind, aber ich habe eine Mutter mit Hang zu Schlafmitteln und einen Benedict mit Hang zu Aufputschmitteln und …

Plötzlich möchte ich vom Bett springen und das Fenster aufreißen, denn die Luft ist stickig und unerträglich heiß.

»Wieso möchtest du es nicht hören?«, fragt er irgendwann.

Ich taxiere das Fenster mit den Augen, halte mich an der hässlichen Spitzengardine fest. »Noch nicht«, sage ich mit kläglicher Stimme, weil ich weiß, was ich ihm antue. »Ich möchte es *noch nicht* hören.«

Vorsichtig geht mein Blick zu ihm. Ich weiß nicht, ob es Teil des Jurastudiums ist, aber er hat ein aalglattes Pokerface aufgesetzt. Keine Spur der Kränkung, obwohl ich ihm verweigert habe, mir zu sagen, dass er sich in mich verliebt hat.

»Küss mich noch mal.«

Benedict kommt meiner Bitte nach. Er beugt sich zu mir vor und legt seine Lippen leicht auf meine, so leicht, dass ein Ahornblatt dazwischenpassen würde. Ich atme tief ein. Seine Nasenspitze streicht über meine, ich bringe die Hände an seine Wangen und spüre unter den Fingerspitzen seinen rauen Bartschatten.

Zögernd beginne ich, ihn zu küssen. Alles, was ich nicht sagen kann, versuche ich, in diesen Kuss zu legen. Während er sich über mich beugt und mich in die Kissen drückt, lässt er nicht zu, dass sich unsere Lippen voneinander lösen. Mit hektischem Herzen liege ich unter ihm, spüre die Schwere seines Körpers. Ich schlinge beide Beine um seine Hüfte, sodass ich seine Erektion direkt in meinem Schritt spüre. Benedicts Lippen fließen von meinem Mundwinkel über meinen Kiefer bis zu meinem Hals, während er mit dem Daumen über meine Unterlippe streicht. Kurzerhand nehme ich den Finger in den Mund, umspiele ihn mit der Zunge, sauge daran, bis Benedict heiser in meine Halsbeuge stöhnt.

»Du bist so schön. So wun-der-schön.« Jede Silbe bedeutet einen Kuss auf meine empfindsame Haut.

Dann hält er plötzlich inne, zieht den Daumen aus meinem Mund und rollt seufzend von mir. Er verbirgt das Gesicht in seinen Händen.

»Was?«, frage ich, noch nicht in der Gegenwart angekommen. »Was hast du?«

»Wir müssen aufhören. Ansonsten kann ich mich nicht länger zusammenreißen«, murmelt er unter den Händen.

Ein verbotenes Lächeln legt sich auf meine Lippen. Ich schiebe mich auf die Seite und hebe den Kopf. Nah an seinem Ohr flüstere ich: »Seit ich dich kenne, muss ich immer an dich denken, wenn ich's mir selbst mache.«

Augenblicklich stehen die Haare auf seinen Unterarmen

elektrisiert in die Höhe. Ich komme seinem Ohr mit meinem Mund noch näher und küsse sein Ohrläppchen.

»Virginia«, seufzt er, und die tiefe Klangfarbe seiner erregten Stimme ist das Erotischste, das ich je gehört habe. Ruckartig nimmt er die Hände vom Gesicht und sieht mich streng an. »Ich ändere meinen Aggregatzustand bei dir. Von fest und entschlossen zu flüssig und willensschwach.«

Ich lächle engelsgleich. »Das mag für den Großteil deines Körpers stimmen«, sage ich und wandere mit meinem Blick demonstrativ zu seinem Schritt. »Aber nicht für alle *Glied*maßen.«

»Du bist unglaublich«, sagt er grinsend und setzt sich auf, um sich den Pullover über den Kopf zu ziehen. Unverhohlen mustere ich seine leicht gebräunte Haut und die sehnige Muskulatur darunter. Er hebt die Bettdecke an, schlüpft darunter und bietet mir an, mich zu ihm zu legen. Bereitwillig nehme ich das Angebot an.

Benedict vergräbt sein Gesicht in meinem Haar, und ich spüre, wie er meinen Geruch einatmet. Mit den Fingern fahre ich die Konturen seiner Brustmuskulatur nach, seine Haut ist warm und seidig. Es dauert nur wenige Minuten, bis er in einen gleichmäßigen Atemrhythmus fällt.

Ich liege noch lange wach. Das Licht lösche ich erst, als der Sonnenaufgang wie flüssiges Gold unter der Gardine ins Zimmer fließt und auf den Boden tropft. Behutsam streiche ich Benedict die Locken aus dem Gesicht. Meine Lippen formen lautlos: »Ich habe mich auch in dich verliebt.«

Friedrich Schiller tapst mit wedelndem Schwanz zwischen unseren Köpfen umher. Als er mit seiner feuchten Zunge über meine Stirn leckt, seufze ich verschlafen.

»Ich glaube, er ist eifersüchtig.«

»Wie spät ist es?«, murmle ich und reibe mir mit beiden Händen den Schlaf aus den Augen. Ich spüre, wie Benedict sich in meinem schmalen Bett umdreht.

»Kurz vor elf.«

»Der Hund ist nicht eifersüchtig«, entgegne ich und strecke die Arme über dem Kopf aus, während sich Friedrich Schiller mit den Vorderpfoten auf meinen Brustkorb stellt und mich erwartungsvoll ansieht. »Er muss kacken.«

Benedict stützt sich auf einen Ellbogen und benutzt die andere Hand, um den Chihuahua zu streicheln. Herrlich wirr stehen seine Locken vom Kopf und seine Augen sind vom Schlaf klein. Er beugt sich zu mir herunter und küsst mich auf die Stirn. »Guten Morgen.«

»Morgen«, nuschele ich. »Kein Mundkuss vor dem Zähneputzen, was?«

Benedict wirft die Decke zurück und steigt aus dem Bett. »Genau«, bestätigt er. »Wir sind noch nicht so weit. In fünf Jahren können wir über Mundgeruchküsse nach dem Aufwachen sprechen.« Suchend sieht er sich in meinem Zimmer um.

»Was brauchst du?»

»Den Korb, in dem du deinen Freund ungesehen aus dem Wohnheim schleust.« Er schlüpft in seine Stoffhose.

Ich deute in die Zimmerecke. »Danke. Daran könnte ich mich gewöhnen.«

Mit wackelnden Augenbrauen lädt Benedict Friedrich Schiller ein und verlässt das Zimmer. Ich bleibe liegen, hänge gedanklich in der vergangenen Nacht und körperlich im Tiefschlaf. Ob er es noch einmal zur Sprache bringen wird? Ob er erst mit mir schläft, wenn ich ihm gestatte, mir zu sagen, was er für mich empfindet? Ob er erst mit mir schläft, wenn ich es erwidere?

Bevor ich mich in diesem Gedankennetz verheddern kann,

gehe ich duschen, putze meine Zähne kusskompatibel und ziehe eine ausgewaschene Jeans und ein Top an, welches zwischen Hosenbund und Saum einen Streifen nackter Bauchhaut zeigt. Als ich zu meinem Zimmer zurückkehre, steht Benedict vor der Tür. Aus dem Einkaufskorb ertönen winselnde Laute, weshalb ich schnell die Tür aufschließe. Als ich an Benedict vorbeigehe, greift er nach meinem Handgelenk und zieht mich zurück.

Mit großen Augen schaue ich ihn an. »Was ist?«

Wortlos zieht er mich näher, sodass ich gegen seinen Brustkorb pralle. Mein Herz schnürt die Laufschuhe fest und setzt zum Sprint an.

»Nichts«, sagt er und vergräbt kopfschüttelnd die Nase in meinem Haar. »Du riechst bloß so gut. So unfassbar gut.«

Unter seiner Präsenz drohe nun ich, meinen Aggregatzustand zu ändern, wässrig und kopflos zu werden. Doch so überraschend, wie er mich zu sich gezogen hat, lässt er los und tritt in mein Zimmer, ich klebe an seiner Brust und stolpere hinterher. Benedict schließt die Tür hinter uns, sodass Friedrich Schiller aus dem Korb springen kann. Er muss mir zweimal sagen, dass er duschen geht, ehe ich verstehe.

»Ähm ... klar«, bringe ich hervor und trete zurück. »Ich warte auf dich.«

Seine Hand liegt bereits auf der Türklinke, als er verharrt und sich halb zu mir umdreht. Ich hoffe, dass er sagt: *Komm mit mir*, und bin sicher, dass er darüber nachdenkt. Doch dann zuckt er die Schultern und geht – allein.

Ich gucke, als hätte ich ein Gespenst gesehen, als Benedict sich frisch geduscht und in allerbester Polohemd-Manier auf den Schreibtischstuhl setzt, mich ansieht und fragt: »Und? Was wollen wir heute machen?«

Aus dem Hemdsärmel kann ich mindestens eine Instanz schütteln, die haargenau weiß, was Benedict heute macht: seinen Terminkalender.

Ich lasse mich auf der Bettkante nieder. »Musst du nicht in die Uni? Oder arbeiten?«

»Ob ich muss? Natürlich muss ich. Aber die ersten beiden Kurse habe ich verpasst. Vielleicht ist heute ein guter Tag, um zu lernen, entspannter zu sein.«

Um zu lernen, entspannter zu sein. Weil er sich ausnahmsweise keine Ritalinpille einwirft? Ich erschrecke vor meinen Gedanken, kann aber nicht verhindern, dass sie sich wie ein Räuberhaufen in meinem Kopf tummeln. Der Schutz der Nacht ist vorbei, für gewöhnlich ist man tagsüber der Realität ausgeliefert.

Nervös knete ich meine Hände. Ich fühle mich wie ein neugeborenes Gnu, das seine ersten wackeligen Schritte geht, als ich vorsichtig sage: »Ich glaube, du hast zu viel zu tun.«

Benedict winkt ab. »Unsinn. Ambitionierte Ziele erfordern eine ambitionierte Leistungsbereitschaft.«

Himmel, er hört sich an wie ein Kapitalismus-Einmaleins-Ratgeber. Ich wiederhole mich: »Ich glaube wirklich, dass du dir zu viel zumutest. Es ist okay, eine stressige Phase zu haben. Aber du hast keine stressige Phase, dein Leben *ist* stressig.«

Seine Augen werden schmal. »Wie meinst du das?«

»Ich habe deinen Terminkalender gesehen.«

Irritiert zieht er die Brauen zusammen. »Na und? Uni, Nebenjob, Hobbys – viele Studierende bringen das unter einen Hut.«

»Aber nicht jede Minute der Siebentagewoche muss verplant sein. Diesem Druck hält niemand dauerhaft Stand, Benedict.«

Ich sehe es in seinem Gesicht. Wie er die Schotten dichtmacht und mich aussperrt. »Ich muss mehr tun als andere. Nicht jede Person ist wie du, Ginny, nicht jeder hat deine Auffassungsgabe.«

Ich rudere zurück. »Ich verstehe, dass Jura ein forderndes Fach ist. Aber …« Tief Luft holen. »Aber leistungsfördernde Substanzen zu nehmen, ist sicherlich keine Lösung.«

Stille. Benedict starrt mich an und seine gesamte Körperhaltung ist eingefroren. Ich erhebe mich von der Bettkante, doch als er vor mir zurückzuckt, sinke ich wieder nieder. »Ich habe die Pillen gestern auf deinem Schreibtisch gesehen«, erkläre ich. »*Burn-it-out*, um dem Burn-out vorzubeugen?«

Seine Haltung wird noch abwehrender. Er verschränkt die Arme vor der Brust und mustert mich aus eisigen Augen. Er hat die Flucht nach vorne gewählt. Er wird nicht abstreiten, dass er die Tabletten nimmt. Er wird die Sache auch nicht beschönigen. Aber er wird sich mir auch nicht anvertrauen.

»Benedict …«

»Nein.« Er schüttelt den Kopf. »Du verstehst es nicht. Du *kannst* es nicht verstehen. Alle sagen, sei einfach du selbst, kenne deine Stärken *und* Schwächen. Und ich frage dich, wie? Wie soll das funktionieren?« Seine Stimme schaukelt sich hoch. »Als sei dieses *Selbst* etwas Definitives, etwas Finales, das ich aus dem Kleiderschrank nehme und mir überziehe. Ich laufe die Straße hinab – ah ja, da liegt mein *Selbst*, heb ich's doch auf und nehm's mit! Als sei mein *Selbst* ein fertiger Zustand, den ich nur zulassen müsste. Zack – Schalter umlegen und *man selbst sein.*« Er löst die Arme vor der Brust und beugt sich vor. Sein Pokerface hat wütend verzweifelte Risse bekommen und seine Stimme wird bedrohlich ruhig, als er sagt: »Aber mein *Selbst* ist roh, fragil und scheu. Und irgendwie gehört nur wenig davon mir. Der Rest besteht aus äußeren Einflüssen, Angepasstheit, stereotypem Verhalten, Anerkennung von anderen Menschen. Mein *Selbst* fühlt sich nach zehn Prozent innen und neunzig Prozent außen an. Also, wer soll ich dann einfach sein?«

Die Dringlichkeit seiner Frage lässt mich stottern.

Benedict steht auf und wirft resigniert die Hände hoch. »Ich arbeite hart«, sagt er. »Wirklich, *wirklich* hart, um genau diese Fragen zu beantworten: Wer bin ich? Wer soll ich sein? Wer kann ich sein?« Er geht zu seiner Tasche, stopft den getragenen Pullover von gestern hinein und zerrt am Reißverschluss. »Und ja, vielleicht greife ich das ein oder andere Mal zu einer Pille, die mich wach bleiben lässt. Andere trinken literweise Kaffee. Aber wie kann das verwerflich sein, wenn ich bereits so *verdammt* hart an mir arbeite?«

Bevor er die Tür hinter sich zuschlägt, sieht er mich so bitter an, dass ich eine Ahnung davon bekomme, wie kaputt er ist. Eine Weile bleibe ich auf der Bettkante sitzen und starre auf die Tür, die hinter ihm zugefallen ist.

KAPITEL 14

Als das Smartphone vibriert, fahre ich hoch. Mit aufgeschrecktem Herzschlag taste ich im Dunkeln nach dem Handy und finde es unter meinem Kopfkissen.

Ich habe Benedict siebenmal angerufen und jedes verdammte Mal hat er mich weggedrückt. Bei der Helligkeit des Bildschirms kneife ich die Augen zusammen, dann erkenne ich, von wem die Nachricht ist.

Sie ist nicht von ihm.

Sie ist von Benny.

Benny: *Sorry für die späte Störung. Bin auf Fabians Party. Benedict ist auch hier und echt fertig. Ich hau jetzt ab, aber vielleicht kommst du vorbei?*

Mein Herz rutscht zwei Etagen tiefer. Was soll das heißen, Benedict ist *echt fertig*? Gleichzeitig strample ich die Bettdecke von den Beinen und springe aus dem Bett. Dabei verheddere ich mich in dem Stoff, sodass ich auf allen vieren auf dem Teppichboden aufschlage. Aus Friedrich Schillers Richtung kommt ein Jaulen. Ich erreiche den Schalter und knipse das Licht an, mein Hund steht verschlafen in seinem Körbchen und beobachtet mich mit großen Augen.

»Keine Sorge«, sage ich zu ihm, während ich in eine Jeans steige. »Ich bin gleich wieder da.« Hektisch ziehe ich mir ein Shirt über, küsse den verwirrten Hund auf den Kopf und schnappe mir sowohl Jutebeutel als auch Jeansjacke. Als ich mein Zimmer verlasse, ist es 00:21 Uhr. Ich habe neun Minuten, um zu der Bushaltestelle am Campus zu laufen und den letzten Nachtbus zu erwischen. Auf der Fahrt starre ich gebannt auf mein Handy, weil ich fürchte, dass Benny sich noch einmal meldet. Ich bin allein im Bus, und der Fahrer erkundigt sich mehrere Male, ob alles okay sei. Ich blicke vom Smartphone auf, lächle miserabel und bedanke mich. Dabei kann ich nur daran denken, was *echt fertig* bedeutet. Und kurz daran, ob ich Ängste, die ich sonst bei meiner Mutter verspüre, auf Benedict projiziere.

Ich verlasse den Bus und gehe die lange Straße hinab, die nach wenigen Kilometern eine Biegung macht, an deren Ende die Villa von Fabians Eltern liegt. Meine Schritte werden schneller. Ich jogge, dann renne ich los. Meine Lunge hechelt dem Sauerstoff hinterher, während mir meine Gedanken einen Sprung voraus sind. Ist Benedict auf Ritalin? Was passiert, wenn man zu den Tabletten Alkohol trinkt?

Bei Fabian angekommen, schiebe ich das dunkelgrüne Tor auf und laufe den Kiesweg entlang. Auf dem Rasen liegen leere Plastikbecher und Glasflaschen, direkt vor der Haustür hat sich jemand übergeben. Ich klingele Sturm. Es dauert, bis Fabian öffnet. Aus feuerroten Augen mustert er mich.

»Hi«, sage ich, als von ihm nichts kommt. »Ist Benedict hier?«

Ein teuflisches Grinsen erscheint auf seinem mageren Gesicht. »Du bist eine Freundin von Sascha.«

»Richtig.« Ich steige über die Kotze und stehe direkt vor Fabian. »Ist Benedict hier?«

Schwungvoll wirft mein Gegenüber die Haustür auf, sodass sie klirrend gegen die Flurwand kracht. »Natürlich ist er hier. Hat heute Abend eine Menge Spaß.« Das Grinsen auf Fabians Gesicht wird noch gruseliger, sein Kopf erinnert an einen Totenschädel mit durchscheinender Hautschicht.

Ich lasse ihn in der Tür stehen und eile durch den Flur ins Wohnzimmer. Eine Handvoll Studierender hängt völlig zu in den Ecken, zwei Kerle schlafen auf dem Boden und eine Frau tanzt zu dem Song in ihrem Kopf in Slow Motion auf dem Tisch. Diesmal ist es nicht Trixi. Der Alkoholgeruch wabert schwer durch den Raum, doch es riecht nicht nur nach Hochprozentigem.

Ich entdecke ihn auf dem Chesterfield-Sofa vor dem Kamin. Er trägt ein weißes Hemd, dessen obere Knöpfe offen stehen, der Kragen ist hochgeklappt, die Ärmel umgeschlagen. Seine ausgestreckten Arme ruhen auf der Rückenlehne, in seinem Schoß bettet der Kopf einer Frau. Sie hängt mit den Beinen über der Seitenlehne und gestikuliert wild mit den Armen, während sie erzählt. Benedict wirft lachend den Kopf zurück, sein Kehlkopf vibriert.

Wenige Schritte vor dem Sofa bleibe ich stehen. Ich halte mich an dem Jutebeutel fest und möchte etwas sagen, doch mir fällt nichts ein.

Benedict hört auf zu lachen und hebt den Kopf. Als er mich vor sich sieht, reißt er die Augen auf. Sie sind blutunterlaufen, sodass seine blaugrauen Iriden in einem satten Rot schwimmen.

»Virginia.« Er klingt überrascht.

Die Frau hebt den Kopf aus seinem Schoß und mustert mich verwundert. »Ist sie das?«, fragt sie, kann ihren Kopf nicht länger aufrecht halten und kippt zurück.

Ich finde meine Stimme wieder. »Ist sie wer?«

»Na, die verurteilende Bitch, die nur Spielchen spielt.«

Ich würge die Erwiderung runter. Ich stehe nicht auf Bitching, sie kennt mich nicht und ich sie nicht, viel zu früh für Vorurteile und mieses Verhalten gegenüber anderen Frauen. Stattdessen fixiere ich Benedict mit meinem Blick. Ich presse die Lippen zu einem dünnen Strich zusammen und recke das Kinn.

Er weicht mir nicht aus. Quälend langsam lässt er seinen Blick über mich gleiten und mit jeder Sekunde Musterung gewinnt das kalte Lächeln auf seinen Lippen an Spannweite. In diesem missgünstigen Grinsen erkenne ich ihn nicht wieder.

»Was ist?«, spottet er. »Hat Emma nicht recht? Urteilst du nicht über mich? Spielst du keine Spielchen?«

»Du bist betrunken«, halte ich dagegen. »Und bekifft. Du kannst nicht klar denken.«

Benedict lacht verächtlich. Sein Ton ist höhnisch und verletzend, doch ich werde nicht auf sein selbstzerstörerisches Verhalten eingehen.

Ich reiche ihm die Hand. »Komm. Wir gehen.«

Er taxiert meine ausgestreckte Hand. Das eklige Grinsen wird asymmetrisch, sein Blick frostig.

Emma rappelt sich auf. Neugierig sieht sie von Benedict zu mir, mindestens so gespannt wie ich, ob er meine Hand ergreift.

Tut er nicht.

Er nimmt die Arme von der Lehne und setzt sich aufrecht hin. »Was soll ich bei dir?«, verhöhnt er mich und steht auf. Dabei schwankt er vor und zurück, fängt sich jedoch an der Sofalehne ab und kommt auf die Beine. Er tritt so dicht an mich heran, dass ich den Whisky in seinem Atem rieche. Ich weiche nicht vor ihm zurück, muss aber leicht den Kopf in den Nacken legen, um ihm weiterhin in die Augen zu gucken.

»Was soll ich bei dir?«, fragt er ein weiteres Mal. Sein Atem streift mein Gesicht, unsere Blicke duellieren sich, dann landet er einen ersten Stich: »Willst du mich wieder anbetteln, dass ich endlich mit dir schlafe?« Er reißt an den Manschettenknöpfen seines Hemds.

»Wie bitte?« Er hat es geschafft. Ich überlasse der Wut das Steuer. »Du bist nicht zurechnungsfähig, Benedict.«

»Komm schon, Ginny. Gib es zu. Du bist so scharf auf mich, dass du allein beim Klang meines Namens ausläufst. Aber du kannst es nicht ertragen, wenn ich dir sage, dass ich dich …«

»Stopp!«, sage ich und trete zurück. »Stopp. Halt den Mund. Nicht hier. Nicht jetzt.«

Ich hätte es nicht für möglich gehalten, dass Benedict mich derart feindselig angucken kann. Aber er kann. Sein Kiefer droht vor Spannung zu bersten. Er schnaubt verachtend, dreht sich um und wankt durch den Raum.

Polternd kracht Emma vom Sofa. Sie möchte sich aufrichten und ihm nachgehen, doch ich halte sie zurück. »Ich mach das«, sage ich, woraufhin sie nickt.

Durch die Terrassentür tritt Benedict hinaus in die Nacht. Ich werde mit jedem Schritt, den ich ihm nachgehe, zorniger. Ob auf ihn oder auf mich oder auf uns beide, kann ich nicht sagen.

»Warte«, rufe ich, doch er geht über die menschenleere Terrasse in Richtung Pool. Durch die Beleuchtung schimmert das Wasser diamantblau.

»Benedict, warte! Verdammt noch mal, bleib stehen!«

Abrupt tut er, was ich verlange. Er fährt zu mir herum, fuchsteufelswild und nicht Herr seiner Sinne. »Was willst du von mir?«, zischt er. »Im Ernst, Virginia, was ist es? Du bist gefühlskalt, selbstgefällig und allwissend.«

»Okay«, schreie ich zurück. »Wenn das das Spiel des Abends ist, dann steige ich ein. Du bist einfach nur peinlich. Deine ganze Show ist richtig peinlich.« Ich mache eine Handbewegung, die seine Erscheinung einschließt. »Statt mit mir zu reden, dröhnst du dich zu und verhältst dich wie ein Arschloch.«

»Wer ist hier das Arschloch?«, fragt er, und der Zorn in seiner Stimme lässt Donner grollen. »Du bist Fräulein Unabhängig. Und dann belehrst du mich wegen der Scheißpillen. Als wäre ich ein Schuljunge und du meine klugscheißende Mutter. Ich habe Bevormundungen satt, okay?«

Ich verschränke die Arme vor der Brust. »Ich bevormunde dich nicht. Aber ich würde dich liebend gern in den Pool schubsen, damit du wieder klar denken kannst.«

Benedict tritt an den Rand des Pools und streckt beide Arme von sich. »Worauf wartest du?«, provoziert er mich. »Trau dich.«

Natürlich schubse ich ihn nicht in den Pool.

»War ja klar«, spottet er. »Immer schön kontrolliert, was, Virginia Adam? Immer schön den Stock im Arsch, moralisch vertretbar und beherrscht. Bloß keine großen Gefühle.«

Ich schubse ihn doch in den Pool. Ich rieche den Qualm, als die Wut mit ihren geschäftigen Händen eine Sicherung durchtrennt. Mein Jutebeutel rutscht von der Schulter auf den Boden, dann stürze ich mit einem animalischen Laut auf ihn zu und stoße ihn ins Wasser. Ich kann mich nicht abfangen und falle hinterher, die Kälte lässt meinen Körper zusammenschrumpfen. Unter Wasser öffne ich die Augen und sehe durch die klare Flüssigkeit Benedict neben mir. Wie verirrtes Garn schwimmen seine Locken im Wasser, seine roten Augen sehen mich an, Luftbläschen verlassen im Schwall seinen Mund. Er umfasst meinen Unterarm, zieht mich an die Oberfläche, und als mein Kopf aus dem Wasser bricht, schnappe ich nach Luft.

Mit beiden Händen streicht sich Benedict die nassen Locken aus dem Gesicht. Sein weißes Hemd klebt wie eine zweite Haut an seinem Oberkörper.

»Wow«, sagt er. »Das hätte ich nicht erwartet.«

»Ich habe mir den Stock aus dem Arsch gezogen und möchte ihn an den überehrgeizigen Juristen weitergeben.«

In dieser Nacht habe ich nicht damit gerechnet, dass Benedict etwas anderes als Spott und verletzende Worte für mich übrig hat. Aber seine Züge werden sanfter, versöhnlicher.

Er schwimmt auf mich zu, das glänzende Licht, das sich im Poolwasser bricht, lässt ihn in einer gespenstischen Ästhetik erscheinen.

»Schieb es auf den Alkohol, das Gras, meinen heruntergekommenen Zustand«, sagt er. »Aber darf ich dir etwas Schnulziges anvertrauen?«

Obwohl ich mich fürchte, nicke ich. »Okay.«

»Du«, sagt er, leise und selbstvergessen. »Du und ich. Wir sind nicht wie Feuer und Wasser. Wir sind wie Feuer und Benzin. Ich brenne, aber wenn man dich über mich kippt, fackele ich alles lichterloh nieder.« Sein Blick hängt sich an meinen Lippen auf. Er wird noch leiser, seine Stimme kaum hörbar, wie die Sauerstoffblasen, die an der Wasseroberfläche zerplatzen.

»Aber ich weiß nicht, ob ich dem standhalten kann. Ich weiß nicht, ob ich unter dir kläglich verglühe?«

Ich kann nicht länger ertragen, wie er sich selbst kleinmacht. Langsam schüttele ich den Kopf, sodass mein nasses, schweres Haar hin und her schaukelt.

»Hör auf damit«, sage ich. »Hör auf, dich kleinzuhalten. Hör auf, dich hinter rührseligen Metaphern zu verstecken. Alles, was ich höre, ist deine Unsicherheit. Wieso zweifelst du so sehr an dir? Es ist okay, nicht zu wissen, was die nächsten fünfzig Jahre in deinem Leben abgeht. Du darfst so oft die Richtung wechseln, wie du möchtest, so oft in dir umräumen, sanieren, neu definieren, wie es sich für dich gut anfühlt.«

Akribisch mustern seine feuerroten Augen mein Gesicht.

»Die Worte verlassen deinen Mund wie eine sorgfältig ausgebildete Armee mit dem Auftrag, mich zu retten.« Er fährt sich mit einer Hand über das Gesicht und flucht zwischen den Fingern.

Ich strecke die Hand aus und will nach ihm greifen, doch er weicht mir aus. »Benedict?«

Wasser rinnt von seiner Stirn, einzelne Tropfen bleiben in seinen Wimpern hängen.

»Wieso nimmst du die Tabletten wirklich?« Die Frage rutscht mir zwischen den Lippen hindurch, ehe ich sie zu fassen kriege und unausgesprochen festhalten kann. Ich überlege, eine Entschuldigung hinterherzuschieben, jetzt, da wir uns nicht mehr anschreien. Doch ich beiße mir auf die Zungenspitze und lasse die Frage von den seichten Wellen zu Benedict treiben.

Ich will die Wahrheit. Die hässliche Wahrheit. Die Wahrheit, die scheiße wehtut.

Ich fürchte, dass er zu seiner verletzenden Maskerade zurückkehrt, doch als sich unsere Blicke treffen, erkenne ich den Schmerz in seinen Augen. Ein müder Schmerz. Ein alter Schmerz.

»Mein Vater denkt, ich bin der totale Loser«, wispert er, so tonlos, dass ich Mühe habe, ihn zu verstehen.

»Wieso sollte er das denken?«, frage ich. »Du bist großartig.«

Trocken lacht er auf. »Du verstehst es nicht.«

»Keine Sorge, wenn du es mir erklärst, werde ich verstehen. Ich bin hier, um dir zuzuhören.«

Er beißt die Zähne zusammen, sodass sich sein Kiefer anspannt. Seine Nasenflügel blähen sich auf, während sich seine Stirn in Falten legt. Als müsste er erst herausfinden, ob er mir vertrauen kann, starrt er mich durchdringend an.

Meine Finger fahren über die Wasseroberfläche und schneiden Miniaturstraßen durch das kühle Nass.

»Ich habe …«, beginnt Benedict, doch dann bricht er ab. Er schließt seine Finger zu einer Faust zusammen und schlägt auf das Wasser ein. Tropfen spritzen, treffen mich am Hals und im Gesicht.

»Fuck!«, flucht er. »Fuck, fuck, fuck.«

Ich ahne, dass ich die erste Person bin, die seinen Tablettenmissbrauch entdeckt hat. Die erste Person, die sein auf Lügen aufbauendes Bühnenbild zu Fall bringt. Und die erste Person, die ihn damit konfrontiert, weil es mir nicht gleichgültig ist, was mit ihm passiert.

Als ich den Mund aufmache, fährt Benedict dazwischen. »Lass gut sein, Ginny.«

Stoisch schüttele ich den Kopf. »Nein.«

»Nein?«

»Nein.« Ich bewege mich auf ihn zu. Er weicht nicht zurück, lässt zu, dass ich seine Hand ergreife und wir Richtung Beckenrand schwimmen. Als ich den Boden unter meinen Füßen ertasten kann, bleibe ich stehen und ziehe Benedict zu mir. Ich lege beide Hände auf seinen Oberkörper, das durchsichtige Hemd lässt seine Haut hindurchschimmern. Sein Herzschlag pulsiert gegen meine Handfläche. Er lässt mich keine Sekunde aus den Augen, während ich erst einen, dann den zweiten Arm um seine Mitte schlinge und meinen Kopf in seine kaltnasse Halsbeuge lege.

Starr verharrt er in meiner Umarmung. Ich halte aus, dass er steif bleibt und sie nicht erwidert, das macht nichts, denn heute Nacht habe ich genug für uns beide.

Irgendwann murmelt er: »Mir ist schlecht.«

»Okay«, erwidere ich und lasse los. »Vielleicht solltest du erst mal in einen Eimer und nicht gleich in den Pool kotzen.«

Als wir aus dem Wasser steigen, kommt Benedict wackelig auf die Beine. Ich biete ihm meine Stütze an, doch er lehnt ab.

Nachdem ich meinen Jutebeutel vom Boden gehoben habe, folge ich Benedict zurück ins Haus.

Emma liegt schlafend und zusammengerollt auf dem Chesterfield-Sofa. Benedict nimmt den Überwurf vom Sessel vor dem Kamin und deckt sie damit zu.

»Ist sie eine Freundin?«

Teilnahmslos zuckt er die Schultern. »Eine Kommilitonin. Wie du weißt, habe ich nicht viel Zeit für Freundschaften.«

Mehr als ein halbes Nicken bringe ich nicht zustande. Nachdem Benedict Emma ein Kissen unter den Kopf geschoben hat, folge ich ihm in den zweiten Stock. Am Ende des langen Flures stößt er eine weiß lackierte Holztür zu einem Badezimmer auf, das durch die Whirlpoolwanne und Sauna mehr an einen Spa als an ein gewöhnliches Bad erinnert. Das Licht der in die Decke eingelassenen LEDs bricht sich auf den Fliesen, sodass es aussieht, als tanzten feine Diamantsplitter in der Luft. Benedict dreht die ebenerdige Dusche auf.

»Ist dir immer noch schlecht?«, frage ich und trete unnütz von einem Bein auf das andere. Was soll ich tun? Mich verabschieden und zurück zum Wohnheim fahren? Wenn ja, wie? Um diese Uhrzeit fährt der Nachtbus nicht mehr. Andererseits möchte ich mich nicht aufdrängen, denn Benedicts versteinerte Miene spricht Bände.

Er beginnt, weitere Knöpfe seines Hemdes zu öffnen.

»Ähm …«, murmele ich und deute mit dem Daumen auf die Tür. »Ich warte besser draußen.«

Musternd geht sein Blick an mir auf und ab und er hebt abwartend die Augenbrauen. Nass und klamm klebt der Jeansstoff an meinen Beinen, Tropfen lösen sich aus den Spitzen meiner Locken und fallen auf die Fliesen. Okay, okay, ich könnte ebenfalls eine Dusche und trockene Kleidung gebrauchen. Erst jetzt, während der heiße Wasserdampf der Dusche das Badezimmer erwärmt, merke ich, dass ich friere.

»Du zitterst«, sagt Benedict wie auf Kommando. »Ich hole dir Sachen von Fabian. Du kannst als Erste duschen.«

Ich möchte ablehnen, doch Benedict lässt es nicht zu. »Geh bitte duschen. Ich besorge saubere Kleidung und etwas für meinen Magen.«

Aus einem Wandschrank holt er zwei Handtücher hervor, die er neben das Waschbecken legt. Als er sich der Tür zuwendet, öffnet er im Gehen die Schnalle seines Gürtels, und seine Finger dabei zu beobachten, wie sie das braune Leder lösen, lässt meine Haut prickeln. Ich schlucke, obwohl mein Mund trocken ist. Als ich mich von seinen Händen losreißen kann, treffe ich auf seinen intensiven Blick.

Stumm schauen wir uns an, lassen den Subtext sprechen. Benedict geht auf die Tür zu und ich trete ihm in den Weg.

»Frag mich«, platze ich hervor.

Schmerzhaft verzieht sich sein Gesicht.

»Frag mich«, bitte ich wieder, hebe die Hände und beginne zaghaft, sein Hemd weiter aufzuknöpfen, der feuchte Stoff schwer unter meinen Fingern. Knopf für Knopf öffne ich die Leiste, während unsere Blicke träge umeinanderkreisen. Sie finden ihren Rhythmus, schmiegen sich an, verhaken sich ineinander.

Mein Atem wird schwerer. Im Hintergrund nehme ich das Rauschen der Dusche und den emporsteigenden heißen Dampf wahr.

Am letzten Knopf angekommen, schlage ich beide Hemdflügel zur Seite und lege seine Haut offen. Wie Küsse fahren meine Fingerspitzen über seinen Oberkörper.

»Frag mich.«

Benedict atmet stoßweise. Er sieht auf meine Hände, dann

in mein Gesicht. Sekunden vergehen, ehe er flüstert: »Liebe oder Freiheit, Virginia?«

Ich sehe Furcht in seinen Augen, sehe rohe Verletzlichkeit. Er muss dasselbe in meinen sehen. Wir gucken beide nicht weg, gehen meiner Antwort nicht aus dem Weg, als ich sage: »Beides, Benedict. Bei dir habe ich das Gefühl, beides haben zu können.«

Er hebt die Arme und legt seine Hände über meine, schiebt seine Finger zwischen meine. So stehen wir dicht voreinander, unser Atem vermengt sich, ich fürchte, jeden Moment in die Luft zu gehen.

Benedict hebt unsere Hände an und presst einen Kuss auf meine Finger, dann lässt er mich los und tritt zur Tür.

»Ich hole trockene Kleidung«, sagt er und verlässt das Badezimmer.

Als die Tür mit einem Klicken ins Schloss fällt, zucke ich unmerklich zusammen. Ich bin angespannt und verunsichert und gleichzeitig erleichtert. Als ich mich aus der Jeans schäle, zittern meine Hände, nicht wegen der Kälte, sondern wegen der Offenbarung. Ich habe mich selbst entlarvt. Wenn ich den Mund aufmache, springt mir mein pumpendes Herz heraus.

Ich stelle mich unter den Wasserstrahl und drehe den Regler auf Anschlag. Heiß fällt das Wasser auf mich herab und färbt meine Haut krebsrot.

Als ich höre, wie die Badezimmertür geöffnet wird und schwere Schritte durch den Raum gehen, halte ich die Luft an. Ich halte, halte, halte, bis mein Brustkorb schmerzt.

Kleidung fällt zu Boden. Etwas Metallisches – die Gürtelschnalle – schlägt auf die Fliesen.

Durch die milchig durchsichtige Duschwand sehe ich seine Silhouette. Ich lege beide Hände an die Wand, zurück bleiben nur die Abdrücke, als ich mich zu Benedict herumdrehe, der zu mir unter die Dusche tritt.

Nackt stehen wir voreinander, sein Blick fiebrig auf mich gerichtet.

Ich sage seinen Namen und mein Tonfall verrät mich.

Benedict kommt auf mich zu, unsere Körper prallen aufeinander, ich falle gegen die Duschwand in meinem Rücken. Er schiebt die Hände tief in meine Locken, zieht meinen Kopf zurück und küsst mich.

Ich spüre seine Erektion an meiner Hüfte. Meine Arme legen sich um seinen Rücken, und meine Fingernägel kratzen über seine Haut, tief und drängend, weil ich nicht weiß, wohin mit meinem Verlangen.

Benedicts Hand gleitet meinen Nacken hinab, wenig später folgt sein Mund – über meinen Kiefer hinab zum Hals, über das Schlüsselbein zu meinen Brüsten. Ich halte es nicht länger aus und schiebe meine Hand zwischen die Oberschenkel. Als Benedict sieht, wie ich es mir selbst mache, wird seine Mimik schwer und begierig. Seine Hand gleitet von meiner Brust über den Bauch hinab.

»Zeig mir, wie du es magst«, fordert er mich auf, seine Worte vibrieren auf meiner Haut.

Ich nehme seine Hand und positioniere seine Finger, dann lege ich meine Finger über seine und bestimme den Druck. In kreisenden Bewegungen sorgen wir dafür, dass ich nicht weiß, wo oben, wo unten ist.

Das Wasser läuft über Benedicts Gesicht, bleibt in seinen Locken hängen, rinnt von seinem Kinn. Mit meiner freien Hand ziehe ich ihn dicht vor mich.

»Das wollte ich schon so verdammt lange«, sage ich und greife nach seiner Erektion. Benedict presst die Augen zusammen und stöhnt an meinem Mund. Rhythmisch bewege ich meine Hand auf und ab, jedes Keuchen seinerseits ein Ansporn.

Er verstärkt den Druck seiner Finger, wird schneller, massiert weiter. Mein Kopf fällt zurück, ich schließe die Augen und komme ihm mit meiner Hüfte entgegen.

Er ist überall – auf meiner Haut, in mir, in meinem Kopf und dort, wo mein Herz jeden Moment zerspringt. Ich rieche, schmecke und fühle ihn. Benedict über Benedict über Benedict. Als ich komme, dränge ich ein letztes Mal verlangend gegen seine Hand und stöhne kehlig.

Selbstzufrieden grinst er mich an.

Selbstzufrieden grinse ich zurück, als ich mich auf die Knie sinken lasse, unter mir die rutschigen Fliesen.

Sein Blick ist lustverhangen, sein Atem flach und angespannt. Er legt eine Hand an meinen Hinterkopf, als ich die Lippen um seinen Penis lege. Ich spüre, wie er mehr will, und ziehe mein frustrierendes Spiel in die Länge. Meine Hände streichen über die Rückseite seiner Oberschenkel, meine Fingernägel kratzen über seine Haut. In einer Langsamkeit fährt meine Zunge seinen Schaft hinab, dass Benedict ungeduldig stöhnt.

Ich erlöse ihn, erhöhe das Tempo, bewege mich auf und ab, gleite, lecke, auf und ab. Er verstärkt den Griff an meinem Hinterkopf, seine Finger krallen sich in meine Locken, sodass er den Rhythmus bestimmt.

Kurz bevor er kommt, will er sich aus meinem Mund zurückziehen.

»Geht in Ordnung«, sage ich, und er kippt, als ich mir mit der Zunge über die Lippen lecke. Der Wasserdampf vermischt sich mit seinem tiefen Stöhnen, als er seinen Penis zurück in meinen Mund schiebt.

Mir ist schwindelig, so herrlich höhenrauschschwindelig.

Benedict spritzt mir in den Mund. Ich lasse das Sperma aus den Mundwinkeln über mein Kinn laufen, es tropft auf meine Brüste und wird vom Wasserstrahl von meinem Körper gewaschen.

Ich komme auf die Beine, spucke den Rest Sperma auf den Boden und sehe Benedict an. Seine Wangen sind gerötet, sein Brustkorb hebt und senkt sich hektisch.

Er dreht an dem Regler. »Das Wasser ist viel zu heiß.«

Meine Atmung kehrt langsam zu einer Regelmäßigkeit zurück, meine Beine beben, alles glüht, glüht, glüht.

Benedict greift nach meiner Hand und zieht mich zu sich. Unsere nackten, nassen Körper treffen mit einem schmatzenden Geräusch aufeinander. Er legt seine Arme um mich.

»Virginia«, flüstert er. »Du weißt, was das zwischen uns ist.«

»Ich weiß.«

KAPITEL 15

Wir sitzen auf der Dachterrasse, auf der wir uns das erste Mal begegnet sind. Damals, als er Kafka im Dunkeln gelesen hat und ich die Sterne verfluchen wollte. Damals, als wir unsere Namen nicht kannten und nicht ineinander verliebt waren.

Ich trage eine Jogginghose von Fabian, die ich mir fest um die Taille geschnürt habe, ein T-Shirt, keine Unterwäsche.

In eine Decke gewickelt sitzen wir auf einem Liegestuhl, über uns der nachtblaue Himmel, der Mond kugelrund. Benedict sitzt hinter mir, ich zwischen seinen Beinen, meinen Rücken an seine Brust gelehnt.

»Ich habe mich wie das letzte Arschloch aufgeführt. Tut mir leid«, sagt er mit den Lippen an meinem Ohr. Er hat sich die Zähne geputzt, Wasser getrunken und eine Tablette gegen Übelkeit genommen.

»Ich bin also gefühlskalt, selbstgefällig und allwissend«, wiederhole ich seine Worte, um einen strengen Tonfall bemüht, doch ich kann das Schmunzeln in meiner Stimme nicht verbergen.

»Und klug und witzig und du kannst fantastisch blasen«, fügt er hinzu, während sein Mund mein Ohrläppchen kitzelt. »Nein, im Ernst. Ich habe mich in die Ecke gedrängt gefühlt.«

Die Stimmung zwischen uns hat sich verändert. Nachts ist man anders wach. Und wir hatten Sex.

Wir vertrauen einander. Wir machen auf, klappen unser Innerstes voreinander auf und sagen: *Da guck, da tut's weh. Das lässt mich verzweifeln. Und das bringt mich zum Weinen. Kannst du damit umgehen? Und: Bin ich bei dir sicher?*

»Virginia«, sagt er, während ich gleichzeitig seinen Namen nenne.

Ich beiße mir auf die Unterlippe. Damit Beziehungen Substanz bekommen, müssen sie intim werden. Benedict und ich schaffen das heute Nacht oder nie.

»Okay«, seufzt er und zieht mich enger an sich. Er bettet seinen Kopf auf meiner Schulter. »Ich habe … ich hatte Legasthenie.«

Ich bleibe stumm, möchte ihm Raum geben, sich zu erklären. Seine Stimme tönt in einer leichten Schamröte.

»Meine Eltern haben mich sehr früh gefördert. Seit meinem dritten Lebensjahr war ich im Kinderturnen, lernte neben Deutsch und Englisch auch Französisch, hatte eine Lehrerin, die einmal die Woche zu uns kam, um mit mir zu malen und zu rechnen. Trotz dieser Förderung konnte ich vor dem ersten Schuljahr weder lesen noch schreiben. In der ersten Klasse lud mein Lehrer meine Eltern zum Gespräch ein. Er vermutete eine Lese- und Rechtschreibschwäche und er hatte recht.«

Mit den Augen verbinde ich die Sterne zum Großen Wagen. Ich drehe den Kopf und küsse Benedict auf die Wange.

»Nach diesem Gespräch hat mein Vater getobt. Zunächst hat er den Klassenlehrer beleidigt, dann hat er alle Vorschullehrerinnen dafür verantwortlich gemacht, meine Schwäche nicht frühzeitig diagnostiziert zu haben. Ich erinnere mich, wie ich oben in meinem Zimmer warten sollte, während sich meine Eltern im Wohnzimmer gestritten haben. Natürlich habe ich vom Treppenabsatz gelauscht. Meine Mutter sagte, Legasthenie gebe es nicht, ich müsste mich mehr anstrengen.« Er seufzt müde. »Fünf spezialisierte Pädagoginnen haben meine Legasthenie bestätigt, bis es meine Eltern schließlich eingesehen haben. Dann ging's richtig los: An sechs von sieben Wochentagen lief neben der Schule, den Geigenstunden und Schwimmen ein umfassendes Förderprogramm. Selbst in den Sommerferien und im Urlaub hatte ich meine Materialien und Hefte dabei. Versteh mich nicht falsch, ich bin meinen Eltern sehr dankbar. Durch ihren finanziellen Status konnte ich so intensiv gefördert werden. Das ist ein Privileg, das viele Kinder nicht haben.«

Stück für Stück setzt sich das Puzzle in meinem Kopf zusammen. »Zum Verständnis …«, hake ich nach. »Den Kindern und Erwachsenen, die Legasthenie haben, fällt es deutlich schwerer, das Lesen und Schreiben zu erlernen?«

Benedict nickt. »Es kann in unterschiedlichen Schweregraden auftreten. Allgemein wird es als Entwicklungsstörung bezeichnet«, erklärt er widerwillig. »Oft umfasst die Störung das Lesen, das Schreiben sowie das Sprechen. Ich erinnere mich an Wortfindungsstörungen. Ich wusste genau, was ich sagen wollte, aber das passende Wort fiel mir nicht ein. Ich hatte starke Probleme beim Lesen, habe mich Silbe für Silbe abgemüht.«

Ich sehe nicht länger einen einundzwanzigjährigen jungen Mann vor mir, sondern einen verunsicherten Grundschüler. Als er mir in meinem Zimmer aus *Alles, was passiert ist* vorgelesen hat, war es nicht die Textmüdigkeit, die ihn zum Stocken brachte.

Eng schmiege ich mich an ihn und schlinge seine Arme um meine Mitte. Die Nacht wird heller. Das dunkle Blau taut auf und bekommt rosafarbene Schlieren.

»Ich hatte großes Glück«, sagt Benedict. »Mit dem Förderprogramm meiner Eltern haben wir die Legasthenie auf dem Gymnasium nicht einmal mehr thematisieren müssen.«

»Aber es setzt dich immer noch unter Druck?«

»Manchmal …«, beginnt er und spielt mit meinen Fingern. »Manchmal werde ich panisch. Heute noch. Ich verwechsle Buchstaben, schreibe *dlau* statt *blau*, oder mir unterlaufen Fehler bei der Satzbildung. Dann muss ich mich beruhigen und daran erinnern, dass ich nicht mehr das Kind von damals bin.«

»Deswegen nimmst du die Tabletten«, sage ich. »Um deine Leistung zu steigern? Wem willst du etwas beweisen? Dir selbst? Oder deinen Eltern?«

»Oh, man«, murmelt er. »Ich hätte nicht gedacht, dass mich dieses Gespräch solche Überwindung kostet.«

»Das ist okay.«

»Ich bin meinen Eltern für ihre Hilfe dankbar. Aber vor allem mein Vater hatte Probleme zu verstehen, dass diese Lese- und Rechtschreibschwäche nicht mit Vorlesen und Diktateschreiben in den Griff zu bekommen ist. Einmal …« Er gerät ins Stocken. »Einmal sollte ich ihm vorlesen und hatte dabei große Schwierigkeiten. Ich habe gestottert und konnte mir den Inhalt nicht merken. Er ist ausgerastet, hat mich angeschrien, wie *dumm* ich sei. Immer wieder, wie dumm ich sei, dass ich *zu* dumm sei.«

»Oh Benedict …«

»Er hat auf einer Intelligenzdiagnostik bestanden.«

Ich drehe mich zu ihm um. »Das tut mir so leid.«

»Es ist eine Entwicklungsstörung. Es sagt nichts über die Intelligenz eines Menschen aus«, sagt er, wobei er mich nicht angucken kann. »Aber …«

»Aber es macht etwas mit dir. Es macht etwas mit deinem Selbstwertgefühl und deinem Selbstbewusstsein.«

Als ich ihn völlig überarbeitet an seinem Schreibtisch aufgefunden habe, lag ein Duden neben seinen Gesetzesbüchern. Immer wieder hat er mir gesagt, er müsse mehr als andere Jurastudierende tun.

»Er ist ein toller Vater. Er liebt und unterstützt mich. Aber er gibt mir auch das Gefühl, nicht genug zu sein. Vielleicht gibt aber auch gar nicht *er* mir dieses Gefühl, sondern ich mir selbst? An manchen Tagen frage ich mich, ob er mir die Kanzlei überhaupt anvertrauen wird.« Aus Benedicts Stimme tropft der Schmerz. Ein kindliches Streben nach Anerkennung, welches ihn heute zu einem überehrgeizigen Workaholic macht.

»Ich wurde nach meinem Großvater benannt«, erklärt er. »Der beispiellose Benedict Bennett. Doch seit ich mich erinnern kann, nennt mich mein Vater Nick. Er hat noch nie Benedict gesagt.«

Ich lege meine Hände auf seine und verschränke unsere Finger miteinander. »Keine Sorge. Ich werde dich bei deinem vollen Namen nennen. Es ist mir die Mühe wert, Benedict.«

Dann beiße ich mir auf die Zunge, kneife die Augen zusammen und gebe mir einen Ruck, gebe ihm etwas für sein Vertrauen wieder.

»Meine Mutter …«, beginne ich zaghaft. »Meine Mutter liebt mich zu sehr. Sie ist eine miserable Gärtnerin. Sie tötet Pflanzen, weil sie ihnen *zu viel* Wasser gibt.«

Der Himmel leuchtet himbeerrosa, die aufgehende Sonne pinselt gelbe Streifen auf den Horizont. Die Sterne und der runde Mond verblassen, die Nacht verklingt. Ich stelle mir eine Pfütze vor, in der sich der Mond spiegelt und aus der ich Teile des Himmelskörpers schöpfe.

Ich spüre, wie Benedict mich von der Seite ansieht, doch mein Blick bleibt nach oben gerichtet. »Sie liebt mich so sehr, dass mich das schlechte Gewissen plagt, ausgezogen zu sein und zu studieren. Ich wollte nach Berlin, Sozialwissenschaften an der Humboldt studieren, aber ich bin in Havenitz geblieben. Noch schlimmer, ich habe meinen Studienstart über ein Jahr hinausgezögert.« Nun bin ich es, die entkräftet seufzt. »Ich frage mich, wer sie ohne mich ist. Liebe geht für mich mit Verantwortung einher, mit dem Drang, sie beschützen zu wollen. Ihr Wohlbefinden steht über meinem. Ich weiß, das ist ungesund. Aber so empfinde ich die Liebe zu meiner Mutter. Ich kann sie nicht allein lassen, andererseits engt es mich ein, ihr nah zu sein. Ich beschränke mich für sie. Das raubt mir meine …«

»… Freiheit.«

Ich drehe den Kopf. Unsere Gesichter sind sich nah. In seinen Augen schimmert der Sonnenaufgang.

»Richtig.«

Wir wissen beide, dass wir heute Nacht eine Grenze überschritten haben, die es unmöglich macht, zurückzukehren. Wir können unsere Worte voreinander nicht ungehört machen. Was gesagt ist, ist gesagt. Was anvertraut ist, ist anvertraut. Wir haben innerlich gefickt.

Er klemmt Locken hinter mein Ohr. »Ich bin hier, okay?«

»Ich bin auch hier, okay?«

»Okay.«

Und dann streicht er mit seinem Mund über meinen und lässt mich vergessen, wo es wehtut.

Als die Sonne aufgegangen ist, fragt mich Benedict, ob wir zu ihm nach Hause gehen. Ich nicke, weil ich übermüdet und aufgedreht bin.

Im Badezimmer klauben wir unsere Kleidung auf und gehen nach unten. In der Küche treffen wir auf Fabian. Benedict reicht mir ein Glas Orangensaft, als sein Cousin durch den Türbogen wankt und sich auf der Kücheninsel abstützt. Sein zugedröhnter Blick geht von mir zu Benedict.

»Das sieht nach einem *guten Morgen* aus«, sagt Fabian und

grinst dreckig. Er trägt einen Jogginganzug von Louis Vuitton und riecht nach Gras.

Wie jedes Mal, wenn ich Fabian begegne, komme ich nicht umhin, mich zu fragen, wie in aller Welt er und Benedict miteinander verwandt sein können. Fabians Ausstrahlung ist unangenehm und herablassend, und ich fühle mich in seiner Gegenwart so ungewollt wie Hundescheiße, die am Stiefel klebt.

»Morgen«, sagt Benedict und schüttelt die Saftflasche. »Auch was?«

»Ich bin überrascht, Cousin«, provoziert Fabian, Benedicts Frage übergehend. »Gestern Abend Emma, heute Morgen die da.« Er wirft mir ein überhebliches Lächeln zu. »Sorry, dein Name ist mir entfallen.«

Ich mache den Mund zu einer Erwiderung auf, doch Benedict kommt mir zuvor. »Halt die Klappe.«

Biologisch gesehen ist der Radius, in dem ich meine Augen verdrehen möchte, nicht möglich. Ich trinke den Orangensaft aus und stelle das Glas in die Spülmaschine. »Lass uns abhauen«, sage ich zu Benedict und an Fabian gewandt: »Ich wasche deine Klamotten und bringe sie dir vorbei.«

Fabian starrt auf die Jogginghose und das Shirt, das ich von ihm trage. Als er nichts erwidert, gehe ich aus der Küche.

»Sag Sascha, dass sie sich bei mir melden soll, verdammt«, knurrt er in meinem Rücken.

Ich stoppe, gehe rückwärts und bleibe vor ihm stehen. Sein Blick ist derart arrogant, dass das wütende Kribbeln in meiner Halsregion ausbricht.

»Hast du immer noch nicht verstanden, dass Sascha nichts von dir will?«, sage ich mit kontrollierter Stimme, wobei unsere Blicke miteinander ringen. »Schon mal überlegt, woran das liegt? Vielleicht daran, dass du ein widerliches Arschloch bist, das andere Leute wie Dreck behandelt, nur weil Mami und

Papi dir Geld in den Arsch blasen? Dabei pisst du dich vor Einsamkeit nachts selbst ein.«

Fabians Halsschlagader pulsiert. Er greift nach der Flasche, will mir den Orangensaft ins Gesicht kippen, kann sich aber in letzter Sekunde beherrschen.

»Du bist nur eine Nuttentochter«, zischt er, und Speicheltropfen treffen mich im Gesicht.

»Du …«, beginnt Benedict, doch ich hebe eine Hand und unterbreche ihn.

»Mag sein, dass ich nur eine Nuttentochter bin«, sage ich zu Fabian. »Aber im Gegensatz zu dir können mich die Menschen in meinem Leben leiden.«

Ich mache auf dem Absatz kehrt und gehe mit erhobenem Mittelfinger aus der Küche.

Benedict kommt mir hinterher. »Ginny …«

»Hör auf«, sage ich und deute mit der Hand auf meinen Mund. »Ich kann für mich selbst sprechen. Die Rolle des Beschützers kannst du wieder einpacken.«

»Ich will dich nicht entmündigen«, entgegnet er. »Es ist nur … Fabian war schon immer ein Wichser. Als Kinder haben wir uns dauernd geprügelt.«

»Sorry, aber dein Cousin ist ein Mensch, der diesen Planeten nicht zu einem besseren Ort macht.« Ich hänge mir den Jutebeutel mit meiner Kleidung über die Schulter.

»Er denkt wirklich, dass er über anderen Menschen steht«, sagt Benedict, während wir aus der Haustür treten. »Ich meine, er denkt das *wirklich*.«

Wir gehen die Einfahrt hinab. Die Luft ist süß von Maiglöckchenduft und die Vögel singen lautstark in den Bäumen. So wie ich trägt Benedict Jogginghose und T-Shirt, ist barfüßig und hat sich das weiße Hemd über die Schulter geworfen. Der Kies bohrt sich in meine nackten Sohlen.

»Tja«, entgegne ich. »Richtig gefährlich wird es, wenn Menschen wie er in Machtpositionen kommen.«

Benedict seufzt resignierend. »Ich weiß.«

Wir passieren das dunkelgrüne Tor und gehen die Straße hinab. Bis zum Haus der Bennetts ist es nicht weit. Es ist früh, sechs, sieben Uhr. Benedict streckt die Hand nach mir aus.

»Komm her«, sagt er, und ich muss laut lachen, weil ich schlaftrunken und aufgekratzt und irgendwie glücklich bin.

Susanna mustert uns von Kopf bis Fuß. Im Gegensatz zu uns trägt sie eine weiße Röhrenjeans, Ballerinas und eine ockerfarbene Seidenbluse. Ihre Locken sind aufgedreht und ihre Lippen in einem zarten Nudetone geschminkt.

»Guten Morgen«, sagt sie, tritt an ihren Sohn heran und küsst ihn auf die Wange. »Das sieht nach einer aufregenden Nacht aus.« Sie wackelt übertrieben mit den Augenbrauen.

»In Ordnung, Mama«, meint Benedict. »Virginia und ich gehen schlafen.«

Ich folge Benedict und Susanna durch den Flur in den Wohn- und Essbereich.

»Wenn deine roten Augen nicht besser werden, solltest du Augentropfen nehmen«, rät ihm seine Mutter.

»Welch schöne Überraschung am frühen Morgen«, dröhnt Theodor, als er uns erblickt. In Laufklamotten lehnt er an der Küchenanrichte und trinkt einen grünen Smoothie.

»Morgen, Dad«, sagt Benedict, und auch ich grüße artig. Theodor zieht sich das Schweißband vom Kopf und blickt auf seine Sportuhr. »Virginia, das Sekretariat hat dir bereits auf deine E-Mail geantwortet, aber ich möchte dir persönlich versichern, dass die Kanzlei gern eure Veranstaltung unterstützt.«

»Danke, Theo, das wissen wir zu schätzen.«

»Wer wird auftreten?«

»Bisher haben wir einen Rapper – *Queer Utopia* – und eine Poetry-Slammerin gewinnen können.«

»Fantastisch.« Theo stellt das leere Glas neben die Spüle. »Wenn ich Zeit finde, komme ich vorbei. Ich war noch nie auf einer feministischen Demo.« Er wischt sich mit dem Ärmel über den Mund und geht aus der Küche. »Ich muss los. Ihr beide seht aus, als müsstet ihr eine Runde Schlaf nachholen. Ich rechne heute nicht mit dir, Nick.« Theodor klopft seinem Sohn auf die Schulter, dann geht er zu Susanna und küsst sie auf die Stirn. »Danke für den Smoothie. Nächstes Mal weniger Spinat bitte.«

Benedicts Mutter nickt. »Hab einen schönen Tag«, wünscht sie, und als sich die beiden auf den Mund küssen, sehe ich weg.

»Möchtet ihr frühstücken?«, fragt Susanna, als Theo gegangen ist.

Ich schüttele den Kopf.

»Später vielleicht«, sagt Benedict, holt jedoch eine Wasserflasche aus dem Kühlschrank.

Als wir aus der Küche gehen, ruft Susanna: »Schlaft gut.«

In Benedicts Zimmer angekommen, lässt er die Rollläden runter. Das Sonnenlicht fällt durch die Schlitze in schmalen Streifen und Punkten auf das helle Parkett.

Ich ziehe mein Handy aus dem Jutebeutel und frage Sascha, ob sie sich heute um Friedrich Schiller kümmern kann. Für den Fall, dass sich eine von uns ausschließt, haben wir vor Wochen Zimmerschlüssel beieinander hinterlegt. Benedict kippt das Fenster, stellt die Wasserflasche auf den Nachttisch und zieht sich das Shirt über den Kopf.

»Kann ich eins von dir bekommen?«, frage ich, stecke das Smartphone zurück und deute auf das T-Shirt, das ich trage. »Und Boxershorts? Ich trage keine …«

Benedict hält in seiner Bewegung inne, sein Blick ist einnehmend, und er lächelt, dass die Grübchen auf seinen Wangen tanzen.

»Ich bin zu müde für Sex«, sage ich schulterzuckend.

Benedicts Lächeln wird breiter. »Ist okay. Wir können in ein paar Stunden auf deine fehlende Unterwäsche zurückkommen.«

Ich schlüpfe in seine Kleidung und wenig später zu ihm unter die Satinlaken. Auf der Seite liegen wir uns gegenüber, mein Bein über seiner Hüfte, seine Hand auf meinem nackten Oberschenkel. Unsere Gesichter sind nah voreinander, wir atmen im selben Rhythmus, es ist friedlich, meine Lider schwer.

»Benedict«, flüstere ich. »Ich möchte nicht, dass du dich wochenlang nicht meldest. Es ist okay, wenn du zu tun hast. Aber gib mir Bescheid, in Ordnung?«

Er spielt mit meinen Locken. »In Ordnung.«

Im Halbdunkeln betrachtet er mich. Mit den Fingern streicht er von meinem Haaransatz über die Schläfe, wandert über meine Wange bis zu meinem Kiefer. Er nimmt die Hand weg und rückt näher, sodass sich unsere Nasenspitzen berühren.

»Ich dachte, du willst mit mir deine Eltern provozieren«, sage ich.

»Ich glaube nicht, dass das funktioniert.«

»Wissen sie von dem Beruf meiner Mutter?«

»Nein. Aber es ist ein Beruf, keine Provokation.«

»Du könntest ihnen erzählen, dass du mir zu meinem nächsten Geburtstag eine Sterilisation schenkst.«

Benedicts kehliges Lachen bebt. »Wann hast du Geburtstag?«

»Am 18. September. Du?«

»Am 20. Januar.«

»Ein Winterkind.«

»Ein Winterkind.« Er reckt das Kinn und küsst meinen Mundwinkel.

»Weißt du, was ich gern esse?«

»Nein.« Ich spüre, wie er minimal den Kopf schüttelt. »Was ist es?«

»Tiefkühllasagne aus der Mikrowelle.«

»Die billige aus der Pappschachtel?«

»Die für 1,29 Euro.«

»Ich mag es, wenn du isst«, sagt er und weiß, dass ich den Subtext seiner Aussage verstehe. Aber ich bin müde, also schlinge ich den Arm um seinen nackten Bauch und mache die Augen zu.

Als ich aufwache, schwitze ich unter der Bettdecke. Durch das geöffnete Fenster weht eine warme Brise. Es ist Ende Mai, die Hitze des Sommers ist zu spüren, die Luft wird drückend. Ich schlage die Decke zurück und genieße den Zug in meinen Kniekehlen. Die Bettseite neben mir ist leer.

Ich lege den Arm über die Augen und atme mehrmals konzentriert ein und aus. Ausgeschlafen erscheinen mir die Ereignisse von letzter Nacht zu innig – unsere Geständnisse zu aufgeblasen, der Sex zu heiß, die Kontrolle ging verloren. Mit der flachen Hand fahre ich über Benedicts Bettseite. Das Laken ist unter seinem Körper knittrig geworden, der hellgraue Stoff fühlt sich zwischen meinen Fingerkuppen edel an.

Ich weiß nicht, ob ich hierhergehöre.

Andererseits zieht es verräterisch auf Brusthöhe, sobald ich an Benedict denke.

Ich steige aus dem Bett, krame meine dreckige Kleidung von gestern aus dem Jutebeutel und ziehe die Jeans ohne Slip an. Fabians Jogginghose und das Shirt stopfe ich in den Beutel, dann binde ich mir die Haare zusammen und trinke aus der halb leeren Wasserflasche.

Als ich aus dem Zimmer trete, ist das Haus still. Theodor ist in der Kanzlei, Susanna vielleicht einkaufen, Benedict? Keine Ahnung. Ich schleiche ins Badezimmer, drücke etwas Zahnpasta von der Tube auf meinen Finger und putze provisorisch die Zähne, ehe ich die Treppe ins Erdgeschoss nehme. Als ich auf dem Treppenabsatz stehe, geht die Haustür auf.

»Hey«, sagt Benedict, als er mich erblickt. Er balanciert Einkäufe auf den Armen und schließt mit dem Fuß die Tür hinter sich.

»Hey«, erwidere ich und nehme ihm eine Tüte ab, aus der ein Salatkopf guckt.

»Meine Mutter ist in der Stadt. Sie hat mich gebeten, einzukaufen, und da ich eher wach war als du …«

»Hast du es für eine gute Idee gehalten, mich allein zu lassen?«

In der Küche packen wir die Einkäufe aus. Benedict öffnet den Kühlschrank und stellt Hafermilch hinein. »Richtig«, sagt er, beugt sich zu der Tüte zu seinen Füßen und zieht eine Packung hervor.

»Ich bin nicht bestechlich«, sage ich, als ich die Tiefkühllasagne sehe. Ich beiße mir auf die Unterlippe, doch das Lächeln stiehlt sich auf mein Gesicht.

»Schade«, entgegnet Benedict, schließt den Kühlschrank und tritt an mich heran. Ich lege die Arme um seine Mitte und den Kopf zurück. Mit beiden Händen umfasst er mein Gesicht und presst kurze Küsse auf meine Lippen.

»Hast du Hunger?«

Habe ich nicht. Aber ich sollte etwas essen. »Klar.«

Benedict löst meine Hände in seinem Rücken, greift nach

der TK-Lasagne und liest die Packungsrückseite, wobei sich seine Stirn in ratlose Falten wirft.

»Gib schon her«, sage ich lachend und nehme ihm das Fertiggericht aus der Hand. »Du ziehst den Deckel ab und stellst es für wenige Minuten in die Mikrowelle«, erkläre ich und brauche einen Moment, um das Hightechküchengerät der Bennetts zu verstehen.

»*Das* isst du gern?«, fragt Benedict, als das Gericht in der Mikrowelle auftaut. »Ist nicht gerade gesund oder … kalorienarm.«

Ich hatte gehofft, eine passable Schauspielerin abzugeben. Aber nachdem mich Dilara auf mein Essverhalten angesprochen hat, sollte ich Benedict auch nicht länger für dumm verkaufen. Seine Mimik ist vorsichtig, abwartend, und ich erkenne die Gesprächseinladung, die er mir macht, doch ich kann sie nicht annehmen. Vielleicht irgendwann.

»Mam und ich haben das früher gegessen«, sage ich stattdessen. »Bevor unsere Mikrowelle regelmäßig für Stromausfälle gesorgt hat. Wir haben die Lasagne direkt aus der durchweichten Packung gelöffelt und saßen dabei auf den Treppenstufen vor dem Wohnwagen.«

Benedict lächelt. »Sie ist eine gute Mutter.«

»Ja«, bestätige ich. »Das ist sie.«

Wir decken den Tisch, und als sich die Mikrowelle piepend meldet, ziehe ich den heißen Pappkarton auf einen Teller und stelle ihn zwischen uns.

»Ich muss gleich zur Uni«, informiere ich ihn. »Ich treffe mich mit der feministischen Hochschulgruppe. Neuerdings verabreden wir uns dann, wenn die meisten Zeit haben …« Ich lasse den Satz auslaufen, um ihm die Möglichkeit zu geben, sich in meine Pläne einzuklinken.

Doch er bohrt die Gabel in die Lasagne und sagt: »Das

passt mir gut. Ich wollte sowieso kurz in die Kanzlei fahren.« Unsere Blicke treffen sich und er fügt mit vollem Mund hinzu: »Nur ganz kurz, ehrlich.«

»Aber zur Demo kommst du?«

»Klar«, entgegnet er. »Ich meine, eigentlich habe ich keine Zeit …« Als er mein entsetztes Gesicht sieht, grinst er diebisch. »Spaß, Ginny. War nur Spaß.«

»Haha«, erwidere ich trocken und stochere in dem Nudelgericht. Wann werden wir uns wiedersehen? Ob er, sobald ich zur Tür hinaus bin, in den gleichen unaufhaltsamen Arbeitsrhythmus fällt? Wird er sich eine Tablette einwerfen, um die Nacht in der Kanzlei durchzumachen?

»Bezüglich der Pillen …«, beginne ich, schiebe mir aber eine Gabel Lasagne in den Mund, um nicht weitersprechen zu müssen.

Sekunden vergehen – ticktack, ticktack –, ehe Benedict mir in die Augen sieht und sagt: »Erst mal werde ich keine nehmen, okay?«

Erst mal? Kann ich mehr verlangen? Sollte ich ihn direkt zu einer Suchtberatung bringen?

Benedict legt das Besteck beiseite und greift nach meiner Hand. Lose verschränkt er unsere Finger ineinander.

»Virginia?«

»Hm?«

»Ich kann dir nicht versprechen, nie wieder eine Pille einzuwerfen. Ich kann dir aber versprechen, dass ich mich dir anvertraue, dass ich es nicht mehr mit mir allein ausmache.«

Langsam ziehe ich meine Hand unter seiner hervor. »Ich schätze, das reicht mir fürs Erste.« Ich lege die Gabel auf den Teller und rutsche vom Barhocker. »Aber falls du dich im Laufe der nächsten Woche nicht meldest, weiß ich, wo ich dich finde.« Es klingt drohender als beabsichtigt.

Auch Benedict gleitet von der Sitzgelegenheit und begleitet mich zur Tür. »Soll ich dich zur Uni fahren?«

»Nein, ich nehme den Bus. Du hast noch Pläne.«

Unschlüssig bleibe ich vor ihm im Türrahmen stehen. Er tritt an mich heran und küsst mich auf den Scheitel. »Ich gebe mir Mühe«, versichert er. »Mit dir fällt es mir leichter, lockerzulassen.«

»Das ist ein gutes Zeichen.«

»Das ist ein verdammt gutes Zeichen. Grüß Dilara von mir.«

KAPITEL 16

Bevor ich in die Uni gehe, ziehe ich mir in meinem Zimmer einen frischen Slip an. Friedrich Schiller verbringt den Nachmittag bei Sascha. Sie hat mir ein Foto geschickt, auf dem mein Hund zusammengerollt in ihrem Schoß schlummert. Dazu schrieb sie: *Ich bin mir nicht sicher, ob du deine Ratte wiederbekommst. Küss Dilara von mir, ihr müsst heute ohne mich klarkommen.*

Neu eingekleidet erreiche ich den Seminarraum. Dilara sitzt am Pult, ein Klemmbrett vor sich, der Kugelschreiber wippt zwischen ihren Fingern. Grübelnd schürzt sie die Lippen.

»Wieso wirkst du allein durch das Klemmbrett so professionell?«

»Virginia!«, stöhnt sie und fasst sich erschrocken ans Herz. »Vielleicht liegt es gar nicht am Klemmbrett, sondern an meiner professionellen Ausstrahlung?«

»Oh ja. Du bist der geborene Boss.«

Dilara legt den Stift zur Seite und faltet ihre Hände auf dem Tisch. »Du siehst müde aus. Lange Nacht gehabt?«

Gähnend ziehe ich einen Stuhl heran, setze mich und verknote die Beine in einen Schneidersitz. »Kann man so sagen. Ich war bei Benedict und wir haben unseren ersten Streit erfolgreich bezwungen.«

»Aha?«

»Er war gestern auf Fabians Party. Meine Güte, dieser Typ ist zum Kotzen.«

Dilara zieht die Stirn in Falten. »Ich nehme an, du sprichst von Fabian? Ja, er ist *wirklich* zum Kotzen. Er lässt Sascha nicht in Ruhe. Sie hat mir gestern Nachrichten gezeigt, die er ihr geschrieben hat. Er schwankt minütlich zwischen Betteln und Beleidigungen. Ich mache mir Sorgen.«

»Ich mir auch«, gestehe ich und denke an das heutige Zusammentreffen mit ihm. »Sollen wir uns an jemanden wenden? An die Vertrauenspersonen der Uni? An die Polizei?«

»Wenn wir das hinter Saschas Rücken tun, dreht sie uns den Hals um.« Dilara macht eine entsprechende Geste mit den Händen. »Wir sollten noch mal mit ihr sprechen. Oder mit Fabian? Was meinst du?«

Ratlos blase ich die Wangen auf. »Ich fürchte, das ist eine Sackgasse. Ich kann mit Benedict reden.«

Dilara tippt sich nachdenklich mit dem Finger auf die Nasenspitze, dann nickt sie langsam. »Vielleicht das«, sagt sie. »Jedenfalls müssen wir Sascha beistehen. Er belästigt sie und setzt sie unter Druck. Auch wenn Sascha sich knallhart gibt, belastet es sie. Sie kommt heute nicht zum Treffen, weil sie *in letzter Zeit schlecht schläft.*«

»Es macht mich verdammt wütend.«

»Mich auch. Glaub mir, mich auch.« Dilara schüttelt den Kopf. »Wir müssen ihr das Gefühl geben, hinter ihr zu stehen.«

»Absolut«, bestätige ich, greife nach dem Klemmbrett und werfe einen Blick darauf. »Also, Boss, was steht an?«

»Ich werde nächste Woche anfangen, meine Redebeiträge zu schreiben und an meiner Moderation zu arbeiten. Dann brauche ich deine Hilfe. Für heute habe ich einen Appetithappen ausgewählt.«

»Judith Butler? Das nenne ich eine Delikatesse!«

Dilara grinst scharf. Dabei verziehen sich ihre herzförmigen Lippen und legen ihre geraden Zähne frei. »Weißt du, ich habe euch lange genug geschont. Ab jetzt heißt es: Zuckerbrot und Peitsche.«

»Ich habe Butler mit fünfzehn gelesen. Du kannst mir gar nichts.«

»Mit fünfzehn? Was sagt Benedict dazu, wenn ich ihm erzähle, dass er eigentlich mit Marie Curie schläft?«

»Keine Sorge, ich hab's mit fünfzehn versucht und kein Wort verstanden.«

»Ging mir ähnlich. Butler ist anspruchsvoll. Aber auch verdammt …«

»… geil!«

»Machst du mich gerade mit feministischer Theorie an, Virginia?«

»Wer macht hier wen an?«

Die nächste Stunde diskutieren wir im Plenum über Ausschnitte aus Judith Butlers *Gender Trouble*. Zunächst halten wir den Unterschied zwischen *sex*, dem biologischen Geschlecht, und *gender*, dem soziokulturellen Geschlecht, fest. Dilara teilt die Anwesenden in zwei Kleingruppen mit dem Auftrag, Geschlechterklischees aus dem Alltag zu sammeln, die unterstreichen, dass *gender* lediglich ein kulturelles Konstrukt ist. In der DNS-Doppelhelix junger Mädchen ist keinesfalls eingeschrieben, dass sie rosafarbene Rüschenkleider mögen, genauso wenig, dass Jungs verrückt nach Fußball sind.

Als Dilara weitergehen möchte und Ansätze aus Butlers Text filtert, die auch das biologische Geschlecht als Konstrukt verstehen, klinkt sich die Mehrzahl der Studierenden aus. Dilara verspricht, erläuternde Forschungsliteratur zur Verfügung zu stellen, und beendet das Gruppentreffen für diese Woche.

»Das war eine ziemlich heiße Nummer«, sage ich zu ihr, als die anderen ihre Sachen packen und den Raum verlassen.

Dilara schiebt das Klemmbrett in ihre Handtasche und sammelt die Stifte ein. »Butler ist kein Quickie. Sie ist Slow-Motion-Genuss.«

Ich lege ihr einen Arm um die Schulter. »Klingt, als hättest du ein Thema für die Promotion.«

»Vielleicht«, entgegnet sie, und ein stolzes Lächeln hebt ihre Mundwinkel. »Aber das …«

»Hey.«

Mein Arm rutscht von der Schulter meiner Freundin. Trixi steht vor uns. Durch Kajalstift und Eyeliner wirken ihre Augen wie pechschwarze Knöpfe, ihr kurzes Haar ist hochgegelt und sie trägt ein weinrotes bodenlanges Kleid.

»Hi«, sagt Dilara. »Was gibt's?«

Trixi macht es kurz. Ihre dunklen Augen bleiben emotionslos, als sie sagt: »Ich habe das mit dem Feminismus jetzt verstanden. Wirklich. Ich schmeiß mein Studium und mach eine Ausbildung zur Bürokauffrau.«

Perplex guckt Dilara von Trixi zu mir, der Mund leicht offen, ihre Mimik ein Fragezeichen.

Ich gehe rückwärts und hebe ratlos die Schultern. Mit Trixis Definition von Feminismus möchte ich mich nicht auseinandersetzen.

»Bis dann«, rufe ich durch den Raum und bin zur Tür hinaus, als mein Jutebeutel vibriert. Im Gehen fische ich nach dem Handy und verdrehe die Augen über mein albernes Herz, das zügellos in meiner Brust schlägt. Doch es ist eine Nachricht von meiner Mutter.

Hey, Zuckermäuschen, wie geht es dir? Hoffentlich gut! Kommst du demnächst mal wieder vorbei? Ich vermisse dich sehr. Kuss, Mam

Ich trete aus dem Seminargebäude in den lauen Maiabend. Schäfchenwolken grasen am Himmel. Es heißt, sie kündigen Regen an.

Es dauert wenige Sekunden, ehe Benedict abnimmt.

»Möchtest du heute Abend meine Mutter besuchen?«, frage ich ohne ein Wort der Begrüßung.

»K… klar«, stammelt er überrumpelt. »Ähm … ich mache gleich Schluss und hole dich beim Wohnheim ab?«

Zu gut erinnere ich mich an das erste Treffen zwischen Benedict und meiner Mam. Wie sie zugedröhnt und teilnahmslos auf der Matratze lag, wie aufgelöst ich war und wie Benedict mich tröstete. Zeit für eine zweite Chance.

»Super«, sage ich. »Sie wird sich freuen.« Dann lege ich auf und schreibe meiner Mutter, dass ich komme – in Begleitung.

»Ah«, macht Benedict. »Ich erinnere mich.«

Er parkt den Porsche unweit des rostigen Gartentors. Die Sonne trennt sich von der nördlichen Hemisphäre und lässt ihre letzten Strahlen wie Fangarme nach den Baumwipfeln greifen.

Ich schnalle mich ab und greife nach dem Türgriff, als Benedicts Hand hervorschnellt und mich festhält.

»Ich …«, beginnt er und räuspert sich. »Ist es wirklich okay für dich, wenn ich deine Mutter treffe? Ich meine …«

»Du meinst?«

Er blickt hinab auf den Schaltknüppel. »Wir haben Zeit, weißt du? Ich will nicht, dass es zu schnell zu ernst für dich wird.«

»Wir haben Zeit«, bestätige ich. »Aber ich möchte trotzdem, dass du Mam kennenlernst. Richtig kennenlernst.« Und es stimmt: Ich möchte, dass Benedict Mirella in ihrer Großartigkeit sieht, nicht als Schatten ihrer selbst. Ich weiß nicht, was er über sie denkt, aber ich weiß, dass er sie nicht verurteilt.

Benedict lässt mich los und nickt. »Okay. Auf geht's.«

Wir steigen aus dem Wagen, gehen hintereinander durch das Tor und den Pflasterweg entlang.

Mam empfängt uns vor dem Wohnwagen. Sie hat einen Tisch sowie zwei Bierbänke aufgestellt und an die Außenwand des Wagens Lichterketten mit Panzerband befestigt. Auf dem Tisch stehen PET-Wasserflaschen, Plastikbecher und Süßigkeiten. Die Annahme liegt nahe, dass hier ein Kindergeburtstag stattfindet, aber Mam hat auch an ein Tetrapack Wein gedacht. Sie steht mit einem dampfenden Topf in der Wohnwagentür, als sie uns erblickt.

»Zuckermäuschen!«, ruft sie, stellt den Topf auf den Tisch und kommt, gepunktete Topfhandschuhe tragend, auf uns zu. Ich gebe mir alle Mühe, ihre feste Umarmung zu genießen. Mit einem schmatzenden Kuss auf die Wange lässt Mam mich los. »Ich freue mich *so*, dass ihr da seid.«

Hell strahlt sie Benedict an. »Hallo«, sagt sie, schüttelt seine Hand und kommt nicht umhin, ihn mit ihrer anderen Hand am Oberarm zu berühren. Meine Mutter ist eine Berührerin. *Haptisch*, sagte sie einmal, *ich muss die Menschen haptisch haben.*

»Vielen Dank für Ihre Einladung«, sagt Benedict.

Mam weiß nicht, dass er bei ihrem letzten Tablettenmissbrauch dabei war. Er spielt das Spiel des ersten Kennenlernens vortrefflich mit. Selbst als meine Mutter seine Hand zu lange festhält, verzieht er keine Miene.

»Bitte«, sagt sie. »Nenn mich Mirella. Wenn du mich siezt, komme ich mir steinalt vor.«

Benedict lacht höflich. »Okay, Mirella. Schön, dich kennenzulernen. Ich bin Benedict Theodo … einfach Benedict.«

Mam zeigt mit einer einladenden Handbewegung zum

Tisch. »Kommt«, sagt sie. »Setzt euch. Zuckermäuschen, ich habe deine Lieblingssuppe gekocht.«

Meine Lieblingssuppe. Galant übergehen wir den Fakt, dass ich Tomatensuppe nicht aufgrund ihres einmaligen Geschmacks so häufig gegessen habe, sondern weil ich mit Mam erbitterte Kämpfe über meine Kalorienzufuhr geführt habe.

Ich setze mich neben Benedict auf die Bierbank. Mam stellt uns Plastikbecher vor die Nase. »Was möchtet ihr trinken? Wein? Ich habe auch Eistee da.«

Ohne unsere Antwort abzuwarten, springt sie in den Wohnwagen und kommt mit einer Flasche Eistee zurück. Abwechselnd füllt sie einen Becher mit Wein, dann mit dem zuckrigen Teegetränk.

Ich will mich nicht schämen. Ich will nicht darüber nachdenken, wie die Situation durch Benedicts Augen aussieht. Er ist in einem Haushalt aufgewachsen, in dem es für Rot- sowie Weißwein unterschiedliche Gläser gibt. Ich will mich nicht schämen – doch ich tue es trotzdem. Und ich möchte mich dafür ohrfeigen.

»Meine Tochter«, beginnt Mam in salbungsvollem Tonfall, »hat mich bis heute bezüglich ihrer Sexualität im Dunkeln tappen lassen. Und jetzt sitzt du hier, Benedict.«

»Was hat denn mein Fr… Was sagt Benedict denn über meine Sexualität aus?«, frage ich.

Mam schürzt die Lippen. »Stimmt«, überlegt sie. »Trotzdem darf ich annehmen, dass ihr … zusammen seid?« Sie zieht die Augenbrauen bis zum Haaransatz.

Synchron drehen Benedict und ich unsere Gesichter einander zu, öffnen die Münder, Hilfe suchend, stumm stammelnd.

»Oh Mann«, seufzt Mirella. »Das kann ja kein Mensch mit ansehen. Schlimmer als Vierzehnjährige.«

Ich greife nach dem Plastikbecher voll Wein und nehme einen großen Schluck, hauptsächlich, um den Mund voll zu haben.

Meine Mutter hebt abwehrend die Hände. »Hab schon verstanden«, sagt sie mit honigsüßer Stimme, schiebt Benedict einen Weinbecher zu und erhebt ihren eigenen. »Auf die erste Liebe meiner Tochter, die kein Ü-40-Politiker ist.«

Wir stoßen an.

»Wobei …« Mams Blick springt über Benedict. »Was studierst du?«

»Jura.«

»Das erklärt das Businesshemd an einem Freitagabend.«

Ich pruste los und sprühe Wein über den Tisch. »Genau das Gleiche habe ich auch gesagt«, rufe ich und hebe meine Hand, damit Mam zu einem High five einschlägt.

Benedict sieht schmunzelnd zwischen mir und Mirella hin und her. »Ach, daher kommt der … na ja … gewöhnungsbedürftige Humor«, sagt er ernst, sodass wir noch lauter lachen.

Bei unverfänglichen Gesprächen und schlechten Witzen löffeln wir die Tomatensuppe. Sie ist zu salzig, aber Mam reicht Brot und Benedict greift beherzt zu. Mirella und ich trinken Wein und Eistee durcheinander, Benedict fährt, weshalb er bei Wasser bleibt, und wir spielen ein Kartenspiel. Die Luft wird zartkühl, der Himmel tiefblau mit Sternen wie Glühwürmchen. Mam holt Decken aus dem Wohnwagen und Benedict nutzt die Abwesenheit meiner Mutter, um mir einen Kuss auf die Nase zu drücken.

»Ich mag sie«, sagt er. »Sie ist wie du und doch ganz anders.«

»Ach so?«

»Hmmm«, macht er zustimmend. »Sie ist herzlicher als du, aber nur auf den ersten Blick. Denn auf den zweiten hast du eine Menge von ihrer Großzügigkeit und Wärme.«

»Herrje«, stöhne ich. »Ist es das Wasser, das dich so rührselig macht?«

»Durchaus möglich«, nuschelt er in mein Haar, denn er hat den Arm um mich gelegt und seinen Kopf auf meinen gebettet.

Mam kommt mit den Decken zurück, sodass Benedict und ich uns eine teilen. Sie fordert uns zu einer Revanche im Kartenspiel heraus, und nachdem sie fünfmal hintereinander verliert, hat sie genug.

»Das ist doch ein abgekartetes Spiel zwischen euch«, schimpft Mam und sammelt die Karten ein. Als sie die Suppenschüsseln stapelt, an deren Rändern die Essensreste trocknen, springt Benedict von der Bierbank.

»Ich mache das«, bietet er an.

Mam beäugt ihn, als wolle er sie veräppeln.

»Nein, wirklich«, sagt Benedict auf ihren Blick hin. »Ich mache den Abwasch. Bisher habe ich nur gegessen, getrunken und gespielt. Ich kann mich nützlich machen.«

Meine Mutter lässt sich demonstrativ zurück auf die Bank fallen. »Gern«, sagt sie und verschränkt die Arme vor der Brust.

Benedict verschwindet mit dem dreckigen Geschirr im Wohnwagen. Ich kuschele mich tiefer in die Decke und genieße die kalte Luft, die die Haut an meinen Wangen spannen lässt.

»Du hast ihn schon erzogen, was?« Mam deutet mit dem Daumen auf den Wohnwagen.

»Quatsch. Ich erziehe meinen …« Jetzt sage ich es doch: »Ich erziehe ihn nicht. Er ist mein Freund, nicht mein Haustier.«

»War nur ein Scherz.« Mam zieht ein Päckchen Zigaretten aus der Tasche ihres Holzfällerhemds. Es sind wie üblich *Pink Elephants*.

»Du rauchst wieder?«

»Zuckermäuschen.« Sie zündet sich eine Zigarette an. »Verurteil mich nicht.« Wie ein Warnsignal glüht das rot glimmende Zigarettenende rot in dem Ozeanblau der Nacht.

»Das tue ich nicht.«

»Das tust du sehr wohl.«

»Vielleicht weil …«

Vielleicht weil das Rauchen ein Indiz dafür ist, dass es meiner Mutter nicht gut geht. *Das Zeug stinkt, ist sauteuer und meine Haut wird grau und runzelig davon*, sagte sie früher, wenn sie das Rauchen zum wiederholten Mal aufgeben wollte. Für ein, zwei Jahre klappte es, aber sobald der Stress zu übermächtig wurde, fing Mam wieder an. Das war so, als ich mir mit fünf Jahren das Bein brach, als ich eingeschult wurde, auf die Gesamtschule ging und zuletzt vor knapp zwei Jahren auf dem Abiball. Ich fand sie in der Toilette. In ihrem knappen Glitzer-Paillettenkleid und mit Lippenstift auf den Zähnen stand sie in der Ecke einer Kabine, zog hektisch das Nikotin in ihre Lungen und blinzelte die Tränen weg.

Mam, sagte ich damals. *Was ist los?*

Ach nichts, antwortete sie schniefend und wedelte mit der Hand, um den Rauch zu vertreiben. *Nichts … nichts … es ist nur … Du bist so verdammt erwachsen.*

»Ach, Virginia«, sagt sie jetzt, während der Rauch geisterhaft ihren Mund verlässt, ihre Lippen liebkost und in ihren Mundwinkeln wabert.

Ich beuge mich über den Tisch und greife nach ihrer freien Hand. »Du bist traurig, Mam.«

»Unsinn«, sagt sie. »Ich bin nicht traurig.«

»Du bist …«

»Nostalgisch. Ich bin nostalgisch. Weißt du, Zuckermäuschen, ich habe versucht, die Zeit am Schlafittchen zu packen, das Leben an der Gurgel zu erwischen und es zum Dableiben zu zwingen.« Sie ascht auf den Tisch. »Das wollte ich, als du deinen ersten Zahn verloren und deine erste Periode bekommen hast. Ich habe nicht viel hingekriegt. Aber du … du bist mir verdammt gut gelungen.« Mit dem Finger malt sie Kreise auf meinen Handrücken.

»Ich möchte ehrlich zu dir sein, meine Süße.« Ihr Lächeln ist wehmütig. »Seit du ausgezogen bist, gleicht mein Leben einem grauen Regentag. Als wäre ich bloße Beobachterin meiner eigenen Existenz. Ich sitze am Fenster und schaue zu, wie der Regen in dünnen Fäden den Weg dunkelgrau färbt. Darin liegt Schönheit«, sagt Mam achselzuckend. »Aber eine melancholische Schönheit. Tut auch weh.«

Ich ziehe meine Hand unter ihrer hervor und greife nach der pinken Kippe. Argwöhnisch verzieht sich Mirellas Miene, doch ich sage: »Gib schon her.«

Wortlos teilen wir uns die Zigarette. Der Rauch füllt meinen Mund mit Bitterkeit und züngelt wie Nebel empor.

»Zuckermäuschen«, sagt Mam irgendwann. »Ich komme schon klar. Jetzt habe ich wenigstens nicht mehr das Gefühl, die Zeit mit einer Notbremse anhalten zu müssen. Wenn man allein ist – so allein, dass der Herzschlag im Trommelfell hüpft –, vergehen die Jahreszeiten langsamer.«

Sie reicht mir die Zigarette. Ich rolle sie zwischen Daumen und Zeigefinger und beobachte, wie das glimmende Ende verbrennt.

»Ich liebe dich, Mam«, sage ich, ziehe ein letztes Mal an der Kippe und drücke sie auf dem Tisch aus.

Meine Mutter wischt sich mit dem Handrücken über die Augen. »Ich weiß«, wispert sie. »Ich liebe dich auch.«

Wir lassen die Worte wie eine Leuchtreklame in der Nacht stehen. Wegweisend und störend zugleich.

Benedict streckt den Kopf durch die Wohnwagentür. »Der Abwasch ist erledigt.«

Mirella erhebt sich von der Bank. »Danke schön.«

Ich lasse die Decke fallen und stehe ebenfalls auf. Langsam gehe ich zu Mam und stelle mich hinter sie.

»Schön, dass ihr mich besucht habt«, sagt Mirella.

»Es war ein sehr schöner Abend«, entgegnet Benedict. »Vielen Dank dafür.«

Ich lege meine Arme um Mams Mitte. »Danke für den tollen Abend.«

In meinen Armen dreht sie sich um und erwidert meine Umarmung. »Danke für die geteilte Zigarette, Zuckermäuschen.« Sie drückt mich ganz fest und lässt dann abrupt los.

Benedict hält ihr höflich die Hand hin, aber Mam übergeht die Geste und umarmt ihn.

Wir sind schon fast zwischen zwei Wohnwagen hindurch, als Mam ruft: »Benedict? Du weißt schon, dass ich die Rolle des steinharten Daddys übernehme. Brichst du meiner Tochter das Herz, breche ich dir den Schwanz.«

Benedict lacht überfordert.

»Ist okay, Daddy«, rufe ich meiner Mutter zu und schicke eine Kusshand hinterher.

Benedict fährt mich zurück zum Wohnheim. Es ist still zwischen uns, denn ich hänge dem Besuch bei Mam hinterher und sehe, wie Nebelschwaden eine Liebesbeziehung zwischen Mutter und Tochter an die Fensterscheibe des Porsche malen.

»Ginny«, sagt Benedict, als wir auf dem Parkplatz stehen. »Sonntagabend geben meine Eltern eine Vernissage. Möchtest du mitkommen?«

»Eine Vernissage?«

Mein Gegenüber nickt. »Es kommen furchtbar wichtige

Leute, die furchtbar wichtige Häppchen bei furchtbar wichtiger Kunst zu sich nehmen.«

»Das klingt ja furchtbar.«

»Absolut«, bestätigt Benedict, während er das ironische Lächeln auf den Lippen balanciert. »Deswegen würde ich mich über Unterstützung freuen.«

»Ich treffe mich am Sonntag mit Dilara, Sascha und Benny«, überlege ich laut. »Aber abends habe ich Zeit.«

»Perfekt. Ich hole dich um sechs ab.«

»Okay.« Ich löse den Sicherheitsgurt und beuge mich über die Mittelkonsole. Kurz vor Benedicts Lippen stoppe ich. »Wir sollten zusammen Mittagsschlaf machen.«

»Mittagsschlaf? Seit wann machen wir wieder in Windeln?«

Ich schüttele leicht den Kopf. »Sei nicht albern. Mittagsschlaf ist brillant – entspannend, unproduktiv, und er teilt den Tag in zwei Hälften.«

»Hmmm«, macht er nachdenklich. »Ich denk darüber nach.«

»Das solltest du.« Ich überbrücke die letzten Zentimeter und küsse ihn auf den Mund.

Als ich die Wagentür öffne, weht eine kalte Brise ins Innere. Mit der Hand am Türgriff halte ich inne. »Es ist doch nicht schlecht, wenn die Jahreszeiten langsamer vergehen, oder?«

»Ich denke nicht«, antwortet Benedict gedehnt. »Kommt darauf an, wie sehr man sie genießen kann.«

Dilara, Sascha, Benny und ich treffen uns Sonntagmittag im *Habibi*. Wir stoßen mit Zimttee an – auf Unterwäsche aus Baumwolle, so Sascha, auf regnerische Sonntage, meint Dilara, auf Trockenshampoo, sagt Benny, auf unsere Freundschaft, fühle ich.

»Weil wir gerade so gemütlich beieinandersitzen …«, verkündet Benny und schwingt die Gabel wie ein Zepter, »… habe ich euch eine Neuigkeit zu verkünden!«

Ich tunke eine Ecke Naan in den Hummus, kaue bedächtig und sehe Benny erwartungsvoll an.

»Aha«, macht Sascha. »Dann hau mal raus.«

Benny legt das Besteck ab, setzt sich gerade hin und faltet seine Hände im Schoß. »Also …«, beginnt er und legt eine dramatische Kunstpause ein. »Ich werde ausziehen. Vor zwei Tagen habe ich mir eine Wohnung in der Südstadt angeguckt, und was soll ich sagen? Einbauküche, Balkon uuuuuund Fischgrätparkett!«

Sascha verschluckt sich an dem Tee. Als sie röchelt, klopfe ich ihr auf den Rücken. »W… Waaas?«, krächzt sie mit Tränen in den Augen und hustet mehrere Male.

Benny nickt entschlossen. »Fischgrätparkett.«

Angesichts seiner enthusiastischen Miene sage ich: »Super! Wir freuen uns für dich.«

»Als ich gestern Abend nach einem Tinder-Date nach Hause gekommen bin, hat mich mein Vater gesehen«, erzählt Benny und blickt spannungsvoll in die Runde.

Als er nicht weiterspricht, fragt Sascha: »Und? Ich nehme an, dass dich dein Vater im Laufe deines Lebens das ein oder andere Mal *gesehen* hat.«

Bennys Augen weiten sich. »Er hat mich geschminkt gesehen. Full face of make-up.«

»Ohhhh.« Dilara kaut aufgeregt eine Falafel. »Und was hat er gesagt?«

Benny kann die Hände nicht mehr still im Schoß halten und beginnt, die Gurkenscheiben auf seinem Teller zu schichten. »Nun ja«, sagt er. »Er ist nicht ausgeflippt. Ich bin zur Tür hereingekommen in der Annahme, er sei beim Angeln. Aber er stand da am Treppenabsatz, und als er mich gesehen hat, ist ihm das Motorsportmagazin aus der Hand gefallen.«

Sascha grinst. »Das Motorsportmagazin.«

»Er stand da, stocksteif, und hat mich einfach angestarrt. Locker eine Minute lang, ich habe im Kopf die Sekunden mitgezählt«, erzählt Benny. »Irgendwann habe ich gefragt: *Papa?* Aber er hat nichts gesagt, hat mich nur angeguckt, und als ich es nicht mehr ausgehalten habe, bin ich hoch in mein Zimmer.«

»Er hat gar nichts gesagt?« Sascha beobachtet ihren besten Freund mit sorgenfaltiger Stirn.

»Als ich in mein Zimmer gegangen bin, musste ich an ihm vorbei. Unsere Schultern haben sich berührt, aber er war wie erstarrt. Ganz kurz – für den Bruchteil einer Sekunde – hatte ich Angst, so nah an ihm vorbeizugehen.« Benny sieht uns der Reihe nach an. »Ich …«

»Du wusstest nicht, wie er reagieren wird«, vollendet Sascha seinen Satz.

Benny nickt. »Als ich in meinem Zimmer war, hatte ich schweißnasse Hände und mein Herz schlug wie verrückt. *Bam, bam, bam.*« Er legt sich die flache Hand auf den linken Brustkorb. »Ich habe mich abgeschminkt und fieberhaft darüber nachgedacht, was ich ihm sagen soll. *Hey, Paps, ich bin nicht schwul*, war das Erste, das mir eingefallen ist. Wie bitter ist das?«

»Es tut mir so leid«, murmelt Dilara.

»Das sollte nicht das Erste sein, das du deinem Vater sagen möchtest, wenn er dich geschminkt sieht«, sage ich.

Benny zuckt die Schultern. »Tja«, seufzt er. »Ich hab's ihm auch nicht gesagt.«

»Redet ihr jetzt gar nicht mehr miteinander?«, fragt Sascha. »Das geht nicht. Er ist dein Vater.«

»Sascha«, erwidert Benny mahnend. »Keine Sorge, ich habe nicht mit meiner Familie gebrochen. Er ist in mein Zimmer gekommen. Ich wollte mich erklären, aber er hat mich unterbrochen und gesagt: *Bernhard, ich sage es dir nicht oft, aber du bist ein guter Sohn. Das gilt auch mit diesem Glitzerzeug in deinem Gesicht.*« Er verstellt seine Stimme so, dass sie wie ein in die Jahre gekommener Rasierapparat klingt.

»Bernhard«, imitiert Sascha mit tiefem Bass, woraufhin Dilara und Benny lachen.

»Ich muss deinem Vater recht geben«, sage ich, und alle drei Augenpaare richten sich auf mich. »Ich verstehe nicht, wie man dieses Glitzerzeug im Gesicht aushält. Ich bewundere es, aber ich kann's nicht.«

Benny grinst breit. »Virginia, wir können langsam anfangen. Erst ein bisschen Mascara, dann Lipgloss.«

»Lipgloss?«, quietsche ich. »Igitt. Da kann ich mir gleich Sperma auf die Lippen schmieren.«

Sascha wackelt verschwörerisch mit den Brauen. »Benedicts Sperma, hm?«

Meine Antwort lässt einen Moment zu lange auf sich warten, denn Saschas Augenbrauen ziehen sich nicht länger in die Höhe, sondern zusammen. »Moooment!«, ruft sie. »Was habe ich verpasst?«

Benny beugt sich über den Tisch und formt mit seinen Lippen überdeutlich: *Lipgloss, Lipgloss, Lipgloss,* während Sascha mich ungeduldig in die Seite pikst. »Erzähl schon. Na los, erzähl schon!«

Hilfe suchend sehe ich zu Dilara, doch diese zuckt die Schultern und steckt sich eine Tomate in den Mund. Also beginne ich zu erzählen – von meinem Besuch bei den Bennetts nach dem Fastenbrechen, dem Vorlesen, Benedicts wütendem Abgang am nächsten Morgen. Ich erwähne weder das

Ritalin noch seine Lese- und Rechtschreibschwäche, sondern behaupte, ich käme nicht mit seiner Arbeitseinstellung klar. Als ich bei der Duschszene angekommen bin, zeigt Sascha mit dem Finger auf mich.

»Ich wusste es«, sagt sie. »Du hast es faustdick hinter den Ohren.«

Ich ende mit dem Abendessen bei meiner Mutter und gebe zu, dass ich ihn vor mir selbst als *meinen Freund* bezeichne.

Benny stützt den Kopf in die Hand und blickt mich träumerisch an. »Ich shippe euch so sehr. Venedict.«

Ineinandergehakt gehen wir die Straße entlang. Der Himmel ist silbrig bewölkt, die Luft diesig und warm.

»Wisst ihr«, sagt Benny, der zwischen Sascha und Dilara untergehakt ist. »Die Situation mit meinem Vater hat mir Vertrauen gegeben. Ich möchte Verantwortung übernehmen, und deswegen werde ich ausziehen.«

»Vergiss es«, sagt Sascha zu Benny, der sie von der Seite ansieht und bettelnde Augen macht. »Du brauchst gar nicht so zu gucken. Ich werde keine Stunden meines Lebens opfern, um mit dir Möbel auszusuchen.«

Benny schiebt beleidigt die Unterlippe vor. »Schade. Dilara, habe ich bei dir bessere Chancen?«

»Vermutlich schon. Ich brauche sowieso einen neuen Tageslichtwecker.«

»Tageslichtwecker? Sicher, dass du Anfang zwanzig bist?«, frage ich.

Wir erreichen die Bushaltestelle.

»Tageslichtwecker werden schrittweise heller und wecken mit Vogelgezwitscher. So aufzuwachen, ist viel angenehmer«, verteidigt sich Dilara.

»Also ich drücke lieber fünfmal den Snooze-Button, falle

sabbernd aus dem Bett und putze mir so schlampig die Zähne, dass ich bestimmt Löcher habe«, sagt Sascha.

Bennys Bus fährt vor.

»Mach mal den Mund auf«, sagt er zu Sascha, während er mich und Dilara zum Abschied umarmt. Akribisch guckt er in den sperrangelweit geöffneten Mund seiner besten Freundin. »Igitt«, sagt er mit angewidertem Gesichtsausdruck. »Du hast da was Grünes zwischen den Backenzähnen.«

Er umarmt die kichernde Sascha und küsst sie auf den Kopf. »Bis morgen«, ruft er uns zu, ehe er in den Bus steigt. Wir winken ihm nach.

»Es ist großartig, dass er auszieht«, sagt Dilara.

»Ja«, bestätigt Sascha. »Es ist an der Zeit. Was habt ihr heute Abend vor? Wollen wir uns betrinken?« Sie stupst mich mit dem Ellbogen an. »Dich meine ich.«

Bedauernd schüttele ich den Kopf. »Ich gehe mit Benedict auf eine Vernissage.«

»Ohhh, ohhh«, macht Sascha. »Pass auf, dass du dir bald nicht mit goldenem Toilettenpapier den Arsch abwischst … Oh nein. Was macht der denn hier?«

Dilara und ich folgen Saschas angewidertem Blick. An der gegenüberliegenden Bushaltestelle steht Fabian. Er zieht an einer E-Zigarette, und als er die Rauchschwaden aus seinem Mund entlässt, treibt der leichte Sommerwind das Erdbeeraroma bis zu uns.

»Schreibt er dir noch?«, fragt Dilara.

»Seit fünf Tagen habe ich nichts mehr von ihm gehört.« Sascha zuckt die Schultern. »Ich habe ihm gedroht, zur Polizei zu gehen.«

»So schlimm?« Ich muss an seine Worte in diesem widerlich hasserfüllten Tonfall denken: *Sag Sascha, dass sie sich bei mir melden soll, verdammt.*

»Er hat mich nachts bis zu fünfundzwanzigmal angerufen.«

Fabian hat uns ebenfalls entdeckt. Lässig an das Bushäuschen gelehnt, steht er da, raucht und grinst mit einer so ekelhaften Arroganz zu uns herüber, dass ich die Straße überqueren und ihm gegen das Schienbein treten möchte.

»Die Hurentochter, das Kopftuch und die größte Schlampe der Stadt«, ruft er quer über die Straße. »Da hat sich das Elend zusammengerottet.«

»Das reicht«, knurrt Sascha und will über die Straße laufen, doch Dilara und ich bekommen sie an den Schultern zu fassen und halten sie zurück.

»Er will uns provozieren«, sagt Dilara, doch ihre Wangen sind lavarot und aus ihren Augen sprühen förmlich Blitze.

Die pochende Halsschlagader verrät, dass auch Sascha jeden Moment der Kragen platzt. Ich kann es ihnen nicht verübeln.

Fabian lässt Sascha keine Sekunde aus den Augen, sein hässliches Grinsen klebt auf ihr wie Pech. Unsere Freundin macht sich von uns los, tritt einen Schritt vor und guckt Fabian an. Dann rotzt sie auf den Boden und streckt beide Mittelfinger weit in die Höhe.

Dilara und ich wechseln einen kurzen Blick, stellen uns neben Sascha und heben ebenfalls die Mittelfinger.

KAPITEL 17

Benedict ist pünktlich. Ich trete aus dem Wohnheim und sehe ihn auf dem Parkplatz, wie er an den Manschettenknöpfen seines Sakkos nestelt und halb auf der Motorhaube des schwarzen Porsche sitzt.

Er trägt einen anthrazitfarbenen Anzug mit weißem Hemd, Weste und cremefarbener Krawatte sowie Einstecktuch, seine Locken sind ordentlich gebändigt.

Hätte ich jemals damit gerechnet, mit jemandem zusammen zu sein, der aussieht, als wäre er der Titelseite des GQ-Magazins entsprungen? Im Leben nicht. Habe ich mich für gewöhnlich über solche Männer lustig gemacht? Auf jeden Fall.

Ich hänge mir die Cordjacke über den Unterarm und überquere den Vorhof. Als Benedict mich auf sich zukommen sieht, lässt er den Manschettenknopf los und mustert mich unverhohlen von oben bis unten. Dabei legt er den Kopf etwas schief und beißt sich genießerisch auf die Unterlippe.

»Lass das«, rufe ich ihm zu. »Ich bin kein Porno auf zwei Beinen.«

»Zu schade«, erwidert er und greift nach mir, als ich vor ihm stehe. Am Handgelenk zieht er mich zu sich heran, sodass ich gegen seine Brust falle. Mit herrlichstem Grübchengrinsen beugt er sich zu mir herab, küsst mich hinter das Ohr und flüstert: »Ich habe genau gesehen, wie du mich abgecheckt hast. Also bitte, Virginia, ich bin kein Porno auf zwei Beinen. Reiß dich zusammen.«

Von den Haarspitzen bis in die Zehen flimmert ein angenehmer Schauer über meinen Körper.

»In diesem dunkelgrünen Satinkleid siehst du … atemberaubend aus.« Seine Stimme schwingt auf meiner Haut.

»Danke«, entgegne ich. »Du siehst auch sehr gut aus.«

Er tritt zurück, lächelt süffisant und sieht an sich herab. »Ich weiß.«

Die Augen verdrehend gehe ich zur Beifahrertür und setze mich ins Auto. Benedict rutscht auf den Fahrersitz neben mich und fährt vom Parkplatz.

»Eine Vernissage also«, sage ich. »Erzähl mir davon. Wo findet sie statt? Wer kommt?«

Er hält artig an einem Stoppschild, guckt über die Schulter und biegt ab. »Meine Eltern richten jährlich eine Vernissage aus. Dort werden Stücke junger Künstler ausgestellt. Mein Vater bevorzugt jene, die bisher keinen kommerziellen Erfolg mit ihrer Kunst haben.«

»Ist das seine Art, mit dem verwehrten Philosophiestudium umzugehen?«

Benedict wirft mir einen Blick zu, wobei seine Augen amüsiert funkeln. »Er bestreitet es, aber ich sehe es genauso. Einmal im Jahr gibt er sich dem künstlerischen Geisteswissenschaftler hin, der er gern wäre, wäre er nicht an Konventionen und Sicherheiten gekettet.«

»Merkwürdig«, murmele ich. »Dieses Phänomen, dass wohlhabende Menschen brotlose Künste ästhetisieren. Klar, das Bild der freischaffenden Künstlerin, die nachts um drei bei Wein und Zigarette ihrer Kreativität nachgeht, hat was. Aber wenn du am Ende des Monats deine Miete nicht zahlen kannst, wird die schöpferische Freiheit ziemlich schnell von der kapitalistischen Realität eingeholt.«

»Und trotzdem liegt Faszination in solchen Biografien.«

»Vermutlich, weil wir auf das Happy End warten. Auf den *ganz* großen Durchbruch«, erwidere ich. Doch in den allermeisten Fällen bleiben Träume Illusionen, Utopien, die an den Felswänden der Wirklichkeit zerschellen.

»Wir sind gleich da«, informiert mich Benedict und biegt von der Hauptstraße ab.

»Moment mal.« Ich drehe mich halb im Sitz um. »Die Straße kommt mir bekannt vor.«

Ich erkenne die Pflastersteine, die rot verklinkerten Hausfassaden und die knallgelbe Markise der Bäckerei. »Hier waren Mam und ich früher zum Waschen. In der Bäckerei da vorne durfte ich mir eine Butterbrezel kaufen.« Die Erinnerung schmeckt nach salzigem Laugengebäck. »Das muss mehr als zehn Jahre zurückliegen. Irgendwann hatten wir eine Waschmaschine auf dem Campingplatz.«

Benedict parkt den Wagen zwischen zwei hohen Bäumen. »Vor acht Jahren hat mein Vater die alte Wäscherei gekauft, weil sie sich nicht mehr halten konnte.«

»Oh.« Aus einem nostalgischen Gefühl heraus tut es mir um die Wäscherei leid.

»Jetzt finden dort Events, Hochzeiten, Konzerte und die jährliche Vernissage statt«, erklärt Benedict und schnallt sich ab. »Wollen wir?«

»Uns unter die intellektuelle Kunstszene mischen?«, frage ich mit einem übertriebenen Augenzwinkern zurück.

»Die Havenitzer Boheme.« Er zwinkert wie in einem amerikanischen Werbespot zurück.

»Ich wusste nicht, dass es die überhaupt gibt.«

»Ich auch nicht.«

Von außen zeigt die alte Wäscherei noch dasselbe trostlose Gemüt wie vor zehn Jahren, mit Schaufenstern wie Schlupflider einer müden Waschfrau. Als wir die Tür aufschieben, ertönt ein gähnendes Quietschen und ich bilde mir den Geruch von Waschmittel und Zitronensäure ein.

Ich folge Benedict durch den Flur, von dem die Waschräume mit hohen Decken abgehen. Leise Jazzmusik spielt, als wir einen der renovierten Räume betreten.

»Möchten Sie mir Ihre Jacke geben?«, überrumpelt mich ein Mann in Dienstkleidung und reißt an der Cordjacke, die über meinem Arm hängt.

»Ähm … klar … gern.« Kampflos überlasse ich ihm die Jacke.

»Etwas zu trinken? Einen Sekt? Selbstverständlich auch alkoholfrei«, bietet mir eine Frau mit Pagenschnitt an, die urplötzlich zu meiner Rechten auftaucht und mir das Tablett unter die Nase hält. Überfordert nehme ich ein Sektglas und bedanke mich mehrmals. Ich hoffe, ich werde mich nie daran gewöhnen, von anderen Menschen bedient zu werden.

»Virginia! Benedict!«

Synchron drehen wir uns um und erkennen Susanna, die auf uns zukommt. Benedicts Mutter trägt einen schneeweißen Hosenanzug zu bordeauxroten Lippen und spitz zulaufenden Stiefeletten. Als sie uns erreicht, küsst sie erst ihren Sohn auf beide Wangen, dann mich.

»Schön, euch zu sehen«, sagt sie. »Theo freut sich sehr, dass du gekommen bist, Virginia.«

Ich nippe an dem Sekt. »Danke für die Einladung.«

»Kommt«, sagt Susanna und winkt uns hinter sich her. »Ich stelle euch vor.«

Die nächste Stunde verbringen wir damit, brav die Lippen zu schürzen und Küsse, die keine sind, auf fremde Wangen zu hauchen. Wir schütteln artig Hände, nicken wie Wackeldackel und lachen gezwungen, wenn erforderlich. Die Mehrheit der Gäste kommt aus Berlin, manche aus Potsdam, eine

Frau mit sternförmiger Brille ist extra aus Köln angereist. Ich sehe Kunst, die etwas mit mir macht. Und ich sehe Kunst, die einen zynischen Kommentar herauskitzelt.

Irgendwann legt Benedict seine Hand auf meinen unteren Rücken und schiebt mich, unter ständigen Entschuldigungsbekundungen, in die Ecke des Raumes.

»Danke«, murmele ich und lasse mich auf die Chaiselongue fallen, von der ich nicht sicher bin, ob sie Kunstwerk oder Gebrauchsgegenstand ist.

»Verstehst du jetzt, weshalb ich deine Unterstützung so dringend brauche?«, fragt er und setzt sich stöhnend neben mich.

»Absolut. Es ist superanstrengend.«

Benedict stoppt die vorbeigehende Bedienung und sichert uns Getränke. Er reicht mir ein imposantes Glas, in dem lächerlich wenig Rotwein schwimmt, und prostet mir zu.

»Was gefällt dir bisher am besten?«, frage ich ihn und möchte meine Beine auf die noble Schwester einer stinknormalen Couch ziehen und im Schneidersitz verknoten.

Mit dem Weinglas in der Hand deutet er auf ein quadratisches Gemälde. Es ist abstrakt, besteht aus schwarzen und grauen Strichen auf weißem Hintergrund.

»Wie ein Sturm, aber ruhig, leise und ordentlich. Ergibt das Sinn?«

Ich rutsche näher an ihn und lege meinen Kopf auf seine Schulter. »Hier ergibt alles Sinn. Du kannst einen Zettel mit den Worten *FUCK YOU ALL* rahmen, an die Wand hängen, und alle stehen staunend drum herum und lassen sich fürchterlich intellektuell von dir beleidigen.«

Benedict lacht schallend. »Du …«, er küsst mich auf den Haaransatz, »… bist die einzige Kunst im Raum, über die sich ein zweites Nachdenken lohnt.«

Ich hebe den Kopf von seiner Schulter. »Ich weiß. Und ich habe den Stolz in deiner Stimme gehört, als du mich als *deine Freundin* vorgestellt hast.«

Er beugt sich zu mir und küsst mich, seine Lippen schmecken nach Wein.

»Guck mal«, raune ich und deute mit dem Kopf auf eine Gruppe junger Menschen, die unweit von uns vor einer Skulptur aus Toilettenpapier steht. »Das sind die ästhetisch Abgefuckten. Tragen schräg geschnittene Ponys, Doc Martens und philosophische Zitate als Tattoos.«

»Das sind Studierende der Kunsthochschule aus Berlin«, sagt Benedict und legt seinen Kopf auf meinen.

»Als hätte ich's gerochen. Ernähren sich vegan, können Tolstoi rezitieren und studieren dank Papas solidem Behördengehalt im neunten Bachelorsemester.«

»Du kannst ziemlich gemein sein.«

»Das ist Neid. Fieser, unfairer Neid, denn was weiß ich über sie, über ihre Hintergründe und Hindernisse, außer dass sie ausstrahlen, was ich mir für mich selbst hätte vorstellen können?« Ich zucke achtlos die Schultern, dann deute ich mit dem Finger auf eine allein stehende Frau. »Siehst du die? Sie versucht es. Versucht, sich edgy zu kleiden und was von der Aura der ästhetisch Abgefuckten abzubekommen. Aber ihr Haar ist trotz Styling zu platt, und wenn du nah an sie herantrittst, riechst du ihre Unsicherheit. Die Unscheinbare würde gern darauf scheißen, was andere von ihr halten, aber sie kann es nicht. Dafür ist sie weniger einsam.«

»Aha«, macht Benedict. »Wen gibt es noch?«

Ich hebe den Kopf von seiner Schulter und sehe ihn an. »Deine Mutter«, sage ich. »Deine Mutter gehört zu den Überpflegten, stets manikürte Nägel und einen dezenten Parfümschleier, den sie hinter sich herzieht wie einen Morgenmantel aus Kaschmir. Das Haar deiner Mutter springt auch um vier Uhr morgens in Form.«

Benedict schmunzelt. »Du hast recht. Ich habe meine Mama noch nie mit abgeblättertem Nagellack gesehen, noch nicht mal an den Füßen!«

»Das ist konsequent.« Auf den Schreck der einwandfrei pedikürten Füße trinke ich einen Schluck Rotwein.

»Was ist mit dir?«, fragt er herausfordernd. »Wozu gehörst du?«

»Ich würde sagen, ich bin ein Hybrid aus unscheinbar und ästhetisch abgefuckt, unterbrochen von langen Perioden der Durchschnittlichkeit. Manchmal liege ich nachts im Bett und könnte über die Trivialität meines Lebens weinen. Manchmal wünsche ich mir, besonders zu sein. Besonders klug, witzig oder talentiert.« Ich senke den Blick, weil meine Wangen rosarot anlaufen. »Dann stelle ich mir vor, eine wichtige Politikerin zu sein. Oder eine Technologie zu erfinden, die die Welt revolutioniert. Und dann versinke ich doch wieder im Morast des Alltäglichen, bin antriebslos, sehe den Sinn nur im *Da*-Sein und möchte mich mit Friedrich Schiller unter der Bettdecke verkriechen.«

Benedict legt zwei Finger unter mein Kinn, sodass er meinen Kopf anhebt. Unergründlich studiert er mein Gesicht. »Das verstehe ich gut«, sagt er langsam. »Diesen Drang, etwas beweisen zu müssen. Durch herausragende Leistungen die Aufmerksamkeit auf sich ziehen zu wollen.«

Ich greife nach seiner Hand und drücke sie. »Ich weiß.«

Wir verschweigen Sekunden. Und nehmen uns gegenseitig das lautlose Versprechen ab, aufeinander aufzupassen.

Benedicts Mundwinkel schiebt sich nach oben.

»Was ist?«, frage ich, weil ich das halbe Lächeln nicht deuten kann.

»Na ja«, sagt er. »Mich würde interessieren, zu welcher Gruppe ich gehöre?«

»Oh«, rufe ich. »Das ist einfach. Du gehörst zu den Überpflegten. Außerdem umgibt dich aufgrund des Geldes deiner Eltern diese nebulös noble Ausstrahlung, die dich unerreichbar wirken lässt.«

Benedict zieht die Brauen hoch. »Unerreichbar?«

»Ach, komm schon«, sage ich wegwerfend. »Du weißt genau, was ich meine. Gut aussehender Kerl im Porsche, witzig, charmant, bla, bla. Sascha hat mich einmal gefragt, was ich an dir finde. Was jemand wie du überhaupt zu erzählen hat.«

Jetzt legt sich seine Stirn in grüblerische Falten. »Und?«

»Du hast eine Menge zu erzählen. Über Ängste, Unsicherheiten, schmerzhafte Erfahrungen, über Einsamkeit, Anforderungen und diese quälende Suche nach dem ominösen Ich.«

»Komm her.« Er breitet die Arme aus und zieht mich in eine Umarmung. »Ich bin …«

»Oh … ähm … hi. Ach Mensch, Benedict Theodor, schön, dich zu sehen.«

Ich hebe den Kopf aus der Umarmung und sehe zwei Frauen vor uns. Eine trägt einen schrägen Pony, die andere hat sich die Haare millimeterkurz abrasiert. Riesige goldene Ohrringe baumeln wie Christbaumschmuck an den Ohrläppchen der Kahlgeschorenen, während ich auf dem Finger der anderen in schwarzer Tinte *Sapere aude!* lese. Beide tragen Doc Martens.

Benedict lässt mich los, steht auf und wirft mir einen vielsagenden Blick zu. Höflich, wie ich bin, richte ich mich ebenfalls auf.

»Hey«, grüßt Benedict. Er zeigt auf die tätowierte Ponyträgerin. »Das ist Nora und das ist Amisha.« Er deutet auf die Ohrringträgerin mit raspelkurzem Haar. »Die zwei sind

Kunststudentinnen an der Kunsthochschule in Berlin, und viele Kunstwerke, die du siehst, stammen von ihnen.«

Ich nicke ehrerbietungswürdig.

»Und das ist Virginia. Meine Freundin«, stellt er mich vor.

Ich hebe die Hand. »Hi. Tolle Ausstellung.«

Amisha lässt sich zu einem minimalen Heben der Mundwinkel hinreißen. »Danke.«

Nora legt mehr Enthusiasmus an den Tag. »Ach, vielen Dank«, sagt sie schwärmerisch. »Es ist eine Ehre für uns. Auch wenn wir, ehrlich gesagt, nicht mal wussten, dass Havenitz existiert.« Sie kichert.

»Deine Beinhaare sind cool«, sagt Amisha trocken.

Nora verschluckt sich an ihrem Lachen. Überrascht mustert sie mich, und auch ich gucke an meinem Kleid hinab, das mir bis knapp über die Knie geht.

»Ähm … ja … danke.«

»Ja, echt, voll cool«, bestätigt Nora. »Voll feministisch, Gööörl.«

Ich kann nichts dagegen tun, ich höre Saschas sarkastische Stimme in meinem Kopf, wie sie Noras *Gööörl* nachäfft.

»Mit ausdruckslosem Gesicht könntest du dich vor eine dunkle Wand stellen«, überlegt Amisha laut. »Das grüne Kleid, deine roten Haare, die helle Haut. Das wäre feministische Performance Art, oder was sagst du, Nora?«

»Brillant«, meint diese, geht in die Hocke und inspiziert meine Beine. *»Gööörl, let's do this.«*

Als könnte Benedict die Antwort, die zum Absprung bereit auf meiner Zungenspitze balanciert, bereits hören, geht er dazwischen.

»Ein andermal vielleicht. Was ist denn mit … ähm … ah ja, was ist denn mit dieser Abbildung dahinten?«

Wie zwei Seiten einer Spiegelung fahren Amisha und Nora simultan herum.

»Was meinst du?«, fragt Nora, doch dann entdeckt sie das Werk, auf das Benedict anspielt. »Ah. *Your Daily Cauliflower*. Heftig, erschütternd, Dimensionen öffnend.«

Wir verlassen die Ecke mit der Chaiselongue und durchqueren den Raum. Mit jedem Schritt wird mir bewusster, dass Nora mit *heftig, erschütternd, Dimensionen öffnend* die Abbildung eines …

»Ein … also … ein Blumenkohl«, sagt Benedict und wippt auf den Fußballen vor und zurück. Seine verfluchte Höflichkeit quillt aus jeder Pore.

»Das Banale, das Alltägliche, das Übersehbare in der Kunst«, sagt Amisha in monotoner Stimmlage.

»Wir haben es gemeinsam erschaffen«, fügt Nora hinzu und berührt ihre Kommilitonin flüchtig am Arm. »Der rote Hintergrund drückt Aggressivität und Wut aus. Unsere Kunst ist durchaus politisch. *Go vegan! Go vegan!*«

Mein Gehirn hängt noch an der Abbildung von Gemüse vor einer blutroten Wand, zur politischen Botschaft bin ich noch nicht gekommen.

»Wir haben in der Farbe echte Blumenkohlstücke verarbeitet«, erzählt Nora. »Blumenkohl pürieren und unter die Farbe mischen. *Easy*. Wir haben das Werk quasi zum Kannibalismus gezwungen, versteht ihr? Die Abbildung des Blumenkohls, die aus echtem Gemüse besteht. Genial, nicht wahr?«

Benedict nickt mit ernster Miene. Er meidet meinen Blick, weil wir in Gelächter ausbrechen, wenn wir uns ansehen. Ich beiße mir auf die Innenseiten meiner Wangen.

»*Your Daily Cauliflower*«, sagt eine männliche Stimme neben mir. »Eins meiner Lieblinge dieser Vernissage.«

Ich drehe mich halb um und erkenne Theodor. Benedicts Vater trägt Lederschuhe, eine Nadelstreifenhose und ein weißes Hemd. Dazu hat er eine Lederjacke kombiniert, die den

Versuch, jung und en vogue auszusehen, verfehlt. Stattdessen wirkt er wie eine Karikatur seiner selbst.

»Hallo, Virginia.« Er lächelt mich an und beugt sich herab, um mir zwei Küsschen zu geben. »Wir hatten noch gar nicht das Vergnügen. Schön, dass du kommen konntest.« Mit einem Blick auf seinen Sohn fragt er: »Wie gefällt es euch?«

»Gut«, antworte ich knapp, weil ich mich unter Theodors Blick zu einer Antwort gedrängt fühle.

»Sehr gut«, sagt auch Benedict.

Theodor verzieht das Gesicht zu einer skeptischen Miene. »Aha? Du kannst doch sonst nicht viel mit den Künsten anfangen, Nick?« Obwohl er sich um einen plaudernden Tonfall bemüht, höre ich vorwurfsvollen Hohn heraus.

»Kunst ist nicht unbedingt dazu da, dass Menschen viel damit anfangen können«, sagt Amisha, und für diesen Einwand würden meine Beinhaare und ich vor eine dunkle Wand treten.

Theodor zeigt mit dem Sektglas in der Hand auf die junge Kunststudentin. »Richtig«, sagt er begeistert, so, als hätte Amisha eines der sechs ungelösten Mathematikrätsel im Kopf bewältigt. »Kunst muss anecken, ungemütlich sein, nichtssagend. Sie muss provozieren, hässlich sein, hinters Licht führen.«

Ich möchte bei Theos Geschwafel laut aufstöhnen, doch erst als er postuliert: »Kunst darf nicht kommerzialisiert und profitabel werden, denn das macht sie fügig und raubt das revolutionäre Potenzial«, gebe ich der Wut nach.

»Das lässt sich leicht sagen«, entgegne ich. »Wenn man Geld hat und nicht darüber nachdenken muss, wie man eine Vernissage sponsert.«

Perplex guckt mich Theodor an. »Bitte?«

Benedict zuliebe möchte ich keinen Streit vom Zaun brechen. Aber das arrogante Geplänkel und sein eintägiger Ausflug in die »brotlosen Künste« machen mich genauso rasend wie sein bevormundender Umgang mit seinem Sohn.

»Armut sollte nicht ästhetisiert werden«, sage ich. »Vor allem nicht von wohlhabenden Menschen. Wenn eine Künstlerin ihre Kunst kommerziell verkauft, um sich zu ernähren, ist das absolut angebracht.«

Theodor rümpft die Nase, doch das amüsierte Funkeln in seinen Augen verrät, dass er mich einerseits unverschämt findet, den Schlagabtausch mit mir andererseits sichtlich genießt.

»Nick«, sagt er angriffslustig und lässt mich nicht aus den Augen. »Was hältst du von *Your Daily Cauliflower*?«

Benedict kann nur verlieren.

»Um ehrlich zu sein …« Benedicts Blick springt zwischen seinem Vater, mir, Amisha und Nora hin und her. Schließlich bleibt er an dem Bild hängen. »Um ehrlich zu sein, finde ich es nicht gut umgesetzt. Der Blumenkohl ist nicht maßstabgetreu. Die einzelnen Röschen sind zu groß, zu klein jedoch, um die Größe überspitzt darzustellen.«

»Darum geht es doch nicht«, widerspricht sein Vater. »Du hast es nicht verstanden. Aber«, er lächelt widerlich, »von einem Juristen habe ich nichts anderes erwartet.«

Ich balle meine Hände zu Fäusten und muss dabei zusehen, wie Benedict unter dem stichelnden Urteil seines Vaters zusammenschrumpft.

»Kunst ist nichts für dich. Kunst erfordert eine gewisse Transferleistung«, fährt Theodor fort. Selbst Nora und Amisha gucken unangenehm berührt zu Boden. Er tritt an seinen Sohn heran und tätschelt ihm großväterlich die Schulter. »Mach dir nichts draus«, sagt er. »Virginia bügelt die Transferleistung für euch beide aus, was, kluges Mädchen?«

Ich bin wie ein gespannter Bogen, dessen Pfeil jeden Moment auf Theodor zuschießt und ihn an die Wand heftet.

Nichts ekelt mich so an wie pure Machtdemonstration. Aber wenn ich etwas erwidere, stelle ich Benedict nicht doppelt bloß? Führe ich ihn nicht auch vor?

In die aufgeladene Stimmung hinein sagt Amisha plötzlich: »Du hast recht, Benedict. Es ist ziemlich mies.« Mit schief gelegtem Kopf betrachtet sie das Blumenkohlbildnis und nagt an ihrer Unterlippe. »Wir hätten den Kohl entweder übertrieben gigantisch, zur Miniatur geschrumpft oder realistisch darstellen sollen. Was meinst du, Nora?«

»Gööörl, you are absolutely right«, sagt diese, und diesmal lasse ich ihr das *Gööörl* durchgehen.

Theodor presst die Lippen zu einem beleidigten Strich. Benedict legt die Hand auf die Schulter seines Vaters und sagt gutmütig: »Mach dir nichts draus, Dad. Konstruktive Kritik ist die nächsthöhere Stufe. Du stehst bei der Reflexion, aber da ist noch Luft nach oben.«

Theo lächelt bitter und tritt zurück, sodass Benedicts Hand von seiner Schulter rutscht. »Konstruktive Kritik ist nie fehl am Platz«, erwidert er versöhnlich, prostet mit dem Sekt in die Runde und lässt uns stehen.

Amisha und Nora vertiefen sich in die Verbesserungsvorschläge zum Blumenkohl.

Benedict und ich gucken uns an. Sein Mund verzieht sich zu einem siegreichen Grinsen, meiner legt nach.

»Möchtest du abhauen?«, fragt er.

»Nichts lieber als das.«

KAPITEL 18

Meine Mutter stirbt an einem Dienstag Anfang Juni.

Von da an hat die Woche nur noch sechs Tage.

Sechs Tage

und

ein schwarzes Loch.

KAPITEL 19

»Virginia, bitte, lass dich in den Arm nehmen.«

»Ich weiß nicht, ob sie das möchte, Benny.«

»Ich glaube nicht, dass wir sie allein lassen können.«

»Scheiße. *Scheiße.* Was machen wir denn jetzt? Sie ist apathisch, Dilara, was machen wir denn jetzt?«

»Ganz ruhig. Es bringt nichts, wenn du auch noch durchdrehst, Sascha.«

»Wo ist Benedict? Wo ist dieser Scheißkerl? Ich dachte, das wäre 'ne große Sache zwischen den beiden, und dann verpisst er sich, wenn's schwierig wird?«

»Er steht unten vor der Tür. Sie will ihn nicht sehen. Du kannst von Glück reden, dass sie uns reingelassen hat.«

»Virginia, hörst du mich? Wir nehmen Friedrich Schiller mit, okay? Hast du verstanden?«

»Ich habe Angst um sie. Ich habe solche Angst um sie.«

»Das haben wir alle.«

»Können wir sie zwingen, mit uns zu kommen? Sollen wir die Polizei rufen? Was, wenn sie sich etwas antut, sobald wir gehen? Scheiße, wieso geht sie nicht zu Benedict?«

KAPITEL 20

Trauer.

Ein billiges Wort, schäbig und verbraucht.

Worte sind ein Trugschluss. Wie sollen all die Empfindungen in sechs Buchstaben gequetscht werden?

Wie soll das große *T* meine Bitterkeit tragen? Das kleine *u* bricht unter meiner Wut zusammen. Das Bein des kleinen *r* schlackert unter meiner Verzweiflung, so sehr, dass es nach dem zweiten kleinen *r* ruft, aber selbst das kapituliert. Weil Worte nur Geschenkpapier hässlicher Präsente sind, weil kein Wort stark genug ist, eine tote Mutter zu schultern. Und weil ich mir wünsche, Kommata statt Punkten zu weinen, um unsere Geschichte nicht enden zu lassen.

KAPITEL 21

An einem Montag wird Mirella im FriedWald nördlich von Havenitz beerdigt. Die Asche – die verkohlten Überreste von Fleisch, Muskeln, Gedärmen und Mutterliebe – wird in einer Urne unter dem Schutz einer alten Linde beigesetzt.

Mirellas Arbeitskolleginnen sind gekommen, eine Frau mit strengem Mund und langem Hals begleitet Änni. Als Änni mich sieht, stolpert sie schluchzend auf mich zu und wickelt ihre Arme um meinen Oberkörper.

»Kleine«, heult Änni und schmiert Rotz in meine Locken. »Es tut mir so leid. Es tut mir *so* leid.« Dabei fühlt sich ihre Umarmung nicht nach Mitgefühl, sondern nach gewollter Absolution an.

Dilara, Benny und Sascha sagen nichts, verschwinden in den Baumschatten und lauern doch, ob ich zusammenbreche, nur um dann hervorzuschnellen mit ihren Umarmungen, tröstenden Worten, Tränen.

Die meisten tragen Schwarz. Manche Dunkelblau, weil sie vermutlich nichts geeignetes Schwarzes im Schrank haben, Mirella aber nicht so nahestanden, um sich für diesen Anlass etwas Neues zu kaufen.

Der Bestatter spricht universelle Worte, die durch den Austausch des Namens auf unzählige Tote angepasst werden können. Beileid hier, in Frieden ruhen da.

Die schweizerisch-amerikanische Psychiaterin Elisabeth Kübler-Ross beschrieb fünf Phasen der Trauer: Leugnen.

Zorn. Verhandeln. Depression. Akzeptanz. Andere Wissenschaftlerinnen gehen weniger von einem phasenartigen als von einem wellenförmigen Verlauf von Trauer aus. Zudem setzt die Forschung auf Resilienz – die natürliche Selbstheilungskraft des menschlichen Herzens. Doch was, wenn Zeit nicht alle Wunden heilt? Wenn manche nur faulen, sich entzünden, der Eiter hervorquillt? Tritt die Phase der Akzeptanz nicht ein, wird die Trauer pathologisch – krankhaft. Dann ist man *zu* traurig, das Herz hat es nicht geschafft, sich selbst zu reparieren.

So weit die Theorie. In der Realität stehe ich unweit der Linde, ein hohes Pfeifen in den Ohren. Fleckenweise fällt Sonnenlicht durch das Blätterdach, der Boden ist trocken, Löwenzahn blüht honiggelb. Ich frage mich, weshalb ich hier in einem Stück stehe – und nicht längst zerfetzt wurde. Schmerz dreht hoch, reißt auseinander – es ist kein Zerfall, kein Zerbröckeln, es ist eine Explosion.

Änni heult Wasserfälle, Sascha wimmert wie ein getretener Welpe, Dilara spricht ein Gebet, Benny bleibt grau. Beerdigungen sollten an schönen Sommertagen verboten werden. Kann man da gesetzlich nichts machen?

Diaea ergandros ist der wissenschaftliche Name einer australischen Krabbenspinnenart. Das Weibchen legt im Frühling um die vierzig Eier, aus denen im Sommer die Spinnenbabys schlüpfen. Die Krabbenspinnenmutter fängt Insekten, um sowohl ihre Jungtiere als auch sich selbst zu ernähren. Verschwinden die Insekten im Winter, lässt sich die Mutter von ihren Kindern fressen. Sie dient als leibhaftige Speisekammer, damit sich die Jungtiere hungernd nicht gegenseitig fressen. Ist die Krabbenspinne der Inbegriff selbstloser Mutterliebe? Das Exponat mütterlicher Aufopferung?

»Virginia?«

Habe ich das über die Krabbenspinne laut gesagt? In gepunkteter Strumpfhose und senfgelbem Kleid drehe ich mich um und gehe zurück zum Eingang des FriedWalds. Dilara, Benny und Sascha eilen hinterher, doch mit einem Blick über die Schulter schicke ich sie zurück zwischen die Bäume. Ich sehe, dass ich ihnen wehtue, aber darauf kann ich keine Rücksicht nehmen.

Als verätzten meine Fußballen am Waldboden, beginne ich zu hüpfen. Die Vorstellung der toten Überreste, die sich nach und nach im Boden zersetzen, und dass ich sozusagen auf ihnen – auf meiner Mutter – gehe, widert mich an. Und so hüpfe ich wie ein trostloses Kind, denn auch ohne Eltern ist man Tochter, oder?

»Virginia!«

Ich habe es geahnt.

»Ginny, bitte. *Bitte* bleib stehen. *Bitte* sprich mit mir.«

Ich kann nicht stehen bleiben, der Boden macht es mir unmöglich, selbst wenn ich wollte, ich kann nicht.

Sein schwerer Atem hinter mir, ehe er nach meinem Handgelenk greift. Ich entreiße es ihm und stolpere weiter. Vielleicht würde ich es ihm erklären, könnte ich sprechen, würde die kleinste Möglichkeit bestehen, dass meine Stimme nicht in die Urne gesprungen ist.

Er kommt hinterher, stetig meinen Namen murmelnd.

Als ich das doppelflüglige Eisentor des FriedWalds erreiche, versucht er mich abermals zum Anhalten zu bewegen. Ich trete durch das Tor, und da ich nun Kies unter meinen Sohlen spüre, halte ich inne.

Benedict in einem piekfeinen schwarzen Anzug mit Seidenkrawatte zu sehen, ist befriedigend. Es zeigt, dass Dinge *davor* genauso sind wie *danach*.

Seine rot geränderten Augen sehen mich erschrocken an,

die Unterlippe bebt ebenso wie seine Hände, sein Gesicht ist verdorrt und bleich.

»*Bitte*«, fleht er. »Schließ mich nicht aus. Rede mit mir oder schweig mit mir, weine, schrei mich an. Bitte, schrei mich an. Es bereitet mir körperliche Schmerzen, nicht für dich da zu sein.«

Ich taumele zurück, er hechtet nach vorn und greift nach meiner Hand.

Die Sonne steht satt und vibrierend am Himmel, der wie hellblaue Wasserfarbe verläuft. Der Geruch nach Erde, Harz und Tannennadeln liegt in der Luft.

Und dann fällt Benedict auf die Knie. »Ich flehe dich an«, sagt er. »Schließ mich nicht aus. Wir halten das aus. Gib uns eine Chance.«

Träge ziehe ich meine Hand aus seiner. Finger für Finger breche ich unserer keimenden Liebe das Genick.

Benedicts Augen füllen sich mit Tränen. Als er die Lippen zusammenpresst, legt sich ein bitterer Zug um seinen Mund.

Ich gehe wenige Schritte rückwärts. Er kniet im Kies, die Anzughose dreckig. »Ginny.« Seine Stimme klammert sich an meinen Namen.

Doch ich drehe mich um und gehe davon.

Das ist, was ich kann. Menschen im Stich lassen. Menschen kaputt machen.

Als ich den Wohnwagen erreiche, ist es früher Abend. Die Lichterketten, die Mirella an die Außenwand des Wagens gehängt hat, werden niedergerissen und im Gras liegen gelassen. Als ich die Tür aufstoße, schlägt mir ein feuchtwarmer Mief aus Vanille und Räucherstäbchen entgegen. Bittere Galle schießt meine Speiseröhre empor. Ich trete ein, langsamen, schlafwandelnden Schrittes. Spüle zwei Tassen ab, in denen sich Teesatz festgesetzt und das Porzellan dunkel verfärbt hat. Wische den Küchentisch, dreimal, weil sich darauf eine Staubschicht angesammelt hat, unschuldig wie frisch gefallener Schnee, doch ich weiß es besser: So schnell geht das mit dem Vergessen.

Änni hat Mirella gefunden, den Notarzt gerufen und die Polizei hierherbestellt, die die Ermittlungen jedoch eingestellt hat. Benzodiazepine mit Alkohol. Die Wirkungen verstärken sich gegenseitig, die Mischung kann je nach Dosierung zu Bewusstlosigkeit und verlangsamter Atmung führen. Sie ist an Atemlähmung gestorben.

Ich gehe zur Matratze, setze mich auf den Rand, schiebe die Hände unter die Oberschenkel und wippe mit den Beinen. Wenn ich mein Gesicht in das Kopfkissen drücke, verliere ich den Verstand. Meine Hand streckt sich nach dem Kissen aus, meine Finger verharren kurz vor dem verwaschenen Bezug. Ruckartig ziehe ich die Hand zurück und springe von der Matratze.

In ihren letzten Momenten darf Mirella nicht an mich gedacht haben.

Bitte, Mam, du darfst nicht an mich gedacht haben, bitte nicht an mich, nicht an mich.

Meine Hände greifen nach dem Kopfkissen und schleudern es von der Matratze. Ich wusste es. *Der Besuch der alten Dame* von Friedrich Dürrenmatt liegt darunter, nackt und ausgeliefert. Keuchend stürze ich mich auf das Buch, packe es und drücke zu, zu, zu. Ich beiße in den Umschlag und reiße an der Pappe, wie eine Löwin, die ihre Beute tötet, werfe ich den Kopf hin und her, bis das Material reißt. Seite für Seite zerpflücke ich das Buch, reiße, reiße, reiße, bis die Seiten wie Schneegestöber um mich fliegen, ein einziger Strudel aus mit Tinte bedrucktem Papier, die Geschichte zerrupft, zerstört, sie löst sich auf, als wäre sie nie erzählt, nie gelesen worden. Plötzlich stehe ich vor der Küchenzeile, ziehe ein Messer aus der Schublade und bohre die Spitze in die Klebebindung, schlitze den Buchrücken auf, seziere, um endlich zu finden, woran sich meine Mutter festgehalten hat. Claire Zachanassian plant ihre Rache an Alfred Ill und den Bewohnern von Güllen minutiös, beginnt Jahrzehnte vor ihrer Rückkehr, die Unternehmen der Kleinstadt aufzukaufen, um Güllen wirtschaftlich ausbluten zu lassen, wartet geduldig, bis die moralische Maskerade Güllens zusammenfällt und die hässlich korrupte Fratze offenbart.

Aber du, Mam, warst nie eine Rächerin. Du hast es nicht geschafft, die Welt zu deinem Bordell zu machen. Du bist an ihr kaputtgegangen.

Das verwundete Buch liegt vor mir auf der Anrichte, blutet aus, röchelt gequält. Ich lasse das Messer fallen, öffne den kleinen Kühlschrank mit Gefrierfach und ziehe eine Plastikpackung Zitroneneis hervor. Aus der Besteckschublade nehme ich einen Löffel und setze mich an den Tisch.

Die Packung knirscht, als ich sie öffne. Das Eis ist stellenweise mit Gefrierbrand befleckt.

Ein Löffel für Claire Zachanassian, die erfolgreicher mit meiner Mutter sprach, als ich es je tat.

Ein Löffel für Änni, die Freundin, die ich und Mam in der Wohnwagensiedlung hatten. Für die Vertraute, die unsere Abmachung, auf Mam aufzupassen, hintergangen hat, weil sie jetzt eine Freundin hat, eine echte Beziehung mit Tiefgang, Substanz, Vertrauen und so einem Scheiß.

Ein Löffel für meine Freundinnen Dilara und Sascha, deren Mütter noch quietschlebendig sind.

Ein Löffel für Benedict, der mich auf Knien anfleht, Bestandteil meines Lebens bleiben zu dürfen, und den ich am liebsten anschreien würde: *Siehst du, was passiert, wenn man Menschen liebt? Siehst du das? Es sind eben doch Gegensätze, Liebe und Freiheit.*

Ein Löffel für mich.

Ein Löffel für meine Mutter. Diese Frau, die mir so unbekannt ist, dass ich an einen Unfall, einen tragischen, missglückten Unfall, und nicht an Selbstmord glauben *muss*. Noch einer, ein weiterer, noch einer hinterher. Komm schon, Virginia, es ist ganz leicht: Bohr den Löffel in das Eis und schieb ihn tief in deinen Rachen. Nein, das hat keine Kalorien. Das sind nur Partikel deiner toten Mutter. Komm schon, einer geht noch. Schön rein damit. Du willst Mirella doch zeigen, dass du essen kannst, richtig? Dass sie sich keine Sorgen um dich machen muss. Dass du allein schon klarkommst.

Ich lasse den Löffel fallen und grabe meine Finger in das gefrorene Eis. Die Kuppen werden kalt, das Eis quetscht sich unter meine Nägel. Beide Hände voll Zitronencreme schiebe ich mir in den Mund, schlucke, schiebe weiter, vergesse zu schlucken. Meine Wangen spannen, das Eis tropft mir aus den Mundwinkeln. Doch ich kann nicht aufhören. Meine Finger zittern vor Kälte, ich bekomme Schluckauf, stopfe mir das Eis weiter mit beiden Händen in den Mund. Nun rinnt die weiße Flüssigkeit zwischen meinen Lippen hervor, läuft über das Kinn, tropft Kleid und Tisch voll.

Nie wieder wird mich Mirella fragen, ob ich Zitroneneis möchte. Nie wieder.

Das Eis hängt mir in den Haaren. Meine Arme sind bis zu den Ellbogen klebrig. Ich atme flach durch die Nase ein, weil mein Mund vor Eiscreme überquillt. Als meine Finger am Boden der Verpackung entlangkratzen, schiebe ich mir den Rest in den Mund. Schmelzen lassen, schlucken. Schmelzen lassen, ausspucken.

Ich springe vom Tisch und beuge mich vornüber.

Das Zwerchfell und die Bauchmuskulatur kontrahieren. Ich würge, Tränen laufen über mein Gesicht und ich kotze Mams Zitroneneis über Tisch und Boden. Meine Finger bohren sich schmerzhaft in die Taille, ich spüre den Rippenansatz, während sich mein Magen umstülpt. Ich falle auf die Knie, wische mit dem Unterarm über das Gesicht, Eis, Tränen, Rotz, Kotze.

Ich bin schuld. Meinetwegen hast du dich umgebracht, Mam. Weil ich dich alleingelassen habe.

KAPITEL 22

Vielleicht geh ich nach Berlin.

Ich besuche sowieso nicht mehr die Uni, also kann ich dort noch einmal neu anfangen. Ich werde in die Bibliothek gehen, Bücherregale bis zur Decke, und meinen unbändigen Wissensdurst lindern, werde mich satt lesen, satt diskutieren, satt verstehen. Ich werde aufhören, mir vorzumachen, dass ich Freiheit wähle, wenn es in Wahrheit Einsamkeit ist. Ich werde mich satt lieben, satt küssen, satt ficken, satt schlafen. Ich werde mich vorstellen als Virginia, die Vollständige, weil ich bis oben gefüllt bin mit Schmerz. Und Verlust und Schuld so satthabe. Wann bin ich ganz, wann genug?

Ich werde mich satt essen, mich satt fressen.

Vielleicht geh ich nach Berlin. Dorthin, wo alles im Überfluss ist. Dorthin, wo ich überflüssig bin.

Um endlich diesen neonleuchtenden Hunger zu stillen.

—

Autopoiesis: Prozess der Selbsterschaffung und -erhaltung. Eines dieser autopoietischen Systeme ist der Mensch. Ich schaff's aber nicht, mich selbst zu erhalten. Was bin ich, ein Rasenmäher?

—

Ich möchte die Sonne erschießen, weil sie nicht mehr für uns beide scheint. Diesen krassesten aller Sterne, dem der Tag gehört, dem das Leben gehört. Ich ziehe die Knarre und knalle sie ab – in einem goldgelben Funkenregen explodiert alles. Dann dunkelste Schwärze. So dunkel, dass ich uns begegne.

—

Ich denke nach. Über den Tod. Er ist männlich, gut gekleidet und keine Trockenübung. Ich dachte, ich bin unsterblich. Stabile Demokratie, funktionierendes Gesundheitswesen, Zugang zu Bildung. Ich dachte, ich bin unsterblich. Es gibt das Leben. Und den Tod. Dazwischen ein Punkt, kein Komma. Denk noch mal, Virginia.

KAPITEL 23

Ich weiß nicht, wie er reingekommen ist. Vermutlich habe ich ihm die Tür geöffnet, das ständige Geklingel und Gehämmer und die Anrufe hält auf Dauer niemand aus.

Zunächst fehlen Benedict die Worte. Mit offenem Mund und roten Wangen steht er vor der Zimmertür.

»Virginia«, sagt er dann.

Ich habe beinahe vergessen, wie ich heiße. Ich lasse ihn stehen, gehe zurück zum Bett und lege mich wieder hinein. Bevor die Tür zufällt, springt Benedict in den Raum und verzieht bei dem Gestank meines ungelüfteten Zimmers die Nase. Unsicher sieht er sich um, kratzt sich im Nacken und kommt vorsichtig auf das Bett zu.

»Hi«, sagt er angespannt. »Wie geht's dir?«

Ich ziehe mir die Decke über den Kopf.

»Danke, dass ich reinkommen durfte. Ich rufe Dilara jeden Tag an. Ich weiß nicht, ob du das wissen willst. Ich ...«

Ich weiß, dass er sie jeden Tag anruft. Sie sagt es mir bei jedem Besuch.

Die Matratze bewegt sich, als sich Benedict auf die Bettkante setzt. Mein Atem geht flach, während ich meine brennenden Augen verfluche.

»Ginny ...« Seine Stimme ist auf der Hut, aber verzweifelt genug, es zu versuchen. »Bitte rede mit mir. Wenn du nicht mit mir sprechen möchtest, dann mit jemand anderem. Es gibt Therapieangebote. Bitte, kannst du ...« Sein Tonfall ist dünn und gepresst. Ich weiß, dass er mich am liebsten an den Schultern packen und durchschütteln würde, mir ins Gesicht schreien, dass ich den Arsch aus dem Bett und mein Leben in den Griff bekommen soll.

Stille. Unter der Bettdecke bricht mir der Schweiß auf Stirn und Oberlippe aus. Benedict atmet laut und unregelmäßig, das ganze Zimmer ist voll von ihm.

»Es ist mir egal«, sagt er nach Minuten trotzig. »Es ist mir egal, wie lange du brauchst, um den Tod deiner Mutter zu verarbeiten. Wochen, Monate, Jahre. Es ist mir egal, wie lange du nicht mit mir sprechen kannst. Ich werde dableiben. Ich werde warten. Hast du das gehört? Du versuchst mit allen Mitteln, mich zu vergraulen und von dir zu stoßen, und ich sage es dir klar und deutlich: Versuch es weiter. Du wirst es nicht schaffen. Ich habe meine Rolle verstanden. Ich diene dir als Blitzableiter, du projizierst deine Wut auf mich. Aber so behandelst du mich auch, weil du dir sicher bist, dass ich nicht gehe.« Sein Atem rasselt und er schnappt nach Luft. »Deine Gefühle für mich sind unter einer Trauerlawine begraben. Ich habe Schaufeln für zwei, und solange du nicht graben kannst, mache ich es allein.«

Sein kitschiges Gerede macht mich fuchsteufelswild. Ich schlage die Bettdecke zurück und fahre hoch.

»Benedict«, sage ich und erschrecke vor meiner eingerosteten Stimme. So erbärmlich höre ich mich an? »Was war das mit uns beiden? Wir haben uns ein bisschen verliebt, ein bisschen geküsst und ein bisschen gefickt. Aber was bedeutet das angesichts … angesichts … Ich weiß nicht, ob du verstehst, dass …«

Mein Brustkorb hebt sich rasend und mein Herz springt jeden Moment aus meiner Kehle, landet blutig und pumpend auf Benedicts Schoß. *Du willst es doch so gern. Da, bitte schön.*

»Ob du verstehst, dass meine Mutter tot ist«, schreie ich. »Ob du verstehst, dass sie abgekratzt ist, und wenn sie noch leben würde, dann würde ich ihr für diese Aktion den Hals umdrehen.« Plötzlich bin ich aus dem Bett gesprungen und stehe in der Mitte des Zimmers, der kratzige Teppichboden unter meinen nackten Füßen. Benedict stiert mich an, die Augen riesig und fassungslos.

»Ich wollte nicht, dass ihr Leben einer beschissenen 1-Stern-Rezension gleicht«, brülle ich. »Verstehst du das nicht? Guck dir andere an – guck dir deine eigene scheißlebendige Mutter an, wie sie nach Schaumbad riecht und in den Skiurlaub fährt und Aperol Spritz trinkt und so sorglos lachen kann. Und meine verreckt an einer Überdosis Benzodiazepine, ganz allein, in ihrem schäbigen Wohnwagen, weil sie tief drin nie okay war!« Speichel spritzt aus meinem Mund. »Weißt du, bei was Benzodiazepine helfen sollen? Bei Schlafstörungen und Angstzuständen. Bei Angstzuständen. Und das alles ist meine Schuld! Ich bin schuld. Ich habe sie alleingelassen, im Stich gelassen. Ich war nicht da. Stattdessen war ich bei dir. Schallplatten, Porsche, Kunstvernissage. Ich scheiß drauf. Ich wollte nie, dass ihr Leben eine 1-Stern-Rezension ist.«

Benedict steht vom Bett auf. »Du bist unfair, Virginia. Ich verstehe dich, aber du bist verdammt unfair.« Seine Verzweiflung zeichnet nicht nur seine Mimik, sein ganzer Körper bricht wie ein morscher Baum unter der Last dieser ausweglosen Situation. Er kommt einen winzigen Schritt auf mich zu.

»Geh«, schreie ich. »Geh weg von mir. Ich bin nicht unfair. Dass wir beide hier stehen, *das* ist unfair. Was dachtest du? Dass die Unterschiede zwischen uns nichts ausmachen? Mit jedem Schritt, den ich auf dich zuging, habe ich mich von Mam entfernt. Mit jedem Schritt in deine verführerische Welt habe ich mich von der distanziert, aus der ich komme. *Fuck it!*

Ich habe so sehr versucht, das Gegenteil meiner Mutter zu sein, dass ich sie in den Tod getrieben habe!«

Benedict breitet die Arme aus, wie Flügel, die sich in Zeitlupe aufspannen.

»Bitte«, fleht er. »Bitte, komm her.«

Es wären wenige Schritte, wenige Schritte und eine Umarmung, die Schadensbegrenzung leisten könnte. Doch ich fahre herum und schlage mit der Faust gegen die Wand. Die Haut an meinen Knöcheln platzt, Blut spritzt auf die weiße Tapete.

Benedict keucht.

Ich schreie, dass er sich verpissen soll. Ich verdiene keinen Trost, keine Wiedergutmachung. Alles, was ich verdiene, ist Destruktion.

KAPITEL 24

In der Nacht vor meinem Umzug ins Wohnheim lagen Mam und ich schnapstrunken unter dem Firmament meines LED-Sternenhimmel-Projektors. Und während meine Mutter still weinte und ich still verharrte, tanzten leuchtende Galaxien über das tintenbedruckte Papier meiner Wohnwagenwände.

Der Himmel – das ist irgendwie mein Ding. Immer hochsehen, nie nach unten.

»Zuckermäuschen«, sagte Mam mit zitternder Stimme und griff nach meiner Hand. »Was, wenn Sterne nur kleine Verletzungen des Himmels sind?«

Ich entzog ihr meine Hand. Wut entflammte, züngelte meine Kehle empor, sodass mein Hals kitzelte.

»Ich werde ausziehen, Mam.«

»Natürlich wirst du das, meine Süße, natürlich.«

Der Himmel. War das jemals mein Ding? Oder hast du mir selbst das genommen?

KAPITEL 25

Dilara kommt jeden Tag. Sie hat sich von Sascha den Zweitschlüssel zu meinem Zimmer genommen und steht auch ohne Erlaubnis vor meinem Bett. Sie bringt Essen, das ich kaum anrühre. Sie erzählt mir von Friedrich Schiller und bietet an, mich zur Therapie zu begleiten.

Seit der Beerdigung meiner Mutter sind über zwei Wochen vergangen. Ich gehe nicht mehr zur Uni, Benny und Sascha habe ich seitdem nicht mehr gesehen und Benedict ist seit meinem Rauswurf auch nicht mehr aufgetaucht.

Wut und Aggression. Das sind verlässliche Begleiter.

Dilara steht vor mir, eine Hand in die Hüfte gestemmt, und starrt auf die blutige Raufasertapete. Ihr Ausdruck ist streng, sie kneift den Mund zusammen und schüttelt resigniert den Kopf, greift nach meiner Hand und betrachtet meine verwundeten Knöchel.

Ich möchte ihr die Hand entziehen, doch ich bin kraftlos. Und *so* erschöpft.

»Das reicht. Du kommst jetzt mit.«

Sie nimmt mich am Oberarm.

»Aufstehen.«

Ich fühle mich wie eine Puppe mit leblos herabhängenden Gliedmaßen. Schlapp, willenlos, gleichgültig.

»Ich meine es ernst. Aufstehen.« Sie greift nach meinen Schultern und setzt mich auf. »Ein wenig Mitarbeit wäre gut. Du bist schwer.«

Ich gehorche. Weil ich in Ruhe gelassen werden will? Weil ich nicht darum bitten kann, mir eine Umarmung aber wünsche? Weil ich die Verantwortung für mich selbst abgeben möchte?

Ich verlasse das Bett, sehe Dilara dabei zu, wie sie Kleidung in einen Rucksack stopft und mich aus dem Zimmer schiebt. Dass ich eine karierte Schlafanzughose und ein fleckiges durchsichtiges Top ohne BH trage, interessiert uns beide nicht.

Sie bringt mich zu sich nach Hause. Auf der Busfahrt sprechen wir kein Wort miteinander, doch sie fasst nach meiner Hand und verschränkt unsere Finger ineinander.

Als ich hinter Dilara in ihr würfelförmiges Elternhaus trete, läuft Friedrich Schiller auf mich zu und springt winselnd an meinen Beinen empor. Ich möchte die Hand nach ihm ausstrecken und ihn berühren, doch meine Finger sind bleischwer, sodass meine Arme leer gesogen herabhängen.

Dilaras Eltern erscheinen im Türrahmen zum Wohnzimmer. Ihre Mutter ist eine kleine Frau mit wachen Augen und Kurzhaarfrisur, ihr Vater hat ein sanftes Gesicht und einen schwarzen Haarkranz um seine Glatze. Mit einer Mischung aus Anteilnahme und Besorgnis sehen sie mich an. Dilara gibt ihnen ein Zeichen, dass sie sich zurückhalten sollen, und schiebt mich die Treppe hoch.

»Nimm es mir nicht übel«, sagt sie. »Aber du stinkst.«

Ich sitze auf dem zugeklappten Toilettendeckel, während Dilara Wasser in die Badewanne laufen lässt. Über die Schulter wirft sie mir kontrollierende Blicke zu, als fürchte sie, ich springe jeden Moment auf und flüchte aus dem Haus.

Sie kippt Badeschaum in das Wasser und kommt anschließend auf mich zu. »Was ist?«, fragt sie. »Soll ich dich ausziehen oder bekommst du das selbst hin?«

Schaumberge schwimmen auf der Oberfläche. Die Luft

dampft und riecht nach Orange. Als ich mir das Top über den Kopf ziehe, verlässt Dilara das Badezimmer.

Ich tunke die Zehen ins Wasser. Es ist zu heiß. Meine Haut färbt sich mohnrot und eine warnende Gänsehaut überzieht meinen Körper, doch ich gleite stöhnend in das Badewasser.

Vor der Tür höre ich Dilaras Stimme. Flüsternd unterhält sie sich mit ihren Eltern auf Türkisch.

Ein wahnwitziges Kichern kommt mir über die Lippen, weil ich daran denke, wie Benedict und ich auf der Wiese hinter dem Hauptgebäude liegen und ich ihm erzähle, dass ich noch nie ein Schaumbad genommen habe. Eine andere Zeit, eine andere Virginia – aus heutiger Perspektive kommt sie mir keusch, vom Leben geradezu mit Samthandschuhen angefasst vor.

Das zwischen Benedict und mir habe ich kaputt gemacht. Und ich fühle mich nicht schlecht dabei. Allgemein fühle ich wenig.

Ich tauche den Kopf unter Wasser. Ohren und Nase brennen, die Locken schlängeln sich wie Fangarme empor, Hitze beißt sich in meine Haut.

Hier unten ist es still – still und friedlich.

Ich öffne die Augen und mache den Mund auf, beobachte, wie Sauerstoffblasen durch das Wasser schweben und zerplatzen.

Plötzlich bin ich zwölf Wochen alt und schwimme im warmen Fruchtwasser, werde durch die Nabelschnur ernährt und von einem schlagenden Herzen geliebt.

Ich ziehe die Beine an und schlinge meine Arme darum, lege den Kopf zwischen die Knie und koste aus, wie meine Lunge nach Sauerstoff verlangend lodert .

Ich muss nicht selbst atmen. Ich werde mit allem Notwendigen versorgt.

Das ideale Biotop. Warm, nährstoffreich, beschützend.

Fest presse ich die Augenlider zusammen.

Ich muss nicht selbst atmen. Ich bin hier, in der Gebärmutter, und niemand – vor allem nicht sie selbst – wird die Nabelschnur durchtrennen. Ich bin hier. Ich muss nicht selbst atmen, das gierige Brennen meiner Lungenflügel ist eine Illusion.

Mein Bewusstsein wird dünner. Wenn ich einatme, füllt sich meine Lunge mit Wasser.

Es ist so still hier, so friedlich.

Bis ich am Haaransatz aus dem Wasser gerissen werde. Tropfen spritzen wild durcheinander. Ich verliere die Kontrolle und lasse zu, dass meine Lunge nach Luft ringt. Ich japse, rudere mit Armen und Beinen, sodass mehr Wasser aus der Wanne läuft.

Dilaras nasses Gesicht taucht über mir auf.

»Wolltest du dich ertränken?«, schreit sie und lässt meine Haare nicht los, zieht mich immer weiter aus der Badewanne, reißt an meiner Kopfhaut. »Du wolltest dich ertränken!«

Nein, nein, das wollte ich nicht. So ein Blödsinn. *Ich bin doch nicht wie sie*, will ich brüllen, aber kein Wort verlässt meinen Mund, vielleicht, weil ich damit beschäftigt bin, nach Sauerstoff zu hecheln.

Ruckartig lässt Dilara los. Sie läuft auf dem Teppichstreifen auf und ab, murmelt vor sich hin, bleibt wie erstarrt stehen und guckt mich an, als wäre ich eine Fremde, die urplötzlich nackt und keuchend in ihrer Badewanne sitzt.

Offen trägt sich ein Konflikt in ihrem Gesicht aus: aufgeben und Hilfe rufen oder weitermachen und mich nicht im Stich lassen. Ihre Hände zittern, als sie zum Schrank geht, ein Duschtuch hervorholt und damit vor mir stehen bleibt.

»Okay«, sagt sie zu sich selbst. »Okay, okay. Wir kriegen das hin.«

Sie hilft mir aus der Wanne, als wäre ich eine gebrechliche Neunzigjährige. Dann hüllt sie mich in die weichen Fasern und rubbelt mich trocken.

»Alles okay. Wir kriegen das hin. Wir schaffen das. Schon gut.«

Sie sieht mich nicht an. Ihre Augen folgen dem Handtuch, das über meinen roten Körper fährt, ich tue es ihr gleich, gucke auf mich herab, als wäre das nicht mein Körper. Ein Rinnsal Wasser fließt meine Wirbelsäule hinab, Tropfen aus meinen Haarspitzen perlen an meiner Brust ab.

Dilara lässt das Handtuch zu Boden fallen und greift nach einem Bademantel, der an einem Haken neben der Tür hängt. Ich schlüpfe hinein und lasse mir gefallen, dass Dilara mein Haar in ein frisches Handtuch wickelt. Dann platziert sie mich abermals auf dem geschlossenen Klodeckel.

»Alles okay«, wiederholt sie mit einer Stimme zäh wie Sirup.

Aus dem Badschrank nimmt sie eine Tube und tupft mit den Kuppen ihrer Zeigefinger Creme auf meine Wangen, Nasenspitze, Stirn. In zärtlichen Bewegungen verschmiert sie die Hautcreme, ihre Finger federweich, der Ausdruck ihrer braunen Augen so klar traurig, dass ich nicht verstehe, was hier passiert. Ich verstehe nicht, was soeben passiert ist. Ich habe ein Bad genommen. Und jetzt?

Dilara schiebt mich durch den Flur in ihr Zimmer. Sie hat eine Menge Pflanzen, überall grün, auf dem Boden, von der Decke hängend, zwischen Möbelstücken. Sie bugsiert mich auf das Bett und steckt mich unter die moosgrüne Decke, als könne sie mich dort festhalten. Sie eilt zur Tür, schließt sie und dreht sich schnell wieder zu mir um.

Als bräuchte sie Rückendeckung, lehnt sie sich gegen die geschlossene Tür.

»Virginia«, sagt sie ausatmend. »Deine Mutter ist tot. Das ist schrecklich, fürchterlich, ich bete jeden Tag für euch.«

Ich möchte mir die Ohren zuhalten und laut summen. Aber der Bademantel, das Handtuch und die Decke drücken mich nieder, sodass ich flach auf dem Bett liege, zur Tür starre und ihre Worte hören *muss*.

»Benedict hat mich angerufen, nachdem er bei dir gewesen ist. Ich habe ihn in den letzten Wochen oft verzweifelt gesehen, aber nach eurem Aufeinandertreffen hat er so sehr geweint, ich konnte ihn kaum beruhigen. Ich habe Verständnis für all deine Emotionen. Alles, was du fühlst, ist okay. Aber Benedict gegenüber bist du grausam. Und absolut unfair. Mich hast du nicht aus deinem Leben geschrien.«

Schmerzhaft umklammern meine Finger die Bettdecke. »Di…«

»Nein.« Verweigernd hebt sie die Hände. »Ihr alle – du, Benedict, Sascha –, ihr überfordert mich.« Sie geht leicht in die Knie und rutscht an der Tür hinab. »Ihr überfordert mich! Ich kann nicht alles auffangen. Du und deine Mutter, Sascha und …«

»Was ist mit Sascha?« Mein Hals juckt, kribbelt und zwickt.

Dilara richtet sich zu voller Größe auf. »Wir wollten es dir nicht erzählen.« Sie stößt sich von der Tür ab und geht durch das Zimmer. »Weil wir dich nicht zusätzlich belasten möchten. Weil man den Schmerz nicht vergleichen kann. Weil …«

»Wovon sprichst du?«

Sie setzt sich auf das Bettende. Mit beiden Händen streicht sie den Bezug glatt, blickt zu mir, dann zur Zimmerdecke. »Sascha …«

»Was ist mit Sascha?«

Sie starrt hinauf. Ihr Mundwinkel zuckt.

»Was ist mit Sascha?«

»Fabian hat sie sexuell belästigt.« Dilara geht in die Luft wie eine Knallgasreaktion, eine leuchtend gelborange Stichflamme. »Er hat sie angefasst und bedroht und geküsst, obwohl sie es nicht wollte. Sie wollte es nicht! Und jetzt sagt Sascha, unsere laute, rotzige Sascha, sagt jetzt Dinge wie: *Vielleicht habe ich es verdient. Ich habe immerhin mit ihm geschlafen.* Und: *Es ist meine Schuld. Ich habe ihn provoziert.*«

»Das ist Bullshit«, schreie ich zurück. »Hast du ihr das gesagt?«

»Natürlich! Ich sage es ihr jeden Tag!«

»Scheiße verdammt. Wieso sagt sie so einen Blödsinn? Sie weiß es doch besser!« Meine Stimme stürmt durch den Raum. »Es ist scheißegal, ob sie mit ihm geschlafen oder was sie gesagt hat. Sie trifft keine Schuld. Nein heißt nein!«

Wie getrieben fahren Dilaras Hände über die Bettdecke, wieder und wieder, bis sich der Stoff statisch auflädt. »Ihr … ihr überfordert mich.«

Ich schlage die Decke zurück und krieche auf allen vieren ans Bettende. Als ich nach Dilaras Händen fasse, durchzuckt mich die elektrische Entladung. Wir sehen uns an. Selbst in ihrer Kraftlosigkeit liegt Stärke.

»Es tut mir leid«, flüstere ich. »Es tut mir so leid.«

»Ich weiß«, wispert sie. »Ich weiß.«

Ich lege meinen Kopf in ihren Schoß, rolle mich zusammen, und dann – endlich – schaffe ich es: Ich weine mein Herz bis auf den letzten Tropfen leer.

KAPITEL 26

Mir wird erst bewusst, dass ich Sascha noch nie in ihrem Wohnheimzimmer besucht habe, als ich an ihre Tür klopfe.

»Wer wagt … Oh.«

»Hey.« Mein Lächeln verkümmert. »Darf ich reinkommen?«

Sascha zögert. Ich sehe es, ehe sie die Tür aufschiebt und sagt: »Klar, natürlich.«

Ihr Zimmer ist ähnlich trist wie meins, Bett, Schreibtisch, Kleiderschrank, alles aus hellbraunen Spanplatten. Ich stelle den Einkaufskorb auf den Boden, sodass Friedrich Schiller herausspringen kann. Sofort läuft er zu Sascha, die sich niederkniet.

»Deine fette Ratte ist gar nicht mehr so fett.«

»Dilara war streng zu ihm.«

»Das sieht ihr ähnlich.« Sascha nimmt den Chihuahua auf den Arm und geht mit ihm zu ihrem Schreibtisch. Aus der untersten Schublade holt sie eine Tüte Leckerlis hervor. »Nichts, das wir nicht wieder hinkriegen, was?«, fragt sie Friedrich Schiller und reißt die Plastikverpackung auf.

Sie hat abgenommen. Ihre Jeans schlackert um die Oberschenkel und am Bund. Ihr Sidecut wächst raus, ein dünner Haarflaum zieht sich über ihre linke Kopfhälfte.

Ich stelle meine zweite Tasche ab und hole das Gerät hervor.

»Ähm …«, macht Sascha. »Was wird das?«

Neben dem Schreibtisch befindet sich eine Steckdose, in die

ich das Projektorkabel stecke. »Zieh die Vorhänge zu«, weise ich Sascha an, die zum Fenster geht und den Raum verdunkelt. Ich werfe die Projektion an die Decke, gehe zur Raummitte und lasse mich auf dem Teppichboden nieder. Mit der Hand klopfe ich auf den Platz neben mir.

Sascha starrt regungslos an die Decke.

Mitternachtsblau durchzogen von weiß leuchtenden Schlieren.

»Als ich den … den Wohnwagen meiner Mutter ausgeräumt habe, habe ich meinen LED-Sternenhimmel-Projektor gefunden.«

Sascha reißt sich von der Zimmerdecke los und setzt sich im Schneidersitz neben mich, sodass sich Friedrich Schiller in ihrem Schoß zusammenrollt. Unsere Oberarme berühren sich zaghaft. Ich betrachte Sascha im Profil, die spitze Nase, die Kerbe über ihrer Oberlippe, das flache Kinn. Meine Freundschaft zu ihr ist anders als meine Freundschaft zu Dilara oder Benny. Von Anfang an hat mich die Kleinstadtrebellin herausgefordert und eine Seite an mir hervorgebracht, die ich tunlichst zähmen wollte.

»Was, wenn das Leben einer Runde russisches Roulette gleicht?« Den Blick nach oben gerichtet, hält sie sich am künstlichen Firmament fest. »Und wir müssen sitzen bleiben bis zum Schluss, nicht wissend, wen es als Nächstes trifft?«

»Es ist nicht deine Schuld.«

»Nicht?« Ihr Kopf schnellt in meine Richtung, auf ihren Lippen liegt ein bitteres Lächeln. »Ich habe mit ihm geschlafen. Ich wollte mit ihm schlafen. Mehrmals. Was denkst du über ihn?«

»Über Fabian? Dass er ein arrogantes Arschloch ist.«

»Oh ja, das ist er. Aber weißt du, was er auch ist? Unsicher. So verflucht unsicher. Er wollte sich mir anvertrauen, schmiegte sich nach dem Sex an mich und flüsterte, er habe Angst, so eine Scheißangst, dass ihn alle hassen. Seine Stimme war so verletzlich, so ohne Hohn und Spott, du hättest ihn hören müssen. Er dachte, ich sage das so daher, dass ich nur mit ihm schlafen, nicht mit ihm reden möchte. Dass ich ebenso anschmiegsam werde wie er, wenn der Fuckboy mir die Chance gibt, ihn zu retten. Aber ich bin nicht die richtige Person dafür, ich habe es ihm wieder und wieder gesagt: Sorry, Fabian, wenn du nicht willst, dass dich alle hassen, dann solltest du dein Verhalten überdenken. Du solltest Verantwortung übernehmen und nicht hoffen, dass ich dich zu einem liebenswürdigen Menschen mache. Bitte lass mich in Ruhe, habe ich gesagt. Aber er …« Sie stoppt, beugt sich zu Friedrich Schiller hinab und legt ihre Wange an den Kopf des Hundes. »Aber er hat mich nicht in Ruhe gelassen. Er hat mich nicht …«

»Oh, Sascha.«

Die Projektion wechselt ihre Farbe, sodass grüne Nordlichter über die Wände flackern. Eine Polarnacht.

»Benny hat Fabian die Nase gebrochen.« Sascha lacht überdreht. »In der Mensa, vor allen anderen. Es war skurril. Benny, der mit seinem muskulösen Körper auf den dünnen Fabian zustürmt, ihn zu Boden reißt und auf ihn einprügelt, Blut auf den Fliesen und Blut auf Fabians Gesicht und Blut auf Bennys manikürten Händen. Es war eine skurrile Darbietung von Männlichkeit.«

»Hast du ihn angezeigt?«

»Fabian? Ja. Aber es steht Aussage gegen Aussage, es war schließlich niemand dabei, als er mich spätabends vor dem Wohnheim abgefangen hat und … und …«

Ich berühre sie am Arm, doch sie entzieht sich mir.

»Die Unschuldsvermutung gilt anscheinend nur für Männer.« Ein weiteres aberwitziges Lachen. »Wenn er sagt, dass ich verrückt sei und mir die ganze Scheiße nur ausdenke, weil er mich verlassen hat und ich nicht damit klarkomme, dann glaubt man ihm. Wenn ich sage, dass ich nicht angefasst werden wollte, dass ich Nein gesagt habe, dass …« Ihre Stimme versagt, sodass sie sich räuspert.

Eine violette Galaxie zieht über unseren Köpfen hinweg.

»Solange man nicht das Gegenteil beweisen kann, ist er unschuldig. Aber wieso sage ich nicht die Wahrheit, bis man mir das Gegenteil nachweisen kann?«

»Darf ich dich in den Arm nehmen?«

Sie sieht mich an. Ihre Nasenflügel zittern, Tränen schießen in ihre Augen, ein Winseln. Sascha fällt in meine Arme, kippt wie ein gefällter Baum, ich halte sie.

»Ich habe doch alles getan, damit mir diese Welt nicht wehtun kann«, schluchzt sie.

»Dich trifft keine Schuld«, wiederhole ich und presse mich eng an sie, versuche, uns beide zusammenzuhalten.

»Ich habe doch alles getan, damit mir diese Welt nicht wehtun kann.«

KAPITEL 27

Meine Therapeutin und ich sezieren mein Herz.

Ich komme zu ihr in die Praxis, lege mich ausgestreckt auf das Sofa, sie öffnet meinen Thorax.

Wir finden mein Verhältnis zu Tiefkühllasagne, meiner Mutter und zu Benedict. Wir finden immer wieder Benedict.

KAPITEL 28

Am Abend vor dem Campusfest begegne ich Benedict auf dem Parkplatz vor dem Wohnheim. Friedrich Schiller sitzt im Einkaufskorb, nachdem ich ihn auf die Wiese gebracht habe. Ich sehe, wie Benedict vom Hauptgebäude kommt und seinen Wagen ansteuert. Er trägt ein weißes Polohemd, schwarze Jeans und Mokassins, über seiner Schulter hängt eine Ledertasche. Im Gehen schiebt er die Sonnenbrille aus den Locken auf die Nase. Seine Haare sind von der Sommersonne heller, seine Haut an den Armen und im Gesicht braun gebrannt.

Wie festgekleistert bleibe ich stehen. Friedrich Schiller fiept unruhig.

Kurz vor seinem Porsche sieht er mich. Ihm fällt der Autoschlüssel aus der Hand, sodass er sich danach bückt und ihn aufhebt. Er nimmt die Sonnenbrille vom Nasenrücken und starrt zu mir herüber. Sein Gesichtsausdruck ist unlesbar – regungslos, spöttisch, bitter?

Ich möchte fragen, wie es ihm geht, wie viele Tabletten er nimmt, ob er den Leistungsdruck im Griff hat, ob er sich gegen Theodor behauptet. Ich möchte sagen: *Ich vermisse dich.* Und: *Es tut mir leid, dass ich dich gebrochen habe.*

Doch ich sage nichts. Und Benedict noch weniger.

Am Tag der Demo klettert die Temperatur auf über dreißig Grad. Es ist Ende Juli, die Semesterferien haben begonnen.

Ich trage ein bauchfreies regenbogenfarbenes Top und kurze Jeansshorts.

Der Campus gleicht einem Jahrmarkt. Fressbuden bieten süße Crêpes und Zuckerwatte, gegrillte Würstchen und Pommes, man kann Dosenwerfen oder Apfelbeißen in Regentonnen spielen. In der Campusmitte dreht ein altes Karussell Kreise, während die Schaukelpferde mit abblätternder Farbe wiehern.

Vor dem Hauptgebäude steht die große Bühne. Dilara und ihr Team haben knallbunte Luftballons, Girlanden und Plakate aufgehängt. Als ich die Bühne erreiche, werden letzte Arbeiten an der Technik verrichtet, der Ton wird überprüft und Ersatzmikrofone bereitgestellt. Unweit der Bühne steht ein Informationsstand mit Flyern und Prospekten.

Ich erblicke Dilara, die einen Stapel Karteikarten in den Händen hält, und winke ihr zu. In den letzten Wochen der intensiven Demovorbereitung war ich ihr keine Hilfe. Trotzdem habe ich es heute Morgen aus dem Bett und auf den Campus geschafft.

Habe ich mich zu Beginn des Semesters als aktiven Teil der Hochschulgruppe gesehen und diesem Tag entgegengefiebert, fühle ich mich jetzt wie eine teilnahmslose Besucherin. Ich könnte nach Sascha oder Benny Ausschau halten, doch ich verwerfe den Gedanken und gehe allein zwischen den Ständen umher.

Fabian hat Benny nicht angezeigt. Sascha hat ihre Anzeige zwar nicht zurückgezogen, aber nach wie vor steht es Aussage gegen Aussage. Tatbestand: sexuelle Belästigung. Da er sie *nur* gegen ihren Willen geküsst, bedrängt und verbal bedroht hat, ist es laut der Polizei keine sexuelle Nötigung. Wir sprechen es nicht aus, wissen jedoch, dass die Anzeige aller Wahrscheinlichkeit nach im Sand verlaufen wird. Sascha hat mehrmals mit einer Beratungsstelle gesprochen und sich schließlich getraut, den Vorfall im Netz unter *#metoo* zu teilen. Dabei spricht sie über eine absurde Scham – wie man als nicht Betroffene davon ausgeht, nach solch einer Tat laut und wütend zu sein, und wie man sich, sobald es passiert ist, doch schämt, kleinmacht und die Schuld bei sich selbst sucht.

Sascha hat sich verändert, nicht grundlegend, viel subtiler, wie eine Brise, die die Windrichtung geändert hat. Sie hat Körperkontakt nie sonderlich gemocht, doch wenn ich sie heute berühre, zuckt sie manchmal zusammen. Sie hat ihre sexuelle Freiheit eingeschränkt, schläft nicht mehr unbekümmert mit anderen Menschen. Ich hasse Fabian dafür.

Dilara, Benny, Sascha und ich – unsere Freundschaft hat die Ereignisse der letzten Monate überstanden. Wie ein junger Baum, der seinen ersten Winter überlebt, sind unsere Wurzeln tiefer geworden. Aber wir haben auch an Unbeschwertheit und Leichtigkeit verloren und für manche ist der Winter noch nicht vorüber. In den letzten Wochen haben wir viel geschrien und geweint, waren uns nah und haben uns weggestoßen, haben uns beleidigt und dann zwischen den Zeilen gesagt, dass wir uns lieben.

Ich sehe Sascha vor dem Karussell. Sie trägt rockige Boots, einen fransigen Rock und ein Shirt mit der Aufschrift *NO means NO #endrapeculture*. Sie hat ihren Sidecut frisch rasiert und ihre Lippen leuchten kirschrot.

»Möchtest du eine Runde drehen?«, frage ich, als ich sie erreiche.

Überrumpelt blickt sie von ihrem Handy auf. Ihre Lippen kräuseln sich zu einem feinen Lächeln. »Klar.«

Wir warten die nächste Runde nicht ab, sondern springen auf das fahrende Karussell auf. Sascha kichert, während sie sich lasziv um eine Stange rekelt und auf das Schaukelpferd gleitet.

Ich gehe zwischen den Pferden umher. Das Karussell dreht sich langsam und singt in einer märchenhaften Melodie. Neben Sascha und mir sind nur wenige Menschen auf dem Fahrgeschäft.

Die Pferde schaukeln auf und ab, hoch und runter. Ich bleibe vor einem schwarzen Schaukelpferd mit silbernem Sattel und goldener Mähne stehen, schwinge ein Bein über den Rücken und rutsche in den Sattel.

»Weißt du was?«, ruft Sascha.

»Was?«

Sie wirft den Kopf zurück, sodass die lange Seite ihrer dunklen Haare das Schaukelpferd streift. Mit beiden Händen umfasst sie die Stange und biegt den Rücken durch.

»Ich habe ans Schicksal geglaubt«, sagt sie. »Du weißt schon. Alles kommt, wie es kommen soll. Irgendein oberkrasses Universum regelt das schon für uns. Aber …« Sie hebt den Kopf. »Was ist, wenn du das Schicksal schälst wie eine Zwiebel, du häutest Schicht für Schicht, trägst alles ab, immer in der Hoffnung, den Sinn jeden Moment zu entdecken, doch alles, was übrig bleibt, ist: der Zufall.«

Schweiß sammelt sich in meinem Nacken und unter meinen nackten Oberschenkeln, die sich an die Flanken des Schaukelpferds pressen.

»Ich weiß nicht, ob ich diesen Gedanken niederschmetternd oder erbaulich finden soll«, rufe ich Sascha zu, die sich rücklings auf den Pferderücken gelegt hat, den Kopf auf die Kruppe, die Arme baumelnd. Sie lacht, sodass ihr Brustkorb bebt.

Auch ich lege mich zurück, verstärke den Druck meiner Beine um den Korpus, lasse meine Locken über den dreckigen Karussellboden fahren und entspanne die Arme.

Kopfüber zwischen den schaukelnden Pferden, die süße

Schwanensee-Melodie in den Ohren, treffe ich auf Benedicts Blick. Er steht vor dem Karussell und beobachtet mich.

Mein Herzschlag prescht los, sodass meine Beine an Spannung verlieren und ich drohe, vom Schaukelpferd zu rutschen. Doch ich halte mich im Sattel.

Benedict sieht nicht weg. Ich auch nicht.

Ich rudere mit den Armen, um mich aufzusetzen. Meine Hand schlingt sich um die Stange und ich ziehe mich hoch. Als ich mich aufgerichtet habe und über die Schulter gucke, ist Benedict verschwunden.

Ich suche nach ihm – nach einem Mann in einer beigen kurzen Hose und einem weißen Hemd –, doch zwischen den Studierenden finde ich ihn nicht.

Sascha steht vor meinem Schaukelpferd. Das Karussell hat aufgehört, sich zu drehen.

»Komm«, sagt sie. »Dilara braucht unsere Unterstützung.«

Während wir zurück zu der Bühne gehen, gucke ich immer wieder nach Benedict. Habe ich mit seinem Auftauchen gerechnet? Habe ich es erhofft? Aufregung lässt meinen Bauch brodeln, und ich wundere mich über dieses intensive Gefühl, das sich unter meine Lethargie mischt.

Sascha und ich schieben uns durch die Menschenmenge vor der Bühne in die erste Reihe. Ich entdecke Bennys Kopf, sein braunes Haar ist seit wenigen Tagen von blonden Strähnen durchzogen.

Als Dilara auf die Bühne tritt, kreischt Sascha, und ich klatsche, bis meine Handflächen schmerzen. Kennt man sie gut genug, fällt auf, dass Dilaras rechtes Auge nervös zuckt, doch ihr Auftreten wirkt souverän und selbstsicher. Ihr Blick fällt auf mich, und das Lächeln, das sie mir schenkt, zeigt, dass sie mir die Wutausbrüche, Tränen und stundenlangen Umarmungen des Frühsommers verziehen hat.

»Danke schön!«, ruft Dilara gegen den lautstarken Empfang an. »Danke sehr und herzlich willkommen zur ersten feministischen Demonstration der Uni Havenitz!«

Sascha formt ihre Hände vor dem Mund zu einem Trichter und jubelt ungehalten los.

»Wir haben uns heute während des Sommerfests versammelt, um ein Zeichen zu setzen«, sagt Dilara, ohne auf ihre Karteikarten schauen zu müssen. »Ein Zeichen für mehr Toleranz, mehr Miteinander, mehr Nächstenliebe. In Zeiten, in denen weltweit, und auch in Deutschland, rechtsradikale Stimmungen lauter werden, brauchen wir offene Herzen und helfende Hände. Wir brauchen Ohren, die zuhören, nicht um zu antworten, sondern um zu verstehen. Augen, die über den eigenen Tellerrand hinausblicken. Und wir brauchen Münder, die sich für eine solidarische Gesellschaft aussprechen – wieder und wieder.« In ihrem bodenlangen roséfarbenen Kleid geht Dilara auf der Bühne auf und ab. Eine Erinnerung pfeift mir um die Ohren: wie ich an meinem ersten Tag an der Universität in den sterilen Seminarraum komme, Dilara vom Tisch aufsteht und mir die Hand entgegenstreckt. Ein Silberstreifen am Horizont.

»Lasst uns gemeinsam diskutieren, feiern und solidarisch gegen Rassismus, Sexismus, Faschismus, Homofeindlichkeit, Antisemitismus und andere Diskriminierungen kämpfen. Wir haben eine Stimme. Und heute, heute benutzen wir sie!«

Plakate mit feministischen Kampfsprüchen werden erhoben.

Weitere Empfindungen lassen die klebrige Glasur meiner Gleichgültigkeit bröckeln: Ich fühle Verbundenheit, Solidarität, Wertschätzung. Unwillkürlich lasse ich den Blick über die Köpfe gleiten. Ich meine, einen dunklen Lockenkopf auszumachen, doch er geht beim nächsten Wimpernschlag unter.

»Lasst uns einstehen für die Gleichberechtigung und Gleichwertigkeit aller Menschen, ganz egal, welchem Geschlecht, welcher Nation, Religion oder Ethnie sie angehören oder welche Hautfarbe oder Sexualität sie haben. Und damit, liebe Menschen, begrüßen wir unseren ersten Künstler.« Dilaras Stimme wird zu einem euphorischen Trommelwirbel. »Macht mächtig Lärm für *Queer Utopia*!«

Der Schwarze trans Musiker heizt der Menge mit seiner Performance und seinem Rap ein. Die Körper um mich setzen sich in Bewegung, Gliedmaßen schlingern, die Hitze lässt Schweiß auf der Haut ausbrechen, sodass es nach Sonnencreme riecht. Ich nehme die Haare zusammen und binde sie hoch, Schweiß fließt meinen Nacken hinab, beschleunigt in der Kurve meiner Wirbelsäule. Als ich beginne zu tanzen, fühle ich mich eingerostet, steif und knöchern.

Und dann schlägt die Traurigkeit zu, trifft mich mit heißer Faust wie ein Kinnhaken. Mein Atem wird klumpig. Inmitten der tanzenden, singenden, feiernden Menge brennen Tränen in meinen Augen.

»Möchtest du ein Bier?«, kreische ich Sascha ins Ohr. »Ich hole Getränke.«

Sie nickt, wirft die Arme in die Luft und lässt sich von den Beats mitreißen.

Ich quetsche mich zwischen den Leibern hindurch. Es wäre besser gewesen, im Bett zu bleiben. Vielleicht hätte ich es geschafft, Tagebuch zu schreiben oder einen Artikel für meine Hausarbeit zu lesen. Mit zitternden Fingern ziehe ich den Reißverschluss der Bauchtasche auf, die um meine Mitte hängt, und ziehe das Päckchen *Pink Elephant* sowie ein Feuerzeug heraus. Hinter einer Fressbude finde ich Schutz, bleibe stehen und zünde die Zigarette an. Der Geruch von gebrannten Mandeln und erhitztem Zucker mischt sich mit dem Vanillearoma der Kippe, an der ich hektisch ziehe.

»Virginia!«

Ertappt fahre ich herum, versuche, die Zigarette hinter meinem Rücken zu halten, doch Benny steht vor mir und mustert mich mit gerunzelter Stirn. Seine Lippen glitzern, als wäre eine Sternschnuppe darauf zerfallen.

»Alles okay?«

Ich beschließe, nichts zu verstecken, also drehe ich die pinke Kippe zwischen Daumen und Zeigefinger. »Klar. Bei dir?«

Er sieht mich lange an, sein Blick wehmütig. Es ist diese Hilfe in der Hilflosigkeit, die wir einander geben möchten, mal mehr, mal weniger erfolgreich.

»Ich komm klar, wirklich«, schiebe ich nach und führe die Zigarette an die Lippen, mein Mund füllt sich mit vanilligem Rauch. Meine Finger werden ruhiger, der rennende Herzschlag läuft aus und ich habe die Tränen zurückgedrängt. Ich biete Benny die Zigarette an, doch er lehnt ab.

»Soll ich es ihr sagen?«

Ich atme langsam aus, der Rauch kringelt zwischen meinen Lippen hervor. »Schwierig.«

»Ich muss ständig daran denken. Ständig. Ich explodiere jeden Moment. Mache ich damit unsere Freundschaft kaputt?«

Sascha hat sich nach Fabians gewalttätiger Tat an Benny geklammert wie an einen Rettungsring. Sie hat oft in seiner neuen Wohnung geschlafen und er hat sie zur Beratungsstelle begleitet.

»Du wirst eure Freundschaft nicht zerstören, aber sie könnte ein gebrochenes Herz davontragen. Wenn du mich fragst …« Ich pausiere, um den Stummel der Zigarette in den nächstgelegenen Mülleimer zu werfen. »Sag es ihr. Sag: *Sascha, ich liebe dich.* Du wirst es bereuen, wenn du es nicht tust.«

Ich gucke zu Boden, weil ich das Mitgefühl in Bennys Blick

nicht ertrage. Was hört er in meiner Stimme? Eigene Reue? Bedauern? Schuld?

»Was ist aus Venedict geworden?«, fragt er, die Stimme leise, im Motorengeräusch der Zuckerwattemaschine nahezu unhörbar.

Meine Finger nesteln an der Bauchtasche. Der Himmel ist karibikblau, meine Haut klebrig, die Luft flirrt vor Hitze.

»Ich glaube nicht, dass ich momentan zu irgendeiner Beziehung fähig bin, außer zu mir selbst.«

Benny tritt an mich heran und schlingt seine Arme um mich. Er riecht nach Waschmittel, Moschus und frischem Schweiß. Unbeholfen tätschele ich ihm den Rücken. Die Umarmung ist mir ebenso unangenehm, wie ich sie nötig habe.

»Komm«, sagt er und lässt mich los. »Wir gehen zurück. Gleich kommt der Poetry-Slam. Möchtest du?«

Ich nicke. »Okay.«

Wir kehren zurück zur Bühne, auf der *Poppy Poetry*, eine junge Frau im Rollstuhl, einen atemberaubenden Slam vorträgt, der gleichermaßen humorvoll und wütend ist.

Benny und ich schaffen es, uns zu Sascha in die erste Reihe durchzudrängen. Sie fragt nicht nach dem angekündigten Bier. Wir stehen Schulter an Schulter und *Poppy Poetrys* Text über Selbstbestimmung und Autonomie des weiblichen Körpers macht etwas mit mir, trifft mich genau da, wo's wehtut.

Tränen rollen über mein Gesicht, und als Benny mich ansieht, nimmt er mich wortlos in die Arme. Sascha kramt aus ihrem kleinen Rucksack eine Tube Karnevalsschminke und betupft meine nassen Wangen mit Glitzer.

Poppy Poetry wird von einer DJane abgelöst, die zuckende House-Musik aus den Boxen knallen lässt. Während die Sonne sich stetig gen Westen schiebt, bewegt sich die Menge rhythmisch. Ich bin high von mir selbst, mit geschlossenen Lidern schwinge ich im Takt, mein Herz vollgesogen von unterschiedlichsten Gefühlen. Die Frage, wie es mir geht, kann ich nicht beantworten.

Stoßweise denke ich an Benedict, wie er vor dem Karussell steht und mich ansieht, verschwindet, als hätten wir uns nichts zu sagen. Ist er immer noch auf dem Campus?

Als Dilara zu uns stößt, fallen wir ihr um den Hals.

»Du warst grandios!«, brüllt Benny. »Gran-di-os!«

Wir pressen unsere feuchten Körper aneinander, Arm über Arm, die Gesichter nah.

»Eines Tages wirst du Bundeskanzlerin!«, rufe ich und Dilara lacht.

»Danke für eure Unterstützung«, sagt sie.

Sascha quetscht ihre Tube aus und schmiert unsere Gesichter mit Glitzer voll. Ich fühle mich wie eine fremdgesteuerte Spielfigur, schwebe über meiner eigenen Existenz, aber das ist okay. Ich sehe Fortschritte.

Sascha und Benny trinken Bier, während Dilara einen Crêpe isst und ich eine Zigarette rauche. Wir schlendern über den Campus, drehen eine zweite Runde auf dem Karussell und Sascha räumt beim Dosenwerfen den Hauptgewinn ab – ein unförmiges Eisbärbaby aus Plüsch. Ich kann nichts dagegen tun, meine Augen scannen den Campus nach Benedict ab. Und finden ihn nicht.

Der Sonnenuntergang färbt den Horizont magentafarben. Von Pink zu flammend Rot zu Goldorange. Die Luft kühlt nicht ab, schwer und drückend lässt sie meine Locken zu wilden Kringeln werden, doch der Schatten sorgt für Kühlung auf der Haut.

Sascha beschließt, bei Benny zu übernachten. Dilara und ich verabschieden uns von den beiden, nachdem Dilara eine abschließende Rede auf der Bühne gehalten hat. Ich nicke

Benny zu, als er und Sascha sich Richtung Bushaltestelle aufmachen.

Als die Fressbuden die Fensterläden zuklappen und der Betreiber des Karussells die letzte Runde ankündigt, begleitet mich Dilara ein Stück zum Wohnheim.

»Du kannst stolz auf dich sein«, sage ich.

»Das bin ich.«

»Die Veranstaltung war ein voller Erfolg. Du hast großartige Arbeit geleistet.«

Sie lächelt mir von der Seite zu. »Auf eine zweite, dritte und vierundfünfzigste feministische Demo an der Uni Havenitz!«, sagt sie feierlich und greift nach meiner Hand. »Sehen wir uns nächste Woche?«

»Klar.«

»Wann gehst du zur Therapie?«

»Dienstag und Donnerstag.«

»Und zum Grab?«

Ich möchte ihr meine Hand entziehen, doch sie verstärkt ihren Griff. »Schon okay«, sagt sie, dann bleibt sie plötzlich stehen.

»Was?«

Sie sieht an mir vorbei und kneift dabei die Augen zusammen, denn die Sonne steht inzwischen tief. Ich folge ihrem Blick und gucke über die Schulter.

Er lehnt an seinem Wagen.

Dilara lässt meine Hand los. »Wir sehen uns nächste Woche. Melde dich, wenn du etwas brauchst«, sagt sie und geht rückwärts zurück in Richtung Campus.

Ich sehe zwischen ihr und Benedict hin und her.

Dilara zwinkert mir zu.

Und ich? Ich drehe mich um und gehe langsam auf Benedict zu.

Er hat auf mich gewartet. Als ich wenige Meter vor seinem Wagen stehe, rutscht er von der Motorhaube.

»Hi.«

»Hey.«

»Bene…«

»Steig ein.«

»Was?«

»Steig ein.« Er nickt zur Beifahrertür.

Ohne darüber nachzudenken, gehe ich um das Auto, öffne die Tür und lasse mich in den Sitz sinken. Der Innenraum riecht nach altem Leder. Benedict rutscht auf den Fahrersitz und schiebt den Schlüssel ins Zündschloss, doch anstatt den Wagen zu starten, guckt er mich an, sein Blick so erschrocken, als hätte er nicht damit gerechnet, mich noch einmal in seinem Porsche zu sehen.

Ich habe seine graublauen Augen lange nicht mehr aus dieser Nähe gesehen. Er hat die Ärmel seines Hemdes hochgekrempelt, das dunkle Haar kräuselt sich auf seinen Unterarmen, seine schlanken Finger schließen sich fest um das Lenkrad. Ein Grübchengrinsen. Wie sehr vermisse ich …

»Ich vermisse dich.« Sofort schlage ich mir die Hand vor den Mund.

Benedicts Augen sind kreisrund. Er hält den Atem an, sekundenlang. Mein bestürzter Herzschlag dröhnt in meinen Ohren und ich möchte mir die Zunge abbeißen. Hörbar zieht Benedict Luft in seine Lungen. Ohne eine Erwiderung wendet er den Blick ab und startet den Wagen.

Als wir den Parkplatz verlassen, breche ich vor Entsetzen in Gelächter aus. Ich lache und platze und schüttele mich, bis ich meine Finger in die schmerzenden Seiten grabe.

»Habe ich das wirklich … gesagt?«, quieke ich außer Atem.

»Hast du«, bestätigt er und lässt sich von mir anstecken,

sein Lachen braust ungehalten durch den Innenraum. Unser Gelächter schraubt sich zu einem hysterischen Gebrüll hoch. Ich kurbele das Seitenfenster herunter, unser Lachen fliegt aus dem Fenster. Mein Zwerchfell brennt, Tränen rinnen über unsere Wangen, ich verschlucke mich an dem Gekicher.

»Das habe ich … nicht … gesagt«, japse ich, meine Finger quetschen sich unter meinen Rippen in den Bauch.

Benedicts Lachen ebbt ab, er räuspert sich, dann verstummt er. Mit dem Handrücken wischt er sich die Tränen vom Gesicht, schnieft, zieht die Nase hoch, guckt dabei nicht mich an, sondern auf die Straße im Dämmerlicht.

Obwohl ich nicht mehr lache, tropfen Tränen von meinem Kinn.

So sehen wir uns wieder – und lachen darüber, wie ich ihm das Herz gebrochen habe.

Ich löse den Sicherheitsgurt und strecke den Kopf aus dem Fenster. Der Fahrtwind peitscht meine Haare zurück, reißt an der Haut meiner Wangen und trocknet meine Tränen. Ich ziehe die Arme aus dem Wageninneren, sodass ich mit halbem Oberkörper aus dem Fenster hänge.

Graublau schlittert die Dämmerung in die Nacht hinein. Wir haben Havenitz hinter uns gelassen und fahren Richtung Osten. Insekten treffen mich im Gesicht, hart prallen sie gegen meine Stirn.

Benedict bremst den Wagen ab, dann gibt er Gas und beschleunigt. Ich kreische, schreie, brülle alles und nichts.

Als meine Ohren pfeifen und meine Locken stürmisch vom Kopf stehen, rutsche ich zurück auf den Beifahrersitz. Ich bin eine krude Mischung aus durcheinandergewirbelt und leer gefegt.

»Wohin fahren wir?«

»Wirst du gleich sehen.« Er biegt von der Landstraße ab.

Der alte Porsche rumpelt über einen Feldweg, beleuchtet von den tiefen Scheinwerfern, nur das unregelmäßige Knacken des Radios durchbricht die Stille. Nach Minuten wird Benedict langsamer und parkt den Wagen.

Wir steigen aus, und ich gehe hinter ihm durch das wadenhohe Gras, zwischen zwei hohen Bäumen hindurch, bis wir auf einer Lichtung stehen: über uns der volle Mond und Abertausende Sterne, das Firmament ein blaulila Tuch, in das funkelnde Himmelskörper gestickt wurden.

»Willkommen im Sternenpark«, sagt Benedict. »Siehst du diese bandförmige Formation? Wie ein milchig weißer Pinselstrich quer über dem Horizont?« Er streckt den Arm aus und deutet mit dem Finger in die Ferne.

In der klaren Nacht ist der nebelhafte Streifen deutlich zu erkennen. »Die Milchstraße.«

»Die Milchstraße«, bestätigt er.

Meine Augen verbinden Fixpunkte zu Sternbildern.

Benedict kommt näher, bleibt einen halben Meter von mir entfernt stehen. Seine Augen leuchten nicht, sie sind elend und kummervoll.

»Ist es nicht erstaunlich, wie zur selben Zeit, im exakt selben Augenblick, so vieles passiert – überall auf der Erde?«, frage ich. »Während wir hier stehen, schwimmt ein Eisbär durch bitterkaltes Gewässer, in seinem Rücken meterhohe weiße Berge. Und in der Tiefsee, dort, wo kein Licht jemals hingelangt und der Druck steigt, schiebt sich eine Muschel über den Meeresboden. Und überall – im Wasser, im Erdboden, in der Luft, auf und in uns – sind Mikroorganismen, so winzig klein, dass sie unsichtbar sind. Viren, Bakterien, Pilze – mickrig klein, aber überall. Ist das nicht erstaunlich? Dass es immer eine Parallelwelt gibt? Zur exakt selben Zeit?«

»Immer eine Parallelwelt.«

»Oder ein Paralleluniversum? Meinst du, es gibt eins, in dem meine Mutter nicht tot ist?«

Benedict antwortet nicht. Er legt den Kopf weit in den Nacken, und ich schaue auf seinen Hals, wie sich die Haut um seinen Kehlkopf spannt.

»Entschuldige«, sage ich. »Es ging in letzter Zeit nur um mich. Wie geht es dir? Wie viele Pillen nimmst du?«

Benedict klappt den Kopf nach vorn.

»Du hast mir das Herz gebrochen, Virginia.«

»Ich weiß.«

»Du hast mir das Herz gebrochen«, wiederholt er. »Und jetzt?«

Nervös fahren meine Finger zur Bauchtasche, reißen den Verschluss auf und pfriemeln an der Schachtel. Ich ziehe eine Zigarette hervor und zünde sie an, die Flamme des Feuerzeugs leuchtet einsam rot in dem uns umgebenden Lilablau.

»Ich liebe dich«, sage ich zu ihm. »Aber das hat viel mit mir und wenig mit dir zu tun. Menschen sagen es in der Annahme, eine Erwiderung zu erhalten. Aber das ist falsch. Es ist in erster Linie eine Tatsachenbeschreibung, und ich habe keinen Anspruch auf eine Antwort, gar eine Erwiderung. Ich liebe dich. Aber ich habe momentan ausschließlich Kapazitäten für die Beziehungen, die ich mit mir und meiner Mutter führe.« Der Rauch auf meiner Zunge schmeckt trostlos.

Benedict hebt die Hände vor sein Gesicht. »Fuck«, schreit er. »Fuck, fuck, fuck!« Mit beiden Fäusten zerrt er an seinen Locken.

»Virginia«, sagt er, mein Name zerbrechlich auf seiner Zunge, gläsern und filigran.

»Es tut so weh. Es tut so verdammt weh. Ich kann nichts dagegen tun. Ich denke an dich, tagsüber, nachts, zwischen den Minuten. Überall bist du – wie ein Mikroorganismus. Du hast mich weggescheucht, rausgeschmissen, und ich lecke nach wie vor wie ein getretener Hund meine Wunden, es ist erbärmlich, wirklich peinlich. Ich arbeite wie verrückt, selten weniger als sechzehn Stunden. Ich bin richtig drauf auf Ritalin, ja, was soll ich machen? Was soll ich machen?«

Ich spüre seine Verzweiflung körperlich. Seine Stimme wird brüchig, rissig, tränenerstickt.

»Ich wollte doch nur für dich da sein, es mit dir durchstehen, dich *nicht* alleinlassen. Wieso hast du uns keine Chance gegeben? Wieso musstest du uns kaputt machen?«

Er kommt auf mich zu, stolpert zurück. »Wieso hast du das getan?«

»Es tut mir leid.« Ich drücke die Zigarette auf meiner Bauchtasche aus, stecke den Stummel ein und gehe zu ihm. Ich bin ihm so nah, dass ich sein teures Parfüm riechen kann. Erinnerungen und Sehnsüchte liefern sich ein Tauziehen, sodass ich in der Mitte durchzureißen drohe.

Benedict hat die Hände vors Gesicht geschlagen. Ich umschließe seine Unterarme und ziehe daran.

»Es tut mir leid«, sage ich. »Es tut mir leid, so leid. Es tut mir leid!«

Er lässt die Hände vom Gesicht fallen, seine Mimik so gequält, dass ich mich davor erschrecke.

»Ich weiß, dass es für uns kein Zurück gibt. Ich weiß, dass wir nicht zu einem Davor umkehren können. Ich weiß, dass du mir aktuell nicht guttust«, sagt er, sein Mund dicht vor meinen Augen. »Ich habe eigene Probleme, sollte mich um *mich* kümmern. Deine Mutter ist gestorben, und ich *verstehe*, weshalb wir nicht zusammen sein können. Und dennoch ... Ich kann nicht. Hörst du? Ich kann nicht.«

Seine Augen quellen vor Tränen über, sie fließen in schlanken Spuren über sein Gesicht. Er schluchzt. Ein Geräusch, das sich in meinem Trommelfell festbeißt und das ich nicht wieder loswerde.

Ich tue das Schlimmste, das ich tun kann. Stelle mich ein wenig auf die Zehenspitzen, umschließe mit den Händen sein Gesicht und presse meine Lippen auf seine.

Ich küsse ihn. Und ich verabscheue mich dafür.

Ich habe eine Grenze überschritten, und jetzt falle ich in ihn hinein, tief und tiefer. Seine Hände liegen fest und warm an meiner Hüfte, während er meinen Körper eng an seinen zieht. Unsere Kinne berühren sich, dann die Nasenspitzen und dazwischen unsere Lippen, unerbittlich, als wüssten sie, dass es das letzte Mal sein würde.

Dieser Kuss ist ein Abschied.

Benedict atmet mühsam gegen meinen Mund. »Geh nicht.«

Ich küsse ihn wieder und wieder, meine Hände verschränken sich in seinem Nacken. Er lässt mich an der Hüfte los, legt seine Finger über meine und löst meine Hände.

»Geh nicht«, wiederholt er, während er erst Millimeter, dann Zentimeter zwischen unsere Gesichter bringt.

Wir sehen einander an, suchen nach festem Boden unter unseren Füßen, doch finden nur Tretminen.

Benedict lässt meine Hände fallen, sie sacken herab, meine Arme schwingen kraftlos neben meinem Körper. Er dreht sich herum und geht über die Lichtung, eine Silhouette im Schein der Milchstraße.

So sieht es aus, wenn ein junger Mann um den letzten Rest Selbstachtung ringt. Indem er geht, bevor ich es tun kann. Indem er aufhört, mich zu küssen, bevor ich es tun kann.

Mit stolpernden Schritten folge ich ihm.

Als wir nebeneinander im Auto sitzen, sagt niemand ein Wort, nur unser Atem wummert unregelmäßig durch den Innenraum.

Irgendwann startet Benedict den Porsche. Der Wagen holpert über den Feldweg, und als wir die Landstraße erreichen, gibt er Gas. Ich starre auf die Uhrzeitanzeige des alten Radios, orangegrelle Ziffern vor schwarzem Hintergrund. Es ist nach Mitternacht. *Nachts ist man anders wach* – entweder man schläft miteinander und pflückt Geheimnisse wie Kirschen vom Baum oder man macht sich so richtig fertig.

Er irrt absichtlich umher, fährt Umwege durch die leeren Straßen von Havenitz.

»Möchtest du … möchtest du etwas essen?«, fragt er zögerlich, weil er weiß, dass ich sein Vorhaben durchschaut habe.

Doch ich nicke und sage: »Warum nicht?«, weil auch ich nicht aussteigen möchte.

Benedict fährt in den McDrive, der einzige Laden, der Samstagnacht noch aufhat. Eine Stimme plärrt durch den Lautsprecher, Benedict bestellt wahllos und fährt vor. Die Leuchtreklame am Schalter blendet mich, und ich kneife die Augen zusammen, während die Bedienung die Tüten durch das Fenster reicht und der Wagen mit dem Geruch von Frittiertem vollläuft.

Benedict fährt zurück auf die Landstraße und bleibt auf einem stockdunklen Lkw-Parkplatz stehen. Er schaltet die Innenraumbeleuchtung an, reicht mir eine Tüte, reißt seine entzwei und breitet sie auf dem Schoß aus. Mit den Zähnen reißt er ein Päckchen Ketchup auf und quetscht die Soße über die Pommes.

Ich ziehe eine Fritte aus der Tüte, schmecke Salz und Fett.

»Es ist mir wichtig zu wissen, wie es dir geht«, sage ich. »Du arbeitest selten weniger als sechzehn Stunden?«

Er leckt Daumen und Zeigefinger ab. »Die Arbeit lenkt mich ab.«

»Kommst du klar? Mit dem Druck?«

»Wie gesagt, die Arbeit lenkt mich ab, ich finde Zerstreuung darin. Momentan hemmt mich der Leistungsdruck nicht, sondern spornt mich an. Ich bin …« Er greift nach den Pommes. »Ich bin fokussierter denn je. Abgesehen von den Gedanken an dich.«

»Fokussierter denn je, weil du mehr Pillen denn je nimmst?«

»Ich werde dich nicht anlügen, Virginia«, sagt er entwaffnend. »Mein Konsum ist hoch, ja.«

Im gelben Lampenlicht starre ich auf den Kragen seines Hemds und frage mich, ob Susanna selbst wäscht oder die Kleidung in die Reinigung bringt.

»Du solltest ausziehen«, schlage ich vor. »Wäsche waschen, bügeln, darauf scheißen, was dein Vater von dir denkt.«

Benedict zieht Fritten durch eine Pfütze Ketchup. »Vermutlich hast du recht.«

Ich angle nach einer weiteren Pommes, die dampfende Tüte immer noch auf dem Schoß. Dreimal beiße ich von dem kurzen Kartoffelstab ab.

»Deine Leistung definiert nicht, wer du bist. Du kannst das Jurastudium morgen hinschmeißen und bist genauso wertvoll wie heute.«

Benedict kaut bedächtig, seinen Blick starr auf den finsteren Parkplatz gerichtet. Er sagt: »Ich sitze auf der Dachterrasse und lese Kafka, als eine Frau in die Nacht tritt. Sie guckt zum Himmel, ihr Schritt selbstsicher, die Locken chaotisch. Ich stelle mich vor, sie schüttelt fest meine Hand und sagt ihren Namen. *Virginia.*« Die Tüte raschelt, als er sie zusammenknüllt. »Ab dieser Nacht hast du mich. Ich gehe heim mit deiner Stimme im Ohr. Ich will dich kennenlernen, bin angezogen von deiner Klugheit und deinem Selbstbewusstsein. Du bist wunderschön – auf eine berauschende Art und Weise. Du bist die erste und einzige Person, der ich den Tablettenkonsum anvertraue. Du nimmst mir den Druck und tauschst ihn mit Stärke, zeigst mir, dass du dir selbst vertraust, obwohl – oder weil – du weißt, dass du Fehler machst. Du gibst mir das Gefühl, genug zu sein, indem ich einfach *bin*, nicht, indem ich leiste.«

»Ich …« Mir ist übel, trotzdem schiebe ich eine Handvoll Fritten in den Mund, kaue und schlucke mechanisch. »Ich kann dir momentan nicht helfen, Benedict. Ich komme nicht mit einer weiteren Person klar, die Tabletten nimmt.«

Er nickt. »Letzte Woche habe ich mit Emma geschlafen. Emma, erinnerst du dich an sie? Von Fabians Party?«

Die Pommes in meinem Mund werden mehr, Kartoffelmatsch, der aus den Winkeln quillt.

»Ich habe mit ihr geschlafen. Und ich habe mich mies gefühlt. Nicht wegen ihr – Emma ist toll. Sondern … weil …« Benedict wirft die zusammengeknüllte Tüte durch den Innenraum. Sie prallt gegen die Windschutzscheibe und bleibt auf der Rückbank liegen. »Du kommst nicht zurück, habe ich recht?«

Ich spucke die zerkauten Fritten zurück in die Tüte, schlucken unmöglich. Ungeschliffen kratzt meine Stimme im Hals, als ich sage: »Ich komme nicht zurück. Vielleicht *noch* nicht, vielleicht nie mehr.«

Mein Hinterkopf fällt gegen die Kopfstütze und ich schließe die Augen. Diese verfluchten Schmetterlinge. Sobald ich den Mund öffne, werden sie hervorflattern, meine Kehle hinauffliegen und sich im Wageninnern ausbreiten, glitzernde Sternenflügel überall. Also versuche ich, mit möglichst geschlossenen Lippen zu sprechen.

»Die erste Erinnerung an meine Mutter«, sage ich mit einer Zunge, die gegen die Zähne stößt. »Die erste Erinnerung an meine Mutter geht so: Ich muss vier, fünf Jahre gewesen sein, saß am Tisch im Wohnwagen und malte in einem Malbuch. Dabei summte ich jene zärtliche, zugleich fröhliche Melodie, die Mam manchmal vor sich hin sang. *Woher hast du das?*, fuhr sie mich an. Ich ließ den Stift fallen, da mich ihr Tonfall erschreckte, schließlich war ich es nicht gewohnt, von ihr ausgeschimpft zu werden. Ich stimmte die Melodie erneut an, doch Mam eilte zu mir, packte mich an den Schultern. *Hör auf*, drängte sie. *Hör sofort auf damit. Dein Vater … er …*« Ich öffne die Augen, der Parkplatz vor mir so rabenschwarz und Benedict neben mir so arktisch still. »Und dann«, fahre ich fort, der Versuch, mit möglichst geschlossenen Lippen zu sprechen, längst gescheitert, die Schmetterlinge im Wageninnern fliegen mit ihren fluoreszierenden Himmelsflügeln umher und lassen sich nieder, auf der Windschutzscheibe, dem Lenkrad und Benedicts Lippen.

»Und dann geht die erste Erinnerung an meine Mutter so: Wir gehen die Landstraße hinab, ich balanciere auf der Fahrbahnmarkierung und Mam zieht mich am Arm zurück. *Zuckermäuschen*, sagt sie streng. *Pass auf die Autos auf.* Es ist heiß, ein Sommerabend ähnlich wie heute, an dem die Temperatur nicht sonderlich abkühlt. Der Asphalt scheint zu kochen und die Bäume am Straßenrand haben ihre Blätter vor Hitze bereits abgeworfen. Etwas bricht aus dem Unterholz auf die Straße, gleichzeitig rast ein Auto heran. Es bremst, die Rücklichter leuchten auf, doch zu spät, das Auto hat das Tier erwischt. Hupend fährt der Wagen davon. Ich renne los, Mam hinterher, es ist Friedrich Schiller, damals noch nur Friedrich, von Mirella nach Friedrich Dürrenmatt benannt, erst später Schiller … jedenfalls liegt der Hund verletzt am Wegesrand, sein Blut tropft auf den Teer. Ich heule *Mama, Mama, der Hund stirbt*, doch meine Mutter zieht sich das Shirt über den Kopf, wickelt Friedrich Schiller ein und trägt ihn in ihrem verwaschenen BH zu uns nach Hause.« Pause. Meine Hände legen sich auf die Oberschenkel und ich ramme die Nägel in mein Fleisch.

»Das ist natürlich absurd.« Ich lache hohl. »Als Friedrich Schiller zu uns gekommen ist, war ich zehn oder elf, viel zu alt für meine erste Erinnerung an meine Mutter.« Ich presse die Handballen in die Schenkel, konzentriere mich auf den Druck. »Ich glaube, dass die Erinnerungen meiner Mutter an meinen Vater erfunden waren, schlichtweg Lügen. Und ich fürchte, dass mir dasselbe passieren könnte. Denn manche meiner Erinnerungen lassen mich an der Oberfläche treiben, manche ziehen mich in die Tiefe, aber alle machen meine Grenze von Wahrheit durchlässig, lassen mich an einen Muttervater glauben.« Ich hebe den Kopf von der Stütze und sehe Benedict an, sein Ausdruck wie in Eis gegossen. »Ich will nicht, dass … dass du momentan Teil meiner Einsamkeit sein musst.Ich will nicht, dass du mich retten musst. Das muss ich selbst. Deshalb komme ich nicht zurück. Vielleicht *noch* nicht, vielleicht nie mehr.«

»Du hast in meinem Leben eingeschlagen wie eine Bombe, Ginny. Doch letztlich ist eine Detonation nur Zerstörung.«

Und dann – für den Bruchteil einer Zeiteinheit – denke ich daran, über die Mittelkonsole auf seinen Schoß zu klettern und ihm das Hemd vom Oberkörper zu streifen. Doch ich bitte ihn, mich zurück zum Wohnheim zu bringen, und Benedict startet den Wagen, fährt mich zurück und

ich steige aus,

aus,

aus.

KAPITEL 29

Ein Novembertag im August, denke ich und starre aus dem Fenster. Der Regen verschlingt die Konturen der Welt dahinter, zeichnet weich und rauchgrau.

»Du darfst nicht nach Berlin ziehen! Wie soll ich denn allein mit Benny und Virginia klarkommen?«

Dilara lacht, Benny erwidert: »Wie sollen Virginia und ich mit dir klarkommen, Sascha?«

Das Licht zerfließt in feinen Wasserspuren, flüssige Düsternis.

»Ey!« Sascha schnippt vor meinem Gesicht. »Sag du doch mal was dazu.«

Ich löse den Blick vom Fenster und wende mich dem Tisch zu, auf dem die gestrige Ausgabe der Lokalzeitung liegt. »Ich freue mich für dich«, sage ich zu Dilara und fahre mit den Fingern über die Titelseite, auf der unsere Freundin abgebildet ist, wie sie auf der Bühne steht, das Mikrofon fest umklammert, *Havenitzer Studentin organisiert Feminismus-Demo.*

»Ich sehe wütend aus«, sagt sie mit Blick auf die Titelstory.

»Du siehst flammend aus«, entgegnet Benny.

Als Dilara mir von dem Förderprogramm erzählt hat, das sie auf ihre Promotion an der Humboldt-Universität zu Berlin vorbereiten soll, habe ich mich in einem ersten Impuls gefragt, ob sie im Begriff ist, das zu tun, wonach ich strebe? Gestrebt habe? Anschließend habe ich mich gefragt, ob ich es überstehe, wenn sie Havenitz verlässt? Vielleicht machen mich diese Gedanken zu einer schlechten, egoistischen Freundin. Vielleicht machen sie mich menschlich.

»Du tust so, als würde ich bereits auf gepackten Koffern sitzen«, sagt Dilara zu Sascha. »Sollte ich das Angebot annehmen, würde ich sowieso erst zum Jahresende umziehen müssen.«

Sascha lehnt sich gegen Benny, der die Arme ausbreitet, sodass sie theatralisch in seine Umarmung sinken kann. »Oh, Dilara«, wimmert sie. »Wie kannst du das den vier Musketieren nur antun?«

»Vier Musketiere?«, fragt Benny. »Wir sind eher die Bremer Stadtmusikanten, ich der Esel, du der Hund, Dilara die Katze und Virginia der Hahn. Alles in allem eine schrecklich untalentierte Band, aber der Zusammenhalt stimmt.«

»Wieso muss ich der Hahn sein?« Gespielt schmollend schiebe ich die Unterlippe vor. »Passt die Katze nicht viel besser zu meinem rothaarigen Hexenimage?«

»Schon«, sagt Sascha. »Aber wir müssen Dilara alles geben, was sie will, ansonsten parkt der Umzugswagen schneller vor dem Hause Genç, als wir unseren miesen Kaffee austrinken können.«

»Wie gesagt«, wendet Dilara ein. »*Sollte* ich das Angebot annehmen …«

»Sollte?«, frage ich. »Es ist eine großartige Chance.«

»Das stimmt.« Dilara dippt das Ende ihres Croissants in Marmelade. »Aber die Reaktionen auf den Zeitungsartikel sind gemischt. Unterstützung seitens meiner Eltern und meiner Schwester, aber meine Oma hat gestern Morgen direkt angerufen und mich gefragt, ob ich es nicht langsam übertreibe. Ich sei schon *sehr modern*, was eine höfliche Umschreibung ist für: *Ich bin eine Schande*. Dazu die Anfeindungen auf Facebook und Instagram … wow, Menschen können abartig sein.«

»Auch wenn ich nicht will, dass du umziehst«, sagt Sascha, »verdienst du dieses Stipendium wie keine andere. Du arbeitest so hart, du gibst, gibst, gibst. Es ist an der Zeit, dass du nimmst.«

»Nehmen.« Dilara klingt, als würde sie die Vokabel zum ersten Mal auf ihrer Zunge schmecken. »Einerseits möchte ich meinungsstark sein …«

»Du *bist* meinungsstark«, werfe ich ein.

»Andererseits möchte ich gemocht werden, möchte, dass jeder und jede sieht – versteht –, dass ich mich für eine tolerantere Welt einsetze. Dieses Spannungsverhältnis, diese Zerrissenheit … es tut einfach weh.«

Ich rücke meinen Stuhl nah an Dilaras und lege meinen Arm um sie. »Weißt du, was ich gedacht habe, als ich dich das erste Mal sah? Silberstreifen am Horizont, das habe ich gedacht.«

»Ohhh«, macht sie gerührt und lehnt ihren Kopf gegen meinen.

Benny hebt die Zeitung in die Höhe. »Dass du es dir als hijabtragende Frau rausnimmst, auf einer Bühne über Feminismus zu sprechen, ist ein so mächtiger, so revolutionärer Akt. Lass sie dir nicht nehmen, deine Wut, deine Power, dein Mitgefühl. Nicht von deiner Oma, nicht von den Arschlöchern im Netz. Und das sage ich – ein Typ mit lila getuschten Wimpern.«

Dilara seufzt. »Ich liebe euch, wisst ihr das?«

»Das wissen wir«, sagt Sascha, die immer noch halb auf Benny hängt. »Und wir dich. Deswegen kannst du das Förderprogramm leider, leider nicht annehmen.«

Dilaras Lachen klingt ehrlich, erschöpft, aber aufrichtig.

Ich hebe die Tasse an den Mund und trinke einen Schluck Kaffee, während ich Benny dabei beobachte, wie er abwechselnd über Saschas rasierte Kopfhälfte und ihre lange Haarseite streichelt. Er hat ihr gesagt, dass er sie mehr als freundschaftlich liebt. Ich weiß nicht, was sich daraus entwickelt. Sascha tut zwar so, als würden ihr die eingestellten Ermittlungen gegen Fabian nichts ausmachen, sie sagt *Karma fickt den Wichser noch*, und ich bin zwar erleichtert, dass sie zu ihrer Sprache zurückfindet, aber wir wissen es besser. Ich weiß nicht, ob sie und Benny in diesem Schmerz zusammengefunden haben, ob er mehr ist als die rettende Hütte im Schneesturm. Andererseits sind wir nicht in Disneyland, nicht jede Liebesgeschichte bekommt ein Happy End. Doch wie es auch ausgeht, ihre Freundschaft ist stärker als jede unglückliche Liebe. Ihr Fundament baut auf mehr als romantische Gefühle, was bedeutet, dass etwas übrig bleibt.

Ich trinke meinen Kaffee aus, nehme den Arm von der Schulter meiner Freundin und suche nach meiner Geldbörse.

»Bei dem Wetter willst du gehen?«, fragt Dilara, als ich einen Schein auf den Tisch lege.

»Bis zur Bushaltestelle ist es nicht weit.« Ich stehe auf, ziehe meine Cordjacke an und nehme den Jutebeutel von der Stuhllehne.

Sascha richtet sich aus ihrer halb liegenden Position auf. »Gehst du zu …«

Ich nicke, gehe um den Tisch und küsse sie sowie Benny auf den Kopf.

»Sehen wir uns morgen?«, fragt Dilara, als ich bei ihr angekommen bin. »Abendessen im *Habibi*?«

»Gern«, erwidere ich. »Ich gebe morgen meine Hausarbeit über Bourdieu ab, danach habe ich Zeit.«

»Du weißt schon, dass die Abgabefrist erst Mitte September ist?«, fragt Sascha. »Oder willst auch du in einem Förderprogramm aufgenommen werden? Benny, bald gibt es nur noch uns zwei.«

Lachend beuge ich mich zu Dilara und umarme sie. »Bis morgen, flammende Frau auf der Titelseite.«

»Bis morgen«, entgegnet sie und drückt mich extrafest. *Eines Tages*, denke ich, während ich sie loslasse, *schaffe ich es, mein eigener Silberstreifen am Horizont zu sein.*

»Du darfst doch die Katze sein«, ruft mir Sascha hinterher, als ich die Tür der Bäckerei ansteuere. »Oder der Hund! Willst du meine Position? Apropos Hund, du darfst eventuell gehen, aber deine Ratte auf keinen Fall. Du weißt, dass ich mit Hundeatem in der Nase einfach besser schlafen kann.«

»Keine Sorge«, antworte ich über die Schulter. »Wir bleiben.«

Vor der Bäckerei nehme ich den Jutebeutel von meiner Schulter, stecke ihn unter meine Jacke und laufe in meinen abgeschnittenen Shorts durch den Regen.

Es sind zwölf Busstationen und ein halber Kilometer bis ans Ende meiner Welt.

Die Luft ist drückend und nass, für den Moment pausiert das Unwetter, als hätte es Gnade mit mir. Meine Turnschuhe sinken in den schlammigen Boden des FriedWalds. Ich erlaube mir zu hüpfen. Dreck spritzt hoch und bleibt in Punkten an meinen nackten Beinen kleben, der Schlamm und die Sohle erzeugen ein schmatzendes Geräusch.

»Hi, Mam«, sage ich, als ich vor der Linde stehe.

Hallo, Zuckermäuschen. Schön, dich zu sehen. Ich habe dich vermisst.

Vielleicht sollten wir aufhören, mich Zuckermäuschen zu nennen. Vielleicht bin ich weder aus Zucker noch ein Mäuschen, Mam, sondern eine Löwin aus Granit?

Der Wind peitscht mein Haar zurück, jagt durch die Baumwipfel und schreckt die gefallenen Blätter auf. Es riecht nach feuchtem Laub und Tannennadeln. Ich gehe in die Knie und lege meine Handfläche auf die nasse Erde, die sich kalt und matschig unter meiner Haut anfühlt.

Aus dem Jutebeutel unter meiner Jacke ziehe ich den Brief hervor. Der Umschlag ist an den Seiten eingerissen, das Papier abgegriffen und gelblich. In Mirellas Handschrift ist er an Monsieur T. B. E. adressiert – den Franzosen mit den samtweichen Händen und vorbildlichen Manieren.

Ungeöffnet lege ich den Brief auf die Erde, ungefähr an die Stelle, an der die Urne ruht. Als ich den Wohnwagen ausräumte, habe ich ihn unter der Matratze hervorgeholt. Das Briefpapier weicht durch, als der Umschlag im Schlamm versinkt, münzgroße Wassertropfen fallen aus den Ästen und lassen den tintenblauen Empfänger verlaufen.

Steht auch nur ein Wort in dem Brief? Ich bezweifle es.

Als ich mich aufrichte, sind meine Beine eingeschlafen und steif. Ich verreibe den Matsch zwischen beiden Handflächen, Dreck klebt mir unter den Nägeln und ich schüttele die kribbelnden Beine.

»Schon okay«, sage ich zu ihr. »Eines Tages werde ich dir verzeihen können, Mam. Und mir hoffentlich auch.«

Ich spüre das Buch im Jutebeutel gegen meinen Hüftknochen stoßen.

Gelegentlich legen Friedrich Schiller und ich uns auf die Lauer, sitzen zwischen den Birken auf der Wiese vor dem Wohnheim und starren rüber zum Parkplatz. Wenn ich ihn sehe, bereue ich manchmal, in jener Nacht aus seinem Wagen und nicht über die Mittelkonsole gestiegen zu sein.

Mit dreckverkrusteten Fingern taste ich nach dem Buch und frage mich, wann ich es einwerfe. Heute? In vier Monaten? Nie?

Es ist *Alles, was passiert ist* von Yrsa Daley-Ward. Mit Widmung:

Du hast gesagt, ich habe in deinem Leben eingeschlagen wie eine Bombe. Doch letztlich sei eine Detonation nur Zerstörung. Und nach der Zerstörung? Ein Neuanfang? Wiederaufbau?

Als ich der Linde den Rücken kehre, reißt die Wolkendecke auf und Sonnenstrahlen fluten den Waldboden. Das Licht bricht in einer Pfütze und lässt die spiegelglatte Wasseroberfläche strahlen. Es ist nicht viel, das ich empfinde, lediglich die Gewissheit, am Leben zu sein. Und vielleicht genügt das für den Moment.

DANK

Auf dem Weg zu meiner ersten Veröffentlichung, meiner ersten Danksagung, haben mich Menschen begleitet, die ich bereits mein ganzes, mindestens mein halbes Leben kenne, und solche, die ich kennenlernen durfte. Ihnen allen möchte ich für die Unterstützung und Liebe danken.

An erster Stelle gilt mein Dank meinem Agenten, Günter Berg. Danke, dass Sie meine Texte und mich sehen, dass Sie verstehen. Die Zusammenarbeit mit Ihnen ist unheimlich wertvoll und produktiv für mich, und dass Sie an mich ebenso wie an Virginia geglaubt haben, wird für immer ein Meilenstein in meinem schriftstellerischen Leben sein. Zudem möchte ich mich herzlich beim gesamten Team der Günter Berg Literary Agency bedanken, vornweg bei Franziska Tometschek für den wunderbaren Austausch und stetigen Support.

Von Herzen bedanke ich mich bei dem Team von dtv. Susanne Stark, deren Begeisterung für Virginia es ermöglicht hat, dass ihr die Geschichte heute lesen könnt. Christine Albach, die mein erstes Lektorat zu einer schönen, wertschätzenden Erfahrung gemacht hat, bei der ich mich stets gut aufgehoben und verstanden gefühlt habe, und zuletzt bei Britt Arnold, die mir mit Rat und Tat zur Seite stand.

Ich bedanke mich bei Joshua Buchen fürs Test- bzw. Sensitivity Reading. Joshi, gefühlt gestern saßen wir in Uniseminaren nebeneinander, heute darf ich dich in meiner Danksagung erwähnen. Danke an meine Autorenkollegin und Freundin

Sherin Nagib. Du hast meinen Text durch deine klugen Anmerkungen nicht nur bereichert, sondern mich wieder einmal von dir lernen lassen. Ich danke dir von Herzen für den Austausch und deine konstruktive Kritik als Sensitivity Readerin. Joana, meine Schreibschwester, Literaturliebhaberin und Kunstkopf – danke für jedes Gespräch, jede Umarmung, jedes Feedback. Deine Freundschaft zündet viel kreatives Feuerwerk in meinem Leben.

Auch an meine Freundinnen Paula und Lisa, Anika und Leonie überschwängliche Dankeshymnen. Pauli, du hast vor fast zehn Jahren mein erstes beendetes Manuskript gelesen, Lisa, deine Wärme strahlt heller als die Sonne. Ani, ich schickte dir um Mitternacht die Leseprobe, nur damit du mich wenige Stunden später aus dem Bett klingelst: »Hi, hab's durch. Bereit fürs Feedback?« Leo, danke, dass alles, was mich beschäftigt – ob literarisch oder nicht – Platz bei dir findet.

Dankbarkeit und Liebe, Liebe, Liebe geht an meine Familie. Dass ihr – Mama, Papa, Erwin, Ina, Jana, Ly und Jan – mich so selbstverständlich unterstützt und mir vertraut, ist das beste Geschenk. Ich musste mir kein einziges Mal anhören, dass mein Traum vom Schreiben albern oder realitätsfern ist, und dafür bin ich euch sehr dankbar. Mama – du bist mein größtes Vorbild. Dieses Buch ist für dich, immer für dich. Und dennoch ist es nur eine Kleinigkeit im Vergleich zu dem, was du für uns getan hast und täglich tust.

Marco, ob es meine erste Agenturabsage oder die Verlagszusage war, zuallererst habe ich DICH angerufen, und das sagt so ziemlich alles. Wir beide – pinky promise.

Ich danke allen schreibenden Frauen vor mir – und allen nach mir: Ihr habt etwas zu sagen. Ihr habt eine Stimme.

Und ich danke dir, liebe:r Leser:in. Dafür, dass du Virginia, Dilara, Sascha, Benny und Benedict ein Stück beim »Erwach senwerden« begleitet hast. Ich hoffe, dass die Lektüre genauso weh- wie gutgetan hat, dass du beim Lesen neben Schmerz und Trauer auch Liebe, Freundschaft und Solidarität verspürt hast. Hugs & kisses an alle, die den intersektional queer-feministischen Kampf mitkämpfen. Wir lassen uns nicht kleinkriegen, das Patriarchat dafür umso kleiner.

Alles Liebe, Becca

PLAYLIST

Hunger – Florence + The Machine
Berlin – Kafka Tamura
Sommer in Berlin – Juju
I AM WOMAN – Emmy Meli
Fuck With Myself – BANKS
Pretty Girl – Clairo
Rebel Girl – Bikini Kill
Mother – Moglii, Novaa
Mothers – Daughter
Nicest Thing – Kate Nash
Kina (Get You the Moon) – Augxst
Heartbeats – José González
Habits – Plested
the broken hearts club – Garrett Nash
I Wasted You – flora cash
Run – Daughter
No More – Juma
Letzte Liebe – Prinz Pi
In The End (Mellen Gi Remix) – Tommee Profitt, Fleurie, Mellen Gi

HILFE- UND ANLAUFSTELLEN

Allgemeine Informationen:

Polizei: Notruf 110 oder die zuständige Polizeidienststelle (damit ist automatisch die Erstattung einer Anzeige und eine polizeiliche Untersuchung verbunden).
Österreich: 133. Schweiz: 117

Sicherung von Spuren sexueller Gewalt als Beweismittel (werden zwei Jahre aufbewahrt, können also auch bei später erfolgter polizeilicher Anzeige verwendet werden). Sogenannte Gewaltambulanzen gibt es in Berlin, Düsseldorf, Hannover, Hamburg, Heidelberg und München. Telefonnummern im Internet.

Deutschlandweite Beratung durch die zuständigen Sozialbürgerhäuser und Stadtjugendämter (auch kurzfristige Unterbringung in Jugendschutzstellen).

Die Broschüre zum Thema Vergewaltigung »Nein heißt Nein« der Stadt München enthält u. a. Informationen zum Sexualstrafrecht.
Download unter: www.frauennotruf-muenchen.de/nein-heisst-nein/

Schutz und Hilfe bei sexualisierter/sexueller Gewalt:

Hilfeportal sexueller Missbrauch des Unabhängigen Beauftragten (der Bundesregierung) für Fragen des sexuellen Kindesmissbrauchs mit Suchfunktion für lokale Beratungsstellen, Notdienste, Therapeutinnen und Therapeuten
www.beauftragter-missbrauch.de
www.hilfeportal-missbrauch.de

Hilfetelefon sexueller Missbrauch
0800 22 55 530, kostenfrei und anonym
Mo, Mi, Fr 9–14 Uhr, Di, Do 15–20 Uhr
beratung@hilfetelefon-missbrauch.de

Save Me Online
Onlineberatung für Kinder und Jugendliche
www.nina-info.de/save-me-online
beratung@save-me-online.de

Hilfetelefon – Gewalt gegen Frauen
08000 116 016, kostenfrei, anonym, rund um die Uhr, deutschlandweit, auch Chat und Mail.
www.hilfetelefon.de/das-hilfetelefon/beratung.html

pro familia
deutschlandweit, allgemeine Beratung zu Fragen (selbstbestimmter) Sexualität, 180 Beratungsstellen und Onlineberatung
www.profamilia.de

Weißer Ring
allgemeiner Hilfeverein für Kriminalitätsopfer
mit 400 Außenstellen, Telefon- und Mailberatung
116 006, anonym, deutschlandweit, 7–22 Uhr
www.weisser-ring.de/hilfe-fuer-opfer/onlineberatung

Regionale Beratungsstellen mit deutschlandweiter Vermittlung:

Beratungsstelle Frauennotruf München
089 76 37 37
www.frauennotruf-muenchen.de

Dunkelziffer
Beratung und Krisenintervention
für Mädchen und Jungen, Hamburg
040 42 10 700 10, auch Onlineberatung
www.dunkelziffer.de

KIBS
Kontakt-, Informations- und Beratungsstelle
für Jungen und junge Männer, die von sexualisierter/sexueller und/oder häuslicher Gewalt betroffen sind,
München
089 23 17 16 9120
www.kibs.de

Wildwasser München
Fachstelle für Prävention und Intervention
bei sexualisierter Gewalt gegen Frauen und Mädchen
089 600 39 331
www.wildwasser-muenchen.de

Zartbitter
Kontakt- und Informationsstelle gegen sexuellen Missbrauch an Mädchen und Jungen, Köln
www.zartbitter.de

Hilfe bei Essstörungen:

Bundeszentrale für gesundheitliche Aufklärung
0221 892031
Mo–Do 10–22 Uhr, Fr–So 10–18 Uhr

Dachverband der autonomen Frauenberatungsstellen NRW e.V.
0201 74947895
mail@frauenberatungsstellen-nrw.de

Cinderella
Aktionskreis für Ess- und Magersucht
089 502 12 12
info@cinderella-beratung.de
Beratung unverbindlich und anonym,
Erstberatung bis zu zwei Gesprächen kostenlos

Allgemeine Notfall- und Hilfetelefone:

TelefonSeelsorge
allgemeine Beratung, anonym und kostenfrei,
rund um die Uhr, 365 Tage im Jahr, auch per Chat und Mail
0800 111 0 111 oder 0800 111 0 222
www.telefonseelsorge.de
in Österreich: 142; www.telefonseelsorge.at
in der Schweiz: 143; www.143.ch; Die Dargebotene Hand

Nummer gegen Kummer / Kinder- und Jugendtelefon
des Deutschen Kinderschutzbundes
deutschlandweit, anonym, kostenfrei,
Mo–Sa 14–20 Uhr, 116 11
Anmeldung zur Online-Beratung unter:
www.nummergegenkummer.de

Muslimisches SeelsorgeTelefon
24 Stunden täglich, dienstags auch auf Türkisch
030 44 35 09 821

Nightlines in Europe
ein Zuhör- und Informationstelefon
von Studierenden für Studierende,
Erreichbarkeit abends
www.nightlines.eu (Liste der Nightlines
in deutschsprachigen Universitätsstädten)

Beratungsstellen in Österreich:

Allgemeine Informationen des Bundeskanzleramts
(mit Suchfunktion für Beratungsstellen)
unter www.gewaltinfo.at

TAMAR – Beratungsstelle für misshandelte
und sexuell missbrauchte Frauen, Mädchen und Kinder,
Wien
01 334 04 37
www.tamar.at

Beratungsstellen in der Schweiz:

Opferhilfe Schweiz der kantonalen Sozialdirektorinnen und Sozialdirektoren,
mit Suchfunktion für Beratungsstellen:
www.opferhilfe-schweiz.ch

CASTAGNA – Beratungs- und Informationsstelle
für sexuell ausgebeutete Kinder, Jugendliche
und in der Kindheit und Jugend ausgebeutete
Frauen und Männer, Zürich
044 360 90 40
mail@castagna-zh.ch, www.castagna-zh.ch

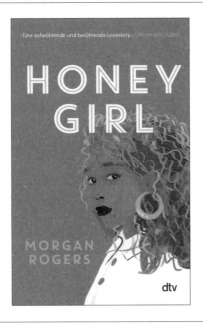

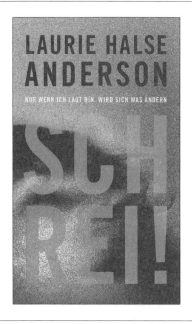